AF188617

Kathrin Schrader

Das Jahr mit Fred

Roman

Bibliografische Information der Deutschen Nationalbibliothek: Die
Deutsche Nationalbibliothek verzeichnet diese Publikation in der
Deutschen Nationalbibliografie, detaillierte bibliografische Daten sind im
Internet über http://dnb.dnb.de abrufbar.

Herstellung und Verlag:

BoD – Books on Demand, Norderstedt

ISBN: 978-3-748-15877-6

Für Selma und Oskar

1

Der Radfahrer hatte den roten Volvo nicht bemerkt. Ich hatte am Steuer gesessen. Ich hatte ihn gesehen.

Jetzt, während des Bewerbungsgesprächs, sah ich den Radfahrer auf der Intensivstation, durch Schläuche mit Maschinen verbunden, die für ihn atmeten. Ich hatte ihm meine Telefonnummer auf den Arm geschrieben und beschworen, mich anzurufen. Ich musste wissen, wie es ihm ging.

„Erzählen Sie von sich, Alice! Was interessiert Sie?" In Gedanken folgte mein Stift der schönen Fußwölbung des Architekten. Im Kopf skizzierte ich die Sehnen des sonnengebräunten Fußrückens, die dunklen Härchen, darüber der weite Saum seiner Leinenhose am Knöchel, die Lederschlappen, die nur von den großen Zehen gehalten wurden. Ich wollte die Endlosschleife des Unfalls in meinem Kopf übermalen. Wie der Radfahrer gegen das Heck gerast und den Lenker verloren und mit der Schulter zuerst auf den Wagen geprallt war. Ich sah, wie seine Leiche auf einer Pritsche aus dem OP gefahren wurde. Die schweißnassen, dunklen Locken klebten in der Stirn.

Eine Schwester hatte den Fahrradhelm neben seinen Kopf gelegt.

„Ich zeichne sehr gern."

„Sie zeichnen? Was zeichnen Sie?" Sein schöner Fuß wippte gelassen. Die Schlappen machten ein kleines, weiches Geräusch.

„Alles. Räume natürlich. Einrichtungen. Die Entwürfe finden Sie in meiner Mappe. Aber auch Porträts und Akte. Die habe ich nicht mit hineingelegt."

„Schade." Der Architekt grinste und strich mit der flachen Hand über seinen kahlen Schädel. Es war ein heißer Tag. Sein Strohhut lag auf dem Kaffeehaustisch. Ich trug ein Kleid aus grauer Seide. Ich war achtunddreißig Jahre alt, und hatte mich jünger ausgegeben, wie immer, neun Jahre, um genau zu sein. Nicht, dass es mich traurig machte, jünger auszusehen, aber für einen Grund zum Jubeln hielt ich es auch wieder nicht. Es war lediglich ein Zeichen, dass das Leben bisher ohne mich stattgefunden hatte. Irgendwie war es an mir vorbeigegangen. Ich wollte endlich lieben und leiden, berührt und zerstört werden. Ich wollte mit Tränensäcken ins Badezimmer schleichen, nach einer durchtanzten Nacht mit Whisky und Joints und Sex. Ich wollte, dass jemand sagt: Gott, siehst du schrecklich aus, Alice! Was ist passiert? Ich sah die Gänge eines Gefängnisses vor mir. Eine Gittertür schepperte hinter mir ins Schloss. Aber ich hatte keine Schuld am Tod des Radfahrers. Ich hatte ihn im Rückspiegel beobachtet, hatte geblinkt und die Bremslichter aufflammen lassen, damit er mich endlich sah.

Am Abend klingelte er an meiner Tür. Geduscht, rasiert und duftend. Er trug ein weißes Hemd, Jeans und rote Turnschuhe. Das Fahrrad, das er an mir vorbei in die Wohnung schob, war gelb. Nur aus Dankbarkeit dafür, dass er lebte, hatte ich mich auf dieses Rendezvous eingelassen. Zum Glück war ihm außer einer ausgekugelten Schulter nichts passiert. Er sah sich in der Wohnung um. „Du wohnst hier nicht allein."

„Meine Tochter ist bei ihrem Freund. Sie lernen für die Mathe-Klausur." Er unterdrückte eine Frage und pappte mit der flachen Hand die Locken in die Stirn. Seine leicht vorstehenden Augen flohen seitlich aus dem schmalen Gesicht in Richtung der Ohren. „Ich heiße Fred. Ich kann etwas kochen." Wir gingen einkaufen. Er ließ mich zahlen und trug die Tasche nach Hause. Dann stand er in der Küche, setzte Reis auf und hackte Knoblauch. Er gab Garnelen in eine Pfanne und rührte. Die Haare auf seinen Armen waren von der Sonne gebleicht, rötlich. Seine

Hände sahen aus, als wären sie mit elementaren Dingen vertraut. Vielleicht war er Koch. Es hätten auch die Hände eines Bildhauers oder Chiropraktikers sein können. „Ich hatte Angst um dich."

Er hielt inne, beugte sich zu mir und wollte mich küssen, aber ich wich aus. „Ich meine nicht, dass ich Angst hatte, dich nicht wiederzusehen."

„Ich brauche noch etwas Wein. Und Estragon."

Wir hockten uns im Schneidersitz auf die Bohlen des Balkons. „Lecker! Woher hast du das Rezept?"

„Es gibt keins. Ich koche nie nach Rezept." Er aß hastig.

„Du hattest es sehr eilig vorhin."

„Nein. Wieso?" Er musste riesigen Hunger haben, so schnell wie er aß.

„Weiß nicht... sah so aus... du hast den roten Volvo übersehen. Er gehört mir übrigens nicht. Der Teehändler, bei dem ich zuletzt gejobbt habe, hat ihn mir geliehen, so lange er in Asien auf Einkaufstour ist. Statt einer Abfindung sozusagen. Ich war auf dem Weg zu einem Vorstellungsgespräch."

„Da hat dein Teehändler einen guten Deal gemacht."

„Vielleicht nicht. Vielleicht ist das Auto kaputt."

Fred sah von seinem Essen auf.

„Ich habe es unten in Mitte stehenlassen. Nach dem Unfall konnte ich nicht mehr fahren."

Er blickte noch immer. Seine Augen hatten die Farbe von Plankton, in das die Sonne fällt, wie Waldseen in Brandenburg im Hochsommer, wenn es mittags ganz still ist und nur der weiche Boden unter den nackten Füßen summt und das Sonnengold lautlos ins Wasser tropft. „Und? Bekommst du den Job?"

„Ich glaube, ich war gut. Ich war ernst. Ich habe immerzu an den Unfall gedacht. Das hat geholfen. Meist versaue mich mir alles mit blödem Gekicher an unpassenden Stellen."

„Dann war es ja ein Glück für dich, dass ich dir hinten raufgeknallt bin. – Das Mountainbike ist futsch, nicht zu ersetzen. War von 1989, aus Kalifornien. Es war für einen Kunden reserviert. Achthundert Euro."

„Ich kann meine Versicherung anrufen."

„Versicherung!" Seine Augen rückten gegen mich vor. Er stand auf und drückte seine Haare in die Stirn. Seine Augen suchten einen Halt. Er trabte auf der Stelle wie ein eingesperrtes Fohlen. „Dieses Fahrrad war reine Poesie. Wenn du wüsstest, wie sie damals Fahrräder gebaut haben! Sie haben gar nicht an Geld gedacht. Sie lebten von Musik, Liebe und ihrer Kunst. Das war Hingabe. So etwas kennen die Marshmallows da unten gar nicht." Er machte eine abwertende Geste in Richtung der Straße. „Wenn du ihnen sagst, wie versklavt sie sind, weil sie ein halbes Monatsgehalt für ein Schrottrad ausgeben, das unter dem Druck von Ausbeutern zusammengeschraubt wurde, sagen sie: Bleib cool, Mann!" Er presste wieder seine Locken in die Stirn. „Versicherung!"

„Marshmallows!"

„Ja. Das sind Marshmallows. Du drückst und drückst und es kommt kein Widerstand."

Amüsant würde der Abend mit ihm nicht werden. Ich hatte gar nicht mehr an dieses Fahrrad gedacht. Es war nur ein Fahrrad! Kein Auge. Nicht einmal ein Finger.

Das Essen war beendet und der Abend noch lang. Wir gingen rüber in die Waffelfabrik und schauten den Tangotänzern zu, die sich auf einem Holzpodest unter bunten Lichterketten aneinanderschmiegten. Was hätten wir auch sonst tun sollen? In der winzigen Bar, die von allen nur *Das Klo* genannt wurde, bestellten wir Espresso. „Ich habe einen eigenen Rahmen entworfen. Willst du ihn sehen?" Fred reichte mir sein Telefon. Das Foto zeigte einen rosa und orange geflammten Fahrradrahmen mit einem verschnörkelten F. und einem verschnörkelten K., vermutlich seine Initialen. „Wie findest du ihn?"

„Toll."

„Du kannst ihn hier um die Ecke kaufen."

„Was kostet er denn?"

„Sechshundert. Ein Designerstück eben. Einmalig." Er bewunderte seine Kreation. Ich hätte wetten können, dass er das Foto mindestens zehnmal am Tag anschaute. Wahrscheinlich war es das Hintergrundbild seines Monitors. Ich dachte an das Ein-Quadratmeter-Büro, das ich entworfen hatte und auch ziemlich oft anschaute und mir dann ausmalte, dass es ein Verkaufsschlager würde und ich eine berühmte Designerin. Wie blöd, ich hatte vergessen, es in die Bewerbungsmappe für den Architekten zu legen. Das Ein-Quadratmeter-Büro bestand aus einem Regal mit Schreibplatte, integrierter Lampe und gepolsterten Klappsitz. Es ließ sich mit dem

Inhalt der Regalfächer auf Ein-mal-ein-Meter zusammen-klappen und maß in der Tiefe knapp 40 Zentimeter, so dass es quasi in jedem Auto vor die Rücksitze passte. Ich hatte es allein entwickelt, für mobile, urbane Arbeits-nomaden. Ich könnte den Architekten morgen anrufen und den Entwurf ankündigen und dann nachschicken. Wäre ein guter Anlass, sich schnell wieder in Erinnerung zu bringen. Ich sah seine schönen Füße gelassen über einen saftigen Rasen laufen. Das weiche Leder schlappte. Das Leinen spielte um seine gebräunten, schmalen Knöchel. Eiswürfel klingelten. Unscharf im Garten hinter seinen Beinen wartete eine Frau. Blond.

„Ich liebe Farben!" Fred schob das Telefon in die Hosen-tasche zurück. „Du musst stärkere Farben tragen, Alice. Du hast wunderschöne Augen. Wie ein Novembertag. Nebel. Tiefes Violett würde dir stehen. Dazu Silber. Dieses Kleid ist sehr, sehr schön, sehr elegant, aber grau! Du bist nicht der Typ für grau. Ich sehe dich in einem funkelnden Minikleid, vorn hochgeschlossen und im Rücken tief ausgeschnitten bis zum Hintern." Er strahlte.

„Oh, jetzt wird es ja doch noch spannend! – Farb- und Stilberatung. Aber nein, Violett erschlägt mich."

„Kommt auf die Nuance an. Es sollte fast schwarz sein. Hexenviolett. Du bist stark. Aber du traust dich nicht."

„Ach ja?"

„Kein Witz, Alice. Gehen wir zusammen ein Kleid für dich kaufen?"

„Muss es gleich ein Kleid sein? Für den Anfang reicht vielleicht ein Lippenstift."

„Der Lippenstift muss heller sein."

„Helles Hexenviolett."

„Eher ein krasses Rosé." Er lachte. In seinem Unterkiefer war ein Zahn abgebrochen.

„Der Zahn! Ist das heute passiert?"

Er griff sich wie ertappt an die Lippen. „Nein. Ist ne alte Geschichte."

Es war gegen zwei Uhr nachts und der Himmel nicht dunkler als ein tiefblauer Bühnenvorhang aus Samt, von unten angeleuchtet. „Also gehen wir?"

„Na ja, offen gesagt, geht mir das zu schnell."

„Du stehst schon wieder auf der Bremse. Wie vorhin! Du hättest nicht bremsen sollen. Dann wäre ich dir nicht hinten drauf gefahren. Okay, aber dann hätten wir uns nicht kennengelernt. Eigentlich ist es egal. Brems oder brems nicht."

„Ich habe das Recht zu bremsen, wann ich möchte! Du musst den Sicherheitsabstand einhalten."

„Ich brauche keine Sicherheit."

2

In Freds Straße war es still und kühl. Die Baumkronen luden weit aus. Das Mondlicht sickerte hindurch und spiegelte sich auf dem Kopfsteinpflaster. Manchmal tust du Dinge, die du nicht erklären kannst. Das ist, wie wenn du in einem See schwimmst und in der Dunkelheit unter dir sind Pflanzen, die wollen ans Licht, aber sie schaffen es nicht. Sie streichen an deiner Haut entlang. Sie berühren deine Brüste, deinen Nabel und deinen Venushügel. Einfach so mit jemandem die Nacht zu verbringen fühlt sich so an. Am Morgen danach verschwinde ich, gehe nach Hause, rauche auf dem Balkon eine Zigarette, wecke Jolanda, bereite uns ein Frühstück und kehre in meinen Alltag zurück, als sei nichts gewesen.

Beziehungen und Jobs, immer klemmen oder reiben sie irgendwann, werden langweilig, oft mühsam. Routine ist mir verhasst. Und das, obwohl ich aus einem Elternhaus komme, das an Stabilität nicht zu überbieten ist. Keine Scheidung. Nicht der kleinste Streit zwischen Vater und Mutter. Sie lebten in einer fest verkapselten Harmonie. Eine Katalystin hatte mir gesagt, dass ich unbewusst gegen ihren Lebensstil rebelliere und deshalb keine feste Bindung eingehe. Aber das überzeugte mich nicht. Ich wollte ja eine dauerhafte Beziehung führen, ich sehnte mich danach, auch wenn das nicht einfach sein würde und Geduld erforderte. Na und? Mutter hatte gesagt, dass ich lernen müsste, zurückzustecken, Kompromisse auszuhandeln und vor allem nicht bei der kleinsten Kleinigkeit auszuticken und abzuhauen. Ein Firmenschild aus Plexiglas leuchtete neben der Hofeinfahrt: *american classic bikes. frederik krall.* Das Hoftor war schwer. Ich warf mich dagegen, stemmte es auf und lief zwischen den alten Schienen für Pferdewagen durch die Hofeinfahrt in einen Hofgarten. Aus dem Erdgeschoss der Remise strahlte weißes Licht. Es verwandelte die Blätter der Bäume in ein schwarz-weißes Muster. Die Glastür stand weit offen. Fred stand im Unterhemd in seiner Werkstatt und arbeitete. Der Spot war auf den Montageständer gerichtet, in dem ein Rahmen klemmte. „Ich wusste, dass du kommst." Es ist falsch, dachte ich. Es ist nicht das, was ich will. Aber ich blieb, unsicher auf dem Gelände der Nacht. Fred schaltete den Scheinwerfer aus. In der schimmernden Dämmerung der Juni-Nacht glich sein schmales, spitz zulaufendes Gesicht mit den länglichen Augen einem Bild von Modigliani.

Am Morgen hatte ich Lust, ihn zu zeichnen, während er noch schlief. Ich wand mich vorsichtig aus dem Bett. Das

18

Display zeigte 8:37 Uhr. Jolanda schwitzte schon über ihrer Matheklausur, ohne, dass ich ihr zuvor über die Schulter gespuckt hatte. Sie war eh nicht zu Hause gewesen, hatte wieder bei Sören geschlafen, wie so oft in letzter Zeit. Wenn sie morgens nicht zu Hause war, fehlte mir ihre schläfrige Wärme und ihre kleine, müde Stimme aus dem Schlaf am Morgen, wenn die Träume am stärksten sind. ‚Ein paar Minuten noch, Mama.' Dann wälzte sie sich auf die andere Seite, das Gesicht unter den Haaren begraben. In diesem Moment konnte ich meine Augen nicht von ihr wenden. Ich hockte mich dann neben sie und strich ihr über das lange Haar, ohne es zu berühren. Als hätte meine Hand die Macht, sie zu schützen.

Freds Schlafzimmer-Einrichtung bestand aus zwei Tatamis mit Futon, einer kugelrunden Bodenlampe und einer Kleiderstange. Ich liebte minimalistisch eingerichtete Räume. Er schien einen guten Geschmack zu haben. Die Wand zum Garten hin war komplett verglast. Über der Stadt segelten Wolken. Ich sandte Jolli eine Nachricht, dann lief ich die schmale Wendeltreppe nach oben und warf mir in der Küche eine Handvoll kaltes Wasser ins Gesicht. Fred tappte die Treppe hinauf. Es war zu spät sich davonzumachen. Er trug eine blaue Regenjacke um die nackten Hüften geknotet. Er schaufelte Kaffee in eine taillierte, silberne Espressomaschine und schnitt einen Apfel auf. Der Kaffee war stark und gut. Wir saßen an einem kleinen runden Tisch am Fenster zum Hof. Er schaute mich aus verquollenen Augen an. „Heiraten wir?"

„Heiraten? Du spinnst."

„Ich war noch nie verheiratet. Du?"

Ich schüttelte den Kopf.

„Ich war noch nicht reif dafür. Ich bin wie ein Diamant, der durch Niederlagen, unter vielen Schmerzen geschliffen wurde. Jetzt spüre ich meinen Wert. Ich war noch niemals bereit zu diesem Schritt."

„Nach wenigen Stunden in der Dunkelheit?"

„Die Nacht enthält das Wesentliche."

3

Fred brach eine Schilfpflanze, um einen Käfer zu retten, der im Wasser trieb. Mein Blick rutschte in das finstere Wasser unter den zappelnden Beinchen. Ein Schwindel erfasste mich. Ich riss den Blick empor. Auf den Kräuselwellen spiegelte sich der Himmel. Am anderen Ufer trieb ein Schwanenpaar. Fred löste das Band von meinem Bikini und biss mich in den Nacken. „Dieser Steg macht mich an. Jemand könnte kommen und uns erwischen." Wo sein T-Shirt gesessen hatte, war er weiß, heller als ich an meinen blassen Stellen. Seine Arme und sein Gesicht hingegen waren tiefbraun. Er war schlank. Die Schenkel wölbten sich straff unter den Leisten. Ich strich über diese Rundung, legte meinen Kopf in seine Leiste und küsste ihn dort, saugte an seinem Penis. Er lag still und spielte mit meinen Haaren. „Mach weiter." Ich setzte mich auf seinen Körper und überließ mich ihm wie einer warmen Welle. „Das hier gefällt mir." Er strich über meine Schlüsselbeine zu den Schulterkugeln, dann hinab zu den Brüsten.

„Als Kind wollte ich Rettungsschwimmerin werden. Ich habe die richtige Anatomie dafür. Ich habe dreimal in der Woche trainiert. Dann habe ich eine Tiefenangst entwickelt und musste das Training abbrechen. Seither meide ich die Seen, aber ich sehne mich nach ihnen wie nach einem Zuhause, in das ich nicht zurückkehren kann."

Er hielt die Augen geschlossen. „Rette mich, Lissi."

Er hatte mir nicht zugehört. Ich gab mich der Welle hin, schaute mir dabei zu, wie ich auf den Grund wedele, ihm unter die Arme greife und seinen bewusstlosen Körper nach oben trage, ihn ans Ufer ziehe und das Wasser aus seinen Lungen pumpe, ihn beatme, bis er die Augen aufschlägt und mich ansieht. „Ich liebe dich." Wir lagen nackt nebeneinander und blickten in den Himmel. Wenn eine Liebe beginnt, fühlt der Alltag sich zärtlich an. Jede Bewegung, die du machst, ist neu. Du siehst dich mit den Augen des anderen. Du verstehst alles, was in seinem Leben schiefgelaufen ist, denn du warst noch nicht für ihn da.

Fred saß mit angezogenen Knien und blickte auf das Wasser. Ich schraubte eine kleine Weinflasche auf. „Erzähl etwas von dir." Auf diese Weise hatte mich der Architekt zum Reden aufgefordert. Das hatte mir gefallen. „Hast du Kinder?" Fred schüttelte den Kopf. „Geschwister?"

„Nein."

„Möchtest du Wein?" Ich reichte ihm einen Plastikbecher.

„Ich habe überhaupt keine Familie. Meine Mutter ist gestorben, vor ein paar Jahren, und meinen Vater habe ich nicht kennengelernt."

„Du scheinst dich ein bisschen allein zu fühlen."

„Ich bin nicht allein."

„Weil du Freunde hast."

„Die Community."

„Eine Community?"

„Leute, die Retro-Bikes fahren." Er streckte sich flach auf dem Bauch aus. „Mein erster Fahrradladen war insolvent. Ein paar Jahre lang habe ich mich komplett vergraben und dieses Business mit den Classic-Bikes aufgebaut. Jetzt beginne ich wieder zu leben. Mit dir." Er brach einen Grashalm und wickelte ihn um seinen kleinen Finger. „Es ist nicht einfach, wenn man gar niemanden hat. – Als Kind hatte ich die Fantasie, mein Vater wäre was Besonderes. Ein Superheld. Ein Weltretter, der irgendwann kommt und mich bittet zu verstehen, dass er keine Zeit für seinen Sohn hatte. Aber er kam nie. Jetzt finde ich es gut, keinen besonderen Vater zu haben und selbst auch nichts Besonderes zu sein."

„Ich finde dich besonders."

„Er hätte nach mir fragen können, wenn er ein guter Typ gewesen wäre. Meine Mutter hat nie über ihn gesprochen. Er war tabu."

„Vielleicht lebt er noch."

„Für mich ist er gestorben. – Ohne Vater aufzuwachsen, ist echt hart. Das Defizit schleppst du ein Leben lang mit dir rum."

Ich tastete nach meinem Vater und stieß auf eine diffuse Leere. Er spielte keine Rolle. Null. Er war praktisch nicht vorhanden. Okay, er hatte mir bei den Mathe-Hausaufgaben geholfen, aber nur in den ersten Schuljahren. Später hatte ich sowieso keine Hausaufgaben mehr gemacht. Vater sprach nicht mit mir. Ich sprach auch nicht mit ihm. Kein Problem. Einmal war es mir unangenehm gewesen, als wir zusammen im Auto nach Prötzel gefahren waren, in diesen letzten Sommerferien, als ich häufig mit dem Rad auf dem Land unterwegs gewesen war, um zu zeichnen und in verlassenen Häusern herumzustöbern. In Prötzel hatte ich die Büchervitrine gefunden, an die Fred sein Fahrrad lehnte, wenn er mich besuchte. Ich hatte Vater damals gebeten, die Vitrine mit mir zusammen abzuholen. Es waren ungefähr sechzig Kilometer und wir hatten auf der ganzen Fahrt kein Wort miteinander gewechselt. Das Schweigen zwischen uns hatte in meinen Ohren gepocht. Mir war nichts eingefallen, es zu beenden, kein Thema, keine Frage, nicht einmal eine Bemerkung über das Wetter, die Straße oder die Leute. Ich fürchtete, dass jedes Wort das Schweigen zwischen uns noch verschlimmern könnte, wie wenn du heißes Wasser auf erfrorene Zehen gibst. In Prötzel hatte Vater den alten Mann, der mir die Vitrine vermachte, freundlich begrüßt. Draußen war er ein aufgeschlossener Mensch. Alle mochten ihn. Er hatte sich bei dem Mann bedankt, weil er die Vitrine so gut für den Transport vorbereitet hatte. Wir hatten sie zum Auto geschleppt und in diesen Minuten viel miteinander gesprochen: „Mehr rechts!" – „Nach links!" – „Pass auf!" – „Jetzt hoch!" – „Vorsichtig!" So etwa. Danach waren wir die sechzig Kilometer schweigend zurückgefahren. Nicht, dass wir böse aufeinander waren, weil etwas zwischen uns vorgefallen wäre. Nein. Es war einfach so. Wenn ich zu Hause anrief, reichte Vater den Hörer sofort an Mutter weiter. Ich hatte darüber noch nie nachgedacht.

„Du hast gesagt, du bist wie ein Diamant, geschliffen im Laufe der Jahre."

„Ich habe echt auf der Brücke gestanden und wollte springen, damals, als mein erstes Fahrradgeschäft insolvent war. Die Wut kriecht in mir hoch, wenn ich die Marshmallows sehe mit ihren Häusern und Höfen, ihrer Rente und ihren Lebensversicherungen." Er zog den Halm fest um seinen Finger.

4

Wenn ich an Vater dachte, sah ich nicht sein Gesicht, sondern seinen Rumpf, die steife Bewegung seines Rückens, wenn er sich beim Essen über den Tisch beugte. Eine völlig gerade Linie. Ich zeichnete sie. Vater war langsam. Er hatte etwas Behäbiges. Er war ein Planer, der jede Bewegung vorherberechnete und nie aneckte oder fehlging. Er hasste unkontrollierbare Dinge wie Brötchen, die krümelten oder Kerzen, die kleckerten. Er hatte ein Spezialmesser für Brötchen besorgt, damit sie weniger krümelten. Er hatte ein Spezialmesser für Kerzen gekauft. In der Weihnachtszeit beobachtete er die Kerzen, er spionierte sie aus, schnitt und drückte an ihnen herum. Sein ganzes Sinnen war darauf gerichtet, dass sie gleichmäßig abbrannten. Er war so mit Brötchen und Kerzen beschäftigt, dass er sich nicht an den Gesprächen von Mutter und mir beteiligte. Wir redeten eh meistens über Leute und Leute interessierten ihn nicht. Sterne interessierten ihn. Das Weltall. Er hatte eine Astronomie-Zeitung abonniert, die er mit geraden Rücken las. Sie lag immer an derselben Stelle auf seinem Schreibtisch, stets die aktuelle Ausgabe. Nirgendwo lagen die alten herum. Er las sie, glatt und sauber, mit steifen Rücken und trug sie anschließend glatt und sauber in den Papiermüll.

Aus der geraden Rückenlinie von Vater war ein x geworden. Ich kam nicht weiter mit ihm. Er war Mister X. Es war Nacht. Aus irgendeinem Grund konnte ich wieder nicht einschlafen. Ich hatte über die Bewerbung bei dem Architekten gegrübelt, auf die ich noch keine Antwort bekommen hatte und über die Frage, wer oder was eigentlich ein Marshmallow ist, ob ich jemals einem begegnet war. Vielleicht konnte ich auch nicht schlafen, weil ich wieder zu wenig gegessen hatte. Je älter ich wurde, desto schwieriger wurde es, wenig zu essen. Ich lief in die Küche, sah in den Kühlschrank. Im Gemüsefach lag eine Tomate. Knoblauch war auch da. Jolli kam nach Hause. Ich hörte das Schloss. Kurz darauf erschien ihr Gesicht im Türrahmen der Küche. Ihr honigfarbener Haar-Berg war zusammengestürzt. „Wieso bist du hier und nicht bei ihm? Du schläfst doch jetzt immer bei ihm."

„Ich wollte mal wieder allein sein. Störe ich? – Wieso bist du nicht bei Sören? Du bist doch jetzt immer bei ihm", äffte ich ihren Tonfall.

„Sören nervt."

„Was ist passiert?"

„Och..."

Ich warf eine Scheibe Brot in den Toaster. „Möchtest du auch?"

„Nö." Sie lehnte schmal am Küchenschrank. Unter dem zerrissenen Saum ihrer Schlaghosen sahen die schmutzigen, nackten Füße hervor. „Ich habe herausgefunden, dass Sören sich Pornos im Internet anguckt, wenn ich auf der Theaterprobe bin. Ich glaube, er ist süchtig nach Pornos."

„Pornos?"

„Das sind Filme, in denen Leute vor der Kamera ficken, Mama."

„Sei nicht so zickig!"

„Er holt sich einen runter, vor dem Computer. Das ist widerlich."

„Habt ihr keinen Sex mehr?"

„Der Sex ist langweilig. Immer dasselbe. Eigentlich habe ich mich im Schultheater nur angemeldet, weil ich vor den Abenden mit Sören abhauen wollte. Solange ich neben ihm sitze und tote Fliegen mikroskopiere, während er seine Comedys guckt, ist alles in Ordnung. Obwohl ich immer das Gefühl habe, ihn mit dem Mikroskop zu betrügen. Ich habe eben eine Leidenschaft. Er nicht. Aber das Mikroskop ist nicht sein Problem. Er ist sauer, wenn ich zum Theaterspielen rausgehe. Weil ich ohne ihn Spaß habe. Aber mitkommen will er nicht." Sie riss mit den Zähnen an einem Stück Haut neben einem Fingernagel und lutschte an der verletzten Stelle. „Neulich habe ich mal seine Chronik gecheckt und da habe ich es gesehen."

„Du spionierst ihn aus." Das Brot sprang aus dem Toaster.

„Ich muss doch wissen, was er so treibt. Gib mir doch einen Toast." Sie angelte das Schokoladenglas aus dem Kühlschrank.

„Vielleicht spürt er, dass du vor ihm abhaust."

Sie strich Schokolade auf das heiße Brot und versank in den Anblick der schmelzenden Masse. „Ich will ihn verlassen. Aber ich brauche jetzt einen Freund. Ich möchte bald ein Kind haben." Sie biss krachend in den Toast. „Nichts überstürzen! Es muss der Richtige sein, Jolli. Drei, vier Jahre kannst du schon noch warten."

„In drei, vier Jahren fange ich an zu studieren. Vielleicht erst in fünf oder sechs Jahren. Jetzt, nach dem Abi, während der Wartesemester, ist die beste Zeit. Dann ist das Kind aus dem Gröbsten raus, wenn ich mit dem Studium anfange."

„Glaubst du, dass du solange auf einen Studienplatz warten musst?"

„Sieht so aus."

„Was ist eigentlich aus der Mathe-Klausur geworden?"

„Mama, du kommst hier mal für eine Nacht reingeschneit und fragst gleich nach der Matheklausur. Es gibt wichtigere Dinge. Familienplanung ist wichtiger."

„Das gehört auch zur Familienplanung. Möchtest du noch einen Toast?"

Sie nickte.

Ich füllte den Toaster und sah mich in wenigen Jahren in meinem eigenen Büro und Jolli, die von der Uni kam und wie wir uns irgendwo in der Stadt zum Mittagessen trafen. Wir sahen beide glücklich aus auf diesem Bild. Gleich morgen früh würde ich den Architekten anrufen.

„Denkst du gerade an ihn?" fragte sie.

„An wen?"

„Du fragst, an wen?!"

„Ach so. Ja, natürlich. Ich denke immer an Fred. Er ist so eine Art Hintergrundstrahlung in meinem Universum geworden. – Und du? Denkst du an Sören?"

„Mm. Leider. – Kannst du mir etwas Sperma von Fred besorgen?"

„Was?"

„Ich möchte sein Sperma mit dem von Sören unter dem Mikroskop vergleichen, um zu sehen, worin sich das Sperma eines jüngeren von dem eines älteren Mannes unterscheidet."

„Er ist kein älterer Mann!"

„Du bist ziemlich verknallt." Sie grinste. Wir aßen krachend und krümelnd unseren Toast. „Übrigens hat mir Jakob bei der Klausur geholfen. Ist ne glatte Eins geworden."

„Das ist großartig, Jolli."

„Also, mir ist es eigentlich egal. Gute Nacht!"

„Gute Nacht, Jolli." Ihr Kuss roch nach Schokolade und Theaterschminke. „Mach die Musik nicht so laut, ja!"

„Ich nehme Kopfhörer."

„Nein, nein, das ist nicht nötig. – Ach Jolli?"

„Ja."

„Hast du jemals einen Vater vermisst?"

„Was steckt denn hinter dieser Frage?!"

„Fred hat erzählt, dass er seinen Vater nie kennengelernt hat und dass das schwierig war für ihn."

„Er macht sich gern wichtig, oder? Scheint ne kleine Drama-Queen zu sein, wahrscheinlich traumatisiert. Pass auf dich auf! – Sag mal, was ist eigentlich mit seinem Zahn passiert?"

„Ein Unfall."

„Dieser Unfall?"

„Nein, ein anderer."

„Er scheint ja oft Unfälle zu haben. Wieso lässt er den Zahn nicht machen?"

„Keine Ahnung."

„Sieht doch schlimm aus."

„Findest du?"

„Vielleicht hat er kein Geld für den Zahnarzt."

„Ja. Möglich."

„Wieso fragst du ihn nicht?"

„Das ist seine Sache, finde ich."

„Ihr seid doch zusammen. Oder seid ihr nicht zusammen?"

„Jetzt verschwinde endlich."

Es tat gut, nachts in der Küche zu sitzen und Billie Holiday aus Jollis Zimmer zu hören. Ich klemmte die letzte Notfall-Zigarette zwischen die Lippen, ging raus auf den Balkon, stellte den Laptop auf die nackten Knie und suchte die Website des Architekten. Er hieß Kolja. Ich öffnete ein neues Dokument und schrieb: Guten Tag, Kolja. Hier ist Alice. Sie erinnern sich? – Den letzten Satz löschte ich wieder. Ich zündete die Zigarette an und nahm einen tiefen Zug. Drinnen summte das Telefon mit einer Nachricht. Ich stand auf. ‚Liebste, ich kann nicht schlafen. Ich brauche dich neben mir.' Unwillkürlich musste ich lächeln. Ich dachte daran, wie er unsere Körper vor dem Schlafen hermetisch abriegelte, mein Po an seinem Bauch, seine Hand auf meinen Brüsten, als fürchtete er, ein winziger

Feind könnte sich zwischen uns drängeln. Meist schlief er sofort ein und ich spürte noch, wie sein schlaffer Penis aus mir herausrutschte.

Ich ging wieder auf den Balkon und arbeitete weiter an dem Skript für mein Telefonat mit Kolja: Störe ich gerade? Wie geht es Ihnen? Haben Sie meine Mappe schon -das war zu plump- ich löschte und schrieb: Haben Sie schon Zeit gefunden, meine Entwürfe anzuschauen?

Billie Holiday sang… Ich schloss die Augen, rauchte und sehnte mich nach einer Whisky-Nacht.

Das Telefon hatte noch einmal gegen fünf Uhr ins Leere gefunkt: ‚Ich habe eben geträumt, du stehst auf einer Rolltreppe im Kaufhaus, nackt, in rosa Schuhen.' Ich löschte die Nachricht.

5

„Guten Morgen, Kolja. Hier ist Alice."

„Hallo!" Er klang freudig überrascht, als wäre ich eine alte Freundin.

Meine Erleichterung breitete sich wie übergekochte Milch auf meinem Gesicht aus. „Wie geht's? - Ich wollte fragen, ob Sie schon Zeit hatten, meine Mappe anzusehen?"

Er räusperte sich. „Ich habe noch nicht reingeschaut." Er war plötzlich wieder ernst. „Ich hatte noch keine Zeit."

Ich schluckte. „Macht nichts."

Schweigen. Was sollte ich sagen? Verflixt, darauf war ich nicht vorbereitet. Ich spürte, wie ich wuchs und wieder zu der Riesin wurde, die überall anstieß. „Dann... rufen Sie mich an, wenn Sie...?"

„Ich melde mich, Alice."

„Ähm, da ist übrigens noch ein Entwurf, den ich vergessen hatte. Ich schicke ihn nach."

„Gut."

„Danke."

„Sie müssen noch ein paar Tage Geduld haben."

„Kein Problem."

„Gut."

„Also dann…"

Ich melde mich. Bis bald."

Verflixt! Meine Beine waren meterlang geworden. Ich war einfach zu viel Alice. Wenn das geschah, musste ich laufen, um wieder auf Normalgröße zu schrumpfen. Ich nahm immer denselben Weg. Lief vor dem Haus nach rechts, dann nach links bis zur großen Kreuzung, geradeaus, quer durch den Park, an der Bibliothek vorbei. Ich überholte alle. Es war so eine Art Amok, nur dass ich niemanden dabei umbrachte. Ein Amok light. Meist stand ich zuletzt erschöpft in einem Einrichtungs-Laden, in dem alle Dinge aussahen wie Bonbons. Ich konnte ihren Sinn nicht erfassen, aber die Musik, die in dem Geschäft lief, beruhigte mich und so stand ich und lauschte und betrachtete die bonbonfarbenen Einrichtungs-gegenstände, bis ich wieder auf Normalgröße ge-schrumpft war.

6

Fred stellte einen Schuhkarton auf den Betonboden der Werkstatt. Er hob feierlich den Deckel, schlug das Seidenpapier auseinander und hob ein Paar himbeerfarbene Pumps daraus hervor. Die Absatzlinie war geschwungen wie die Silhouette einer Frau. „Sind es die aus deinem Traum?"

„Ich habe zuerst von ihnen geträumt und sie heute gefunden. Sind sie nicht toll? Ich habe sie sofort an dir gesehen."

„Sie sind zu klein. Wie kommst du auf die Idee, Schuhe zu kaufen? Schuhe müssen anprobiert werden. Das weiß jedes Kind. Ich habe Flossen. Siehst du?"

„Ich tausche sie um. Probier erst mal!"

Ich streifte die Chucks ab und steckte die Fußspitze in eine der rosa Skulpturen. Sie waren wirklich zu klein. „Ehrlich gesagt, mag ich sie nicht besonders."

„Was ist passiert, Alice?"

„Nichts. Wieso?"

„Du hast etwas. Ich spüre das. Sag schon!"

„Aus dem Praktikum bei dem Architekten wird nichts. Er hat kein Interesse."

„Blödmann."

„Nein. Nein."

„Doch."

„Ich brauche ihn nicht. Es gibt genug andere."

„Genau."

„Er hatte mir Hoffnung auf einen Job gemacht. Er hatte gesagt, dass ich vielleicht bei ihm einsteigen kann, nach dem Praktikum. Er sucht jemanden."

„Du findest etwas viel Besseres. Mach dich nicht klein, Alice."

„Ich mache mich nicht klein."

„Vielleicht nervt dich das Hin und Her zwischen unseren Wohnungen. Komm zu mir. Du kannst hier lernen. Wir richten dir oben einen Schreibtisch ein. Du kannst dich jederzeit zurückziehen. Ich lasse dich in Ruhe."

„Du meinst, ich soll zu dir ziehen. Und Jolli?"

„Sie ist erwachsen. Sie braucht dich nicht mehr. Du kannst jetzt wieder an dich denken."

7

Die Fliesen unter den Startblöcken leuchteten tiefblau. Silbern tanzte das Tageslicht auf den Wellen. Ich betrachtete meine Flossen auf dem Startblock, die nicht in die rosa Pumps gepasst hatten. Vater hatte Flossen. Daran erkannte ich, dass er mein Vater war. Die Flossen waren der Beweis. Wie wir schwammen! Er war der schnellste Schwimmer des Bezirks Magdeburg gewesen, irgendwann in den Sechzigerjahren. Als er zum Studieren nach Berlin gekommen war, hatte er hier in der Gartenstraße trainiert. Es gab ein Foto von ihm aus dieser Zeit. Er sitzt mit geradem Rücken am Tisch in seiner Studentenbude vor einem aufgeschlagenen Buch wie ein Streber und lächelt in die Kamera. Hohe Stirn. Das schwarze Haar glatt, seitlich gescheitelt und kurz geschnitten. Er hat nie eine andere Frisur getragen. Blaue Augen. Ein tiefes Blau, wie die Kacheln unter den Startblöcken. Die dunklen Brauen bilden einen harmonischen Schwung. Schmale Nase. Schmale Lippen. Grübchen in den Wangen. Die Schwimmmeister blickten zu mir rüber. Sie machten sich über mich lustig, weil ich stand und Vaters Gesicht auf den Wellen studierte. Sie dachten wohl, ich traue mich nicht. Ich stieß mich ab und sprang. Vaters Gesicht löste sich in den vorüberfliegenden

Silberwellen auf. Beinahe lautlos tauchte ich ein und schwamm unter den Beinen der anderen Badegäste hinweg bis zur Hälfte des Beckens. Dicht über dem ansteigenden Boden wedelte ich nach oben, die Arme seitlich an den Körper gelegt, kompakt wie eine Robbe. Auf dem Rücken trieb ich zurück zu den Startblöcken, über mir das gläserne Dach. Ich mochte das Stadtbad in der Gartenstraße, den einfachen, klaren Bau. Vater hatte mir erzählt, dass es früher auf der anderen Seite des Hauses Kabinen mit Badewannen gegeben hatte, für die Leute, die zu Hause kein Bad hatten.

8

„Wir werden jeden Winkel dieses Hauses durch Sex heiligen. Wir werden es in der Küche treiben, auf der Treppe, unter der Dusche, auf dem neuen Schreibtisch. Wo möchtest du anfangen, Alice?"

„Lass mich zuerst meine Sachen auspacken, ja."

„Du kannst danach auspacken."

„Gib mir ein paar Minuten anzukommen. Bitte!" Ich stieß mich aus seiner Umarmung. Er riss kapitulierend die Arme hoch, trabte auf der Stelle. „Du hast keinen Sinn für Spontaneität!" Schnaubend lief er die Treppe hinunter. Er hatte mir auf dem Flohmarkt einen Schreibtisch gekauft. Der Tisch war alt. Er hatte gedrechselte Beine, eine große Schublade und eine zweite Platte in Höhe meiner Schienbeine. Sie war zu hoch, die Füße darauf abzustellen und würde beim Arbeiten stören. Trotzdem mochte ich den Tisch. Ich legte den Laptop darauf und die wenigen Bücher, die ich mitgenommen hatte. Ich probierte den Tisch aus. Wenn ich die Füße auf die untere Platte stellte, musste ich die Knie ein wenig zur Seite kippen, damit meine Beine unter die Schublade passten. Das würde schon gehen. Im Hof lärmten Spatzen. Durch das offene Fenster klang die Stadt wie fernes

Meeresrauschen. Fred rief von unten. „Lissi!" Es gefiel mir, dass er mich Lissi nannte. Ich hatte noch keinen Kosenamen für ihn. Pferdchen. Mein Fohlen. Warum nicht gleich *my little pony*? Wie albern! Vielleicht würde es ohne Kosenamen gehen. Nein! Unmöglich! Mir fielen immer Namen ein. Er brauchte einen Namen, den ich ihm gab. Er hatte die rosa Sex-Skulpturen tatsächlich umgetauscht. Ich zog mich aus und schlüpfte in die Schuhe. Sie wurden mit einer kleinen Blüte am Knöchel geschlossen. So schritt ich nackt die Treppe hinunter, die neue Alice, Lissi, die himbeerrote Liebhaberin aus Freds Traum. Das alles fühlte sich an wie frische Bettwäsche, ein bisschen kühl noch und steif. Er hatte Kissen auf die Treppe gelegt und sich mit Parfüm angesprüht. Seine Muskeln dicht unter der Haut. Die weiche Stelle zwischen den Schenkeln, wo sich die rötlichen Haare ringelten wie Kupferdraht. Die Vorhaut, die sich anfühlte wie sehr feines, stark benutztes Leder. Sein warmer, erdiger Duft. Ich küsste das Tier und nahm es in meine Höhle. Ich würde ihn zeichnen. Ich würde an meinem neuen Schreibtisch sitzen und er würde mir auf dem Futon Modell liegen.

Danach schmerzten meine Zehen. Ich lief nach oben, befreite die Füße und massierte sie. Diese Schuhe waren eine Zumutung. Ich gab ihnen einen Tritt. Ich wollte nichts mehr mit ihnen zu tun haben. Ich war keine neue Alice. Ich hatte mich nicht verändert, seit ich in meinen letzten Sommerferien durch die Dörfer gestreift war, gezeichnet und fotografiert hatte, in bequemen Turnschuhen, mit zerzausten, blassen Drahthaaren und dem androgynen Selbstverständnis einer Forscherin. Ich könnte ebenso gut ein Kerl sein, ein Halunke. Verwegenheit und Fantasie waren weiblich, aber nicht geschwungene Absatzlinien. Ich begrub die Schuhe ein für alle Mal in ihrem Seidenpapier, schloss den Deckel für immer, schlüpfte in mein grünes Sprinterhöschen, streifte ein weißes Unterhemd über und sprang die Treppe hinunter. „Kochen wir zusammen?"

Er hob die Hände von der Tastatur. „Jetzt?"

„Ich habe Hunger. Du nicht?"

„Doch."

„Wir haben schon lange nicht mehr zusammen gekocht."

„Möchtest du nicht erst deine Sachen auspacken?"

„Mache ich später."

„Ich komme gleich, Lissi."

Ich sprang hinauf in die Küche. Der Kühlschrank war leer. Am Fenster stand ein Topf Salbei. Spaghetti waren auch da und zum Glück Butter. Kein Parmesan. Ich stellte einen Topf Wasser auf den Herd. Ich begann, die Salbeiblätter von den Stängeln zu zupfen. Es war still hier oben, eine Stille, die ich hasste, weil sie mich an die Stille im Haus meiner Eltern erinnerte. Ein Radio würde nicht helfen. Es war eine Form der Stille, an der festgehalten wurde, die gebraucht wurde, die auf der Haut klebte und in den Ohren pochte wie das Schweigen zwischen mir und meinem Vater. Die Kellertür war immer mit einem leisen Donnern in den Rahmen gefallen. Sie hatte mich in der Stille verraten. Ich hatte das Haus stets durch den Keller betreten. Der Keller war Vaters Revier. Die Heizung. Die Werkbank. Ersatzreifen. Der Rasenmäher. Sägen, Feilen und Hammer in allen Größen. Einmal hatte er entdeckt, dass ich nach einer Streuner-Tour einen Spiegel und zwei Tontöpfe in seinen Werkzeugschrank gestellt hatte. Er hatte nicht geschimpft. Er hatte über diese Störung seiner Ordnung genörgelt, als hätte er Schädlinge entdeckt. Vater hätte mich fragen können, woher ich das Geschirr und den Spiegel hatte und warum ich den Kram in diesem Schrank abstellte, was ich damit vorhatte. Er hatte nicht gefragt. Sie fragten niemals. *Hallo Vater, wie geht es dir? Ich war in der Gartenstraße schwimmen. – Ja, weiß ich doch, dass du dort trainiert hast.* Ich lief nach unten und holte das Telefon. Die kurze Enttäuschung darüber, dass Mutter den Anruf annahm, wich sofort der Erleichterung. „Du kannst mir gratulieren, Lieschen. Ich habe das erste Modul mit AUSGEZEICHNET abgeschlossen."

„Wow! Toll! Ich wusste es!" Vater und Mutter hatten ihr Leben lang als Ingenieure gearbeitet. Jetzt waren sie beide schon einige Jahre in Rente. Mutter hatte sich zuerst auf die Zeit als Rentnerin gefreut, sich dann aber schnell gelangweilt. Im letzten Jahr hatte sie sich zu einer Ausbildung als Coachin entschlossen.

„Jetzt sollen wir für das zweite Modul Fragen zu unserer Kindheit beantworten. Völlig banale Fragen. Ich weiß gar nicht, was ich damit anfangen soll."

„Wieso banal?"

„Warte! Ich lese sie dir vor." Ich schaute nach dem Salbei. Er knisterte in der Butter. Mutter hatte Vater nach dem Studium kennengelernt. Sie hatte eine Stelle in derselben Firma bekommen, in Vaters Abteilung. Er war sechs oder sieben Jahre älter als sie. Mutter hatte gern erzählt, wie schüchtern er gewesen war und dass er sich nie getraut hatte, eine Frau anzusprechen. Aber es hatte vor Mutter Frauen in Vaters Leben gegeben. In dem Fotoalbum mit den festen, schwarzen Seiten und den hauchdünnen, knisternden Spinnwebpapieren waren Fotos einer Freundin von Vater. Sie war ein ganz anderer Typ als Mutter, brünett und sportlich. Vater war offenbar nicht auf einen Typ festgelegt gewesen. Eines Tages hatte Mutter sich ein Herz gefasst und ihren Chef gefragt, ob er am Wochenende mit ihr tanzen gehen würde. Tagelang war sie auf Wolken geschritten, weil er sofort zugestimmt hatte.

Sie nahm den Hörer wieder zur Hand. „Hier zum Beispiel: Wofür haben Sie Ihre Mutter gehasst? - Ich habe meine Mutter überhaupt nicht gehasst. Warum sollte ich sie denn hassen? Oder: Welcher Elternteil war Ihnen am liebsten? - Ich habe sie beide geliebt, was ja wohl völlig normal ist. Welche Kindheitserinnerung ist ihre schlimmste? – Alles ist so negativ formuliert. Ich habe keine schlimmen Kindheitserinnerungen. Meine Kindheit war wunderschön.“

„Der Krieg?“

„Na ja, der Krieg.“

„Diese Geschichte mit dem Tiefflieger? Wie alt warst du? Vier?“

„Das ist aber nicht, was die meinen, Lieschen."

„Ihr sollt euch bewusstmachen, was euch geprägt hat. Darum geht es vermutlich."

„Was uns geprägt hat."

„Das hat doch etwas mit dir gemacht, diese Todesangst. Du warst ein kleines Kind. Sonst würdest du dich doch heute nicht flach auf den Boden werfen, sobald ein winziges Agrarflugzeug am Himmel entlangtuckert."

Sie seufzte tief. „Ach Lieschen, warum mache ich das alles? Hat das überhaupt einen Sinn?"

„Natürlich hat das einen Sinn. Es ist doch großartig, dass du immer noch lernst. Deine Lehrer schätzen das doch sicher und die anderen im Kurs bewundern dich bestimmt. Alle bewundern es, wenn ältere Leute noch aktiv sind und ihr Leben gestalten wollen. Es ist doch wunderbar, dass du deine Erfahrungen weitergeben möchtest…Ich redete und redete. Der Salbei verbrannte. Ich schüttete die schwarz gesprenkelte Butter mit den verkohlten Blättchen in den Müll.

9

Jolanda wollte nicht, dass ich die Bäume hole. Es überraschte mich, dass sie so an ihnen hing. „Das ist mein Zuhause, Mama, auch wenn du nicht mehr da bist."

„Ich dachte, die Bäume wären dir gleichgültig, Jolli."

„Sind sie nicht."

„Jolli?"

„Ja?"

„Soll ich nicht doch lieber zurückkommen?"

„Auf keinen Fall. Ich komme zurecht. Aber die Bäume möchte ich behalten."

„Hab verstanden. Kümmerst du dich um sie?"

„Glaubst du, ich gucke zu, wie sie vertrocknen."

„Schon gut. Ist Sören bei dir?"

„Er kommt heute Abend."

„Wie fühlst du dich?"

„Alles schick."

„Habt ihr miteinander gesprochen?"

„Mm."

„Und jetzt?"

„Weiß noch nicht, habe gerade keine Lust darüber zu reden."

„Jolli?"

„Was denn noch?"

„Du weißt, ich bin da. Ich bin nur um zwei Ecken und ganz schnell bei dir, wenn was ist. Du rufst an, wenn du mich brauchst. Versprich mir das bitte."

„Ich verspreche es, Mama."

„Ich küsse dich."

Ich fuhr in ein Blumengeschäft und kaufte zwei Oleanderbüsche. Während ich sie nacheinander auf das Fahrrad hievte, in die Remise schob und die gewundene Treppe nach oben wuchtete, spulte ich das Gespräch mit Jolanda in Gedanken immer wieder ab. Ich fragte mich, ob sie litt, ohne dass ich es wusste, ohne dass sie selbst es spürte. Ich suchte in ihrer Stimme nach Anzeichen. Sie hatte nie den Eindruck gemacht, dass es ihr nicht gut ging, aber ich konnte mich täuschen. Plötzlich meinte ich, die Einsamkeit in ihrer Stimme zu hören, in ihrem Zimmer, in der Wohnung, aus der ihre Mutter fortgegangen war. Ich stellte die Oleander zwischen Tisch und Fenster. So fühlte ich mich vor den Blicken aus dem Vorderhaus geschützt, wenn ich an meinem Schreibtisch saß. Ich würde Jolanda einen Gruß per Post schicken, mit Dingen, die sie mikroskopieren könnte: ein Haar von Fred, ein bisschen angetrocknetes Sperma vom Laken und ein Stück des alten Anstrichs von meinem Tisch. Ich war sicher, dass sie Kohlenruß darin entdecken würde und Spuren von schwarzem Tee. Bestimmt wurde an diesem Tisch früher Tee getrunken. Ich stellte mir vor, dass er einer Frau gehört hatte, die mit ihrer Katze in einer Wohnung mit Kachelofen gelebt und wie Jolli gern Jane Austen gelesen hatte.

10

Ein Geräusch stürmte heran. Aufdringlich. Anhaltend. Ich blinzelte. Am Fenster standen zwei Männer, einer alt und gekrümmt, der andere schüttelte wild eine Glocke. Mein Herz raste. Ich blinzelte. Die Männer am Fenster gerannen zu den Oleanderbüschen. Mein Telefon klingelte neben dem Futon. „Hallo?"

„Guten Morgen, Alice. Störe ich gerade?" Der Architekt. Kolja.

„Aber nein."

„Wann möchten Sie mit dem Praktikum anfangen?"

Mein Grinsen ging auf wie Hefeteig, mit ungeputzten Zähnen. „Ich habe gar nicht mehr damit gerechnet."

„Wie schade! Haben Sie etwas Anderes gefunden?"

„Nein, nein, noch nicht. Nur beinahe."

„Sie kommen also?"

„Aber ja!" Die Sonne knallte ins Zimmer. Ich stürzte die Treppe hinunter. Fred saß nackt in seinem Büro hinter der Werkstatt. Ich fiel ihm um den Hals, tanzte um den Montageständer, riss die gläsernen Flügel der

Terrassentür auf, sprang hinaus und jubelte. Da war es, das Glück. Es schien mir unwirklich. „Es ist nur ein Praktikum, Lissi. Er zahlt dir nicht einmal was. Er beutet dich aus."

„Es ist eine Zusage, Fred. Eine Z U S A G E!" Ich rannte wieder nach oben, nahm mein Telefon vom Bett und schaute, ob das Gespräch wirklich stattgefunden hatte. Es hatte stattgefunden. Dreiundvierzig Sekunden.

Die Zusage führte mich in eine Fabriketage im Wedding. Arbeitstische beladen mit Monitoren und Bücherstapeln. Die Fenster gingen nach Osten, über ein Flachdach, auf dem eine Gruppe schmutzig-weißer Plastik-Stühle stand. Dahinter glänzte die Kugel des Fernsehturms im dunstigen Morgenlicht. Kolja hatte mich nicht bemerkt. Er telefonierte, sah dabei aus dem Fenster, drehte seinen Schreibtischsessel hin und her und tastete mit den Fingerspitzen den kahlen Schädel ab. Seine Stimme klang distinguiert, wie das Meer bei Ebbe. Ich lehnte mein Fahrrad an einen Eisenpfeiler und wartete. Endlich stieß er sich aus seinem Sessel und kam auf mich zu. „Wie geht's?" Seine Lachfältchen sprangen in ihre Form. Er musterte mich grinsend. Ich wurde rot. „Na komm, ich zeige dir alles." Bisher hatten wir uns nicht geduzt. Kolja führte mich in die Küche mitten in der Halle, zeigte mir den

Weg zu den Toiletten und lief dann mit mir durch die ganze Etage. Er warf lässig Grüße in die anderen Büros. Sie wurden freundlich erwidert, einmal sogar mit einem in die Luft geworfenen Kuss einer kleinen, dunkelhaarigen Frau mit sehr roten Lippen. Zuletzt traten wir auf das Dach. Kolja griff nach dem verbeulten Kugelascher, der neben der Gruppe Plastikstühle stand und nahm ihn mit zum Rand des Daches. Er zog zwei zerknitterte Zigaretten aus der Hosentasche, reichte mir eine und ließ ein Feuerzeug aufschnappen. Ich konnte nicht glauben, dass ich hier arbeiten würde, inmitten souveräner, selbständiger Menschen, in diesem lichten, coolen Raum. Ich hielt es für einen Irrtum, fürchtete, dass sich gleich herausstellen würde, dass Kolja eine andere Bewerberin erwartete, deren Name in seiner Telefonliste zufällig hinter meinem Namen stand. Er würde schlagartig ernst werden, den Irrtum bedauern und mich wieder nach Hause schicken. Wir standen am Rand des Dachs, rauchten und blickten hinab in einen Dschungel aus verfallenen Mauern und Gestrüpp, versteckt darin Polstermöbel vom Sperrmüll. Hinter einem Trampelpfad floss die Panke breit und behäbig in ihrem gemauerten Bett. Kolja war nicht größer als ich. Ich konnte seine Schultern von oben betrachten. In den Aktzeichenkursen war ich oft auf einen Tisch geklettert, um die Schultern des Modells von oben zu studieren. Ich mochte Schultern, die Landschaft der Muskeln und Knochen. Die zarten Blätter, die an Flügel erinnerten. Es faszinierte mich, dass auch Männer, die auf den ersten Blick mager und drahtig aussahen wie Kolja, so kräftige Schultern hatten. Ich konnte seine durch das Hemd ahnen. Ich hatte so viele Akte gezeichnet, dass ich den Körper eines Menschen durch seine Kleidung erkennen konnte. „Komm erst einmal an, Alice, lerne die anderen kennen und morgen sprechen wir dann über unsere Pläne." Er sah mich an. Seine Augen waren sehr hell, wie klares Wasser. Der dunkle Rand der Iris faserte wie Tinte darin aus. Er wandte seinen Blick nicht ab von mir. Er schien mich zu prüfen wie ein neu erworbenes Möbel, das noch hin und her geschoben werden muss, bis es den richtigen Platz gefunden hat. Ich wurde dunkelrot und wünschte mir, augenblicklich in das Dach einzubrechen. Lieber zerschellte ich im Stockwerk unter uns, als diese peinliche Situation länger zu ertragen. „Ist es schwierig, ein eigenes Büro aufzubauen?" Was für eine blöde Frage! Eine bessere war mir nicht eingefallen, um ihn von mir abzulenken. Es funktionierte. Er wandte den Blick endlich ab. „Ich habe das von meinem Vater übernommen, vor siebzehn Jahren. Läuft gut."

„Von deinem Vater?"

„Ja?" Sein neues Möbelstück erstaunte ihn. Er musste es noch einmal anschauen.

„Du… magst deinen Vater?"

„Er lebt nicht mehr."

„Oh."

„Ich mochte ihn. Ja." Er zuckte die Schultern und wandte sich ab, tastete mit den Fingerspitzen seinen Schädel ab, wie vorhin am Telefon. „Vielleicht muss man seinen Vater nicht unbedingt mögen, um das Büro von ihm zu übernehmen?"

„Aber du hast denselben Beruf gewählt."

„Stimmt. Du meinst, das bedeutet, dass ich ihn mochte?"

„Ich glaube ja."

„Darüber habe ich noch nie nachgedacht." Er sah mich an. Die Röte, die ich gerade niedergekämpft hatte, flammte wieder auf.

Eine große, weiße Arbeitsplatte lag vor mir wie ein leeres Blatt. Ich klickte auf der Website herum, wurde müde. Die Fenster lenkten den Blick nach draußen. Ich döste den Wolken nach und beobachtete, wie sich die Farbe der

Fernsehturmkugel im wechselnden Licht veränderte. Kolja arbeitete konzentriert. Er bohrte nicht in der Nase, knabberte keine Schokolade, schaute nicht nach den Wolken. Er bemerkte nicht einmal, als ich ihn skizzierte.

Und dann kam sie, die richtige Kandidatin! Sie wehte zur Tür herein, in Gravitation gehalten durch eine knallvolle, graue Tasche aus Lkw-Plane. Sie war blond und dünn und hübsch. Das Blut stürzte aus meinem Gesicht. Sie pustete das glatte Haar aus der Stirn und seufzte erleichtert, als sie die Tasche auf dem ersten Tisch vorn an der Tür abstellte. Ich begriff, dass sie in diese Fabrikhalle gehörte, wahrscheinlich schon länger. Langsam erholte ich mich von meinem Schreck. Sie kam auf uns zu, umarmte Kolja und deutete eine kleine Verbeugung in meine Richtung an. „Du musst Alice sein, die so gut zeichnet!" Ihre Stimme war überraschend warm und kräftig. „Ich bin Helena! Trinkst du einen Kaffee mit, Alice?"

„Gern."

Sie hebelte drüben an der Espressomaschine herum. Ich folgte ihr in die Küche. „Du bist Architektin?"

„Innenarchitektin. Ich mache Bühnen, Theater, kleine Theater."

„Toll. Ist das nicht kompliziert?"

„So kompliziert auch wieder nicht." Sie lachte. Ich betrachtete ihr Gesicht, während sie von dem Projektraum in Dänemark erzählte, von zu niedrigen Räumen und zu schwachen Wänden und den Lösungen, die sie gemeinsam mit Kolja gefunden hatte. Ihre hellen Brauen tanzten weit in die hohe Stirn, wenn sie sprach. Die flache Nase wurde an der Spitze knollig wie bei einem kleinen Tier. Die Grübchen darunter stimmten in den Schwung ihrer vollen Lippen ein. Ihr ganzes Gesicht war ein Lächeln, selbst wenn sie ernst blickte. Ich verliebte mich augenblicklich in sie. „Und du?" Wir tranken unseren Kaffee an dem langen Tisch, der die Küche in der Halle abgrenzte. „Ich bin Koljas Praktikantin."

„Das weiß ich." Sie blickte. Erwartungsvoll. Wieso nahmen mich hier alle so wichtig? Ich war das nicht gewöhnt, spürte die Verlegenheit, hatte Angst, mich um Kopf und Kragen zu reden, über die Vergangenheit zu plappern, die Jobs im Callcenter und im Teeladen. Du bist neunundzwanzig Jahre alt! Du hast kein Kind! Und kein Wort davon, dass du das Abi erst vor ein paar Jahren auf der Abendschule nachgeholt hast! „Ich habe noch nicht viel Spannendes zu erzählen."

Sie lächelte. Den Rest des Nachmittags verbrachte sie telefonierend. Ihre warme Stimme füllte den Raum. Sie lachte viel. Ich zeichnete sie.

Helena kam selten ins Büro. Meist war sie unterwegs, viel im Ausland. Wenn sie kam, telefonierte sie. Sie lief mit dem Telefon auf und ab, schob die Magnete auf ihrer Pinnwand hin und her, während sie lauschte, oder knetete Radierer. Alle Menschen, mit denen sie sprach, schienen gute Freunde zu sein. Ich hatte Lust, mich zu kleiden wie sie und trieb mich abends in Läden herum, suchte nach den leichten, klassischen Hosen, die sie mit schmalen Gürteln zu schlichten Hemden trug, dazu Turnschuhe, probierte ihren Look und schämte mich, ihn einfach so zu kopieren. Fred erzählte ich, dass ich Überstunden machte, wenn ich spät nach Hause kam. Er schimpfte, Kolja sei ein Ausbeuter.

Wenn Helena im Büro war, gingen wir in dem einzigen Bistro, das sich in der Nähe befand, Mittag essen. Ich war dann so aufgeregt, dass ich ebenso gut Notizzettel statt der teuren Salate hätte essen können, ohne den Unterschied zu bemerken. Jetzt begann mein Leben. Hier. Davor war nichts passiert, über das zu reden sich gelohnt hätte. Von Helena hingegen wollte ich alles wissen. „Schauspielerin?"

„Na und?" Sie drehte Salatblätter über ihre Gabel.

„Das ist ein Traumberuf!"

„Denken alle. Irrtum. Wenn du nämlich durch Provinztheater tingelst und mittelmäßige Regisseure dich von einer Nebenrolle in die andere schubsen, dann macht es keinen Spaß." Es fiel mir schwer, ihr zu glauben. Sie musste eine fantastische Schauspielerin sein. Selbst dieses vermeintlich erfolglose Leben erschien mir glamourös und bedeutend. „Erstens haben mir die meisten Inszenierungen nicht gefallen. Zweitens hatte ich Null Gestaltungsspielraum." Natürlich war sie anspruchsvoll.

Sie schaute aus dem Fenster. „Damals ging es mir nicht gut. Ich habe mich gefragt, was ich eigentlich will im Leben. Auf die Idee mit der Innenarchitektur hat mich Kolja gebracht. Ich habe zuerst bei ihm ein Praktikum gemacht. Wie du. Wir kannten uns allerdings schon lange. Ich hatte nicht von Anfang an geplant, Bühnen zu bauen. Das hat sich später so ergeben. Manchmal dauert es eine Weile, bis man seins findet. Ich habe Lust auf was Süßes. Du auch?"

„Ja."

„Teilen wir uns ein Stück Kuchen?"

„Gern."

Wie leicht ihr Schritt war und wie temperamentvoll sie die Haare aus der Stirn pustete! Sie stellte einen Brownie zwischen uns und wir begannen von beiden Seiten zu essen. „Es gibt diese Knotenpunkte im Leben. Vielleicht kennst du das, Alice. Die Fäden entwirren sich plötzlich. Etwas löst sich. Die Dinge werden klar. Und dann siehst du, wozu alles gut war."

11

In der Nacht hatte es geregnet. Die Bäume im Hof tropften. Es war kühl. Draußen auf der Straße dämpfte der Nebel das Tempo und den Lärm der Stadt. Kolja lehnte ein paar Schritte vom Hoftor entfernt an seinem Wagen. Vor seiner dunklen Silhouette schwebte das glühende Pünktchen der Zigarette. Ich kämpfte gegen einen Anflug von Röte. Er lächelte schmal. „Coole Lederjacke! Von deinem Vater?" Ich küsste neben seine Wangen. Sportliche Duftmoleküle mischten sich mit dem Geruch des alten Leders. „Vom Flohmarkt, vor gefühlt hundert Jahren erworben für zwanzig DDR-Mark." Er öffnete mir die Wagentür. „Diese Kälte! Und bald ist Weihnachten."

„Erinnere mich nicht daran!"

„Geht vorbei!" Er grinste mit der Zigarette zwischen den Zähnen. Das Leder knirschte, als er sich in den Fahrersitz fallen ließ. Es klang wie ein Frösteln.

„Na ja, ich mag Weihnachten eigentlich ganz gern. Aber das Praktikum ist dann zu Ende." Er kurbelte den Wagen aus der Parklücke und stieß in den Nebel. „Apropos Weihnachten! Eine Freundin von mir veranstaltet einen Kunstbasar. Vielleicht was für dich?"

„Ich war noch nie auf einem Markt. Aber ich könnte es versuchen."

„Sie nimmt nicht jeden."

„Meine Sachen sind nicht besonders gut."

„Ja, ja, du willst ein Kompliment hören. Hier ist es: Du bist gut."

„Ich bekomme nicht einmal ein Selbstporträt hin." Das war nicht gelogen. Es fiel mir leicht, einen Ausdruck zu erfassen. Aber mein eigenes Gesicht sah ich nicht. Seit ich ein Teenager war, projizierte ich andere Menschen in mein Spiegelbild, Stars, vor allem Schauspielerinnen.

„Hast du es schon versucht?"

„Natürlich. – Ich bin nicht ehrlich genug. Ich habe Angst vor mir. Ich schaue nicht richtig hin." Er warf mir einen Seitenblick zu, ziemlich lange dafür, dass er schneller als erlaubt fuhr. „Sei nicht so streng mit dir selbst."

„Doch!"

„Dann wirst du es auch mit anderen sein."

„Ich zeichne am liebsten Porträt und Figur, Gesichter interessieren mich, Körper, Bewegungen. Aber die Leute kaufen lieber Landschaften, Stillleben, Blumen, Katzen und so."

„Darf man deine Arbeiten sehen?" Komisch, dass er ,man' sagte. Als hätte er eine Scheu davor, meine Bilder anzuschauen oder Angst, ich könnte diese Frage mit einer Liebeserklärung verwechseln. „In letzter Zeit habe ich wegen des Studiums nicht so viel gemacht."

„Die Kunst darf niemals vernachlässigt werden!"

„Na ja, die Architektur ist mir gerade wichtiger."

„Architektur ist auch eine Kunst. Die Architektur vereinigt in sich alle Künste, hat Schinkel gesagt."

„Ja, natürlich. Ich weiß. Was ich sagen wollte, ist, dass ich gerade weniger Porträts und so zeichne."

„Ein Freund von mir hat sich mehrmals an Kunsthochschulen beworben", erzählte Kolja. „Er wurde nicht angenommen. Er ist dann Arzt geworden. Aber das Malen hat er nie aufgegeben. Hatte schon mehrere Ausstellungen. Er ist richtig gut. Er ist auch ein guter Arzt geworden, eine Koryphäe auf seinem Gebiet. Hält immerzu Vorträge auf Kongressen. Ein anderer Freund wollte Pianist werden und hat jetzt eine eigene Firma. Er sagt, er wäre nur ein mittelmäßiger Musiker geworden. Kann ja sein. Aber wenn irgendwo ein Piano steht, setzt er sich ran und spielt und alle bleiben stehen und hören ihm zu."

„Das ist toll." Ich stellte mir Kolja mit seinen Freunden vor, wie sie sich an Geburtstagen Bilder von Künstlern schenkten, die sie persönlich kannten, wie sie sich für das Hauskonzert auf dem Fußboden niederließen und der Unternehmer sich ans Klavier setzte und eine schöne Frau ihm die Hand in den Nacken legte. Wie sie applaudierten und lachten und plauderten über die Welt, die schwierig geworden war, aber immer noch einen gemütlichen Platz auf einem sauberen Parkett für sie bot, denn die Putzfrau war da gewesen und alles glänzte. War Kolja ein Marshmallow? „Was ich sagen will: die Besten in ihrem Beruf sind oft die, die ein bisschen daneben sind. Sieh dir Helena an! Sie wollte Schauspielerin werden und ist heute eine international gefragte Expertin für Bühnen."

„Und du? Bist du auch ein bisschen daneben?"

„Was glaubst du, warum ich so mittelmäßig bin?" Er lachte kratzig.

„Das stimmt doch nicht." Aber mein Widerspruch fiel schwach aus. „Ich fühle mich nicht daneben in deinem Büro. Wahrscheinlich werde ich mittelmäßig bleiben."

„Du lässt dich aber schnell verunsichern." Er warf mir einen angriffslustigen Blick zu. Wir waren in der Karl-Marx-Allee angekommen. Synne, der dänische Komponist, duckte sich im Türrahmen, als er ins Treppenhaus trat. Sein weiches Gesicht war von farblosen Locken umwölkt. Ein Hauch Röte überzog seine Wangen, als er uns die Hand gab. Er führte uns durch die Räume und sprach leise über die Konzerte, die er darin geben wollte, Voraufführungen seiner Kompositionen vor Freunden, Agenten und Veranstaltern. Wir sollten seine Wohnung so umbauen, dass ein kleiner Konzertsaal darin entstand. Manchmal geriet Synne ins Stottern. Dann blieb er stehen und legte einen Finger wie eine Stimmgabel an die Lippen und konzentrierte sich auf die Worte, die in seinem Kopf bereitlagen. Wie ein Konzertpublikum abwartet, dass die Musiker ihre Instrumente gestimmt haben, warteten wir, dass er die Stimmgabel wegnahm und weitersprach. Ein schwarzer Flügel vor der Terrassentür war das einzige Möbel im Wohnzimmer. Auf dem Parkett lag ein Schlafsack, daneben türmten sich leere Kaffeebecher. Wir traten auf die Terrasse. Das Brummen aus der Karl-Marx-

Allee drang herauf. Der Nebel hob sich jetzt. Durch den Schleier blendete die Sonne. Es würde ein schöner Septembertag werden. Vom Springbrunnen wehte das Wasser in Richtung Alex. Dort drüben war früher das Haus des Kindes gewesen. Oben hatte es ein Café gegeben, das Erwachsene nur in Begleitung ihrer Kinder betreten durften. Ich hatte mir immer gewünscht, mit Mutter in dieses Café zu gehen, aber meist war es wegen Renovierungsarbeiten geschlossen. Einmal hatten wir dort ein Kleid gekauft. Ein Kleid mit roten Blumen, aus einem knisternden, glänzenden Stoff.

Die Kabinentür quietscht. Das Mädchen betrachtet sich im Spiegel. Sie fürchtet sich vor der Verkäuferin mit dem strengen Gesicht. Die Verkäuferin wird ihr das Kleid wegnehmen und einem hübscheren Mädchen geben. Sie wagt nicht, die Kabine zu verlassen. Sie möchte das Kleid nicht ausziehen. Die Mutter öffnet die Tür. „Was ziehst du für ein Gesicht? Gefällt dir das Kleid nicht?"

Synne hatte keine Ahnung von diesem Berlin, in dem strenge Verkäuferinnen über die Mädchenkleider geherrscht hatten und ein Student aus Tangermünde im Bad in der Gartenstraße täglich seine Bahnen gezogen war, in dem gläsernen Aquarium neben den Zellen mit

Badewannen für die Leute, die zu Hause kein Bad hatten. „Sind Ihre Eltern auch Musiker?"

„Nein." Er blickte versonnen in die Karl-Marx-Allee. „Sie verkaufen Segelboote."

„In Berlin gibt es viel Wasser zum Segeln, den Müggelsee zum Beispiel. Ich habe früher dort gewohnt."

Synne sah mich an. „Ich segele nicht." Er brachte den Satz entschlossen, ohne zu stottern hervor. Vielleicht hatte er ihn schon oft gesagt. „Was ist Ihnen wichtig für den Konzertsaal?" Er legte den Finger an die Lippen und stimmte seine Worte. „Der Sound. Und es soll ohne Zwänge sein."

„Ohne Zwänge? Zwanglos."

Ich skizzierte Synne in seiner Wohnung, wie er am Fenster stand und mit gesenktem Kopf nach draußen blickte, den Finger an den Lippen. Ich skizzierte ihn, wie er am Flügel saß und etwas in ein Notenblatt schrieb. Ich skizzierte ihn, wie er im Schneidersitz auf dem Parkett saß und las, neben sich einen Kaffeebecher. Später fertigte ich nach Koljas Plänen Entwürfe für den Konzertsaal an. Die Zeichnungen animierte ich zu einem kleinen Film für unsere Website. Synne war in diesem Film zu sehen, zuerst nachdenklich am Fenster seines Wohnzimmers, dann komponierend am Flügel und während er auf dem Boden saß, las und Kaffee trank, verwandelte sich der Raum um ihn herum vom Fünfzigerjahre-Wohnzimmer in einen Konzertsaal.

12

Das Mädchen trägt das glänzende, rote Kleid aus dem Haus des Kindes zum ersten Mal auf einem Ball, an einem Sommertag. Es tanzt mit seinem Vater. Es stellt sich auf seine Schuhe. Die Schuhe sind schwarz und lang und spitz und blank geputzt. Der Vater schreitet mit ihr über die Terrasse. Er ist groß und dünn, das Mädchen acht oder neun Jahre alt, vielleicht auch erst sechs oder sieben. Ihr Gesicht ist undeutlich. Steingraue Augen. Braunes Drahthaar, schwer zu bändigen.

Zwanglos. Alles-kann-nichts-muss-sein. Leichtes Material, ein Windspiel, Sitze, die sich der Körperform anpassten, die mitgingen. Mit jemandes Schritten und Gefühlen mitgehen. Das Mädchen steht auf den Schuhen des Vaters und wünscht sich, mit ihm zu gehen. Weite Flächen. Tanzen. Offene Türen. Durchlässige Ausblicke. Osmotische Wände. Weich bleiben. Getragen werden.

Das Mädchen hält sich mit den Händen an der Anzugjacke des Vaters fest, beugt den Kopf weit nach hinten und lacht. Der Vater blickt hilflos über das Kind hinweg zu den anderen Gästen. Dieses übermütige Ding steht auf seinen frisch geputzten Schuhen und verlangt, dass er sie durch den Saal trägt. Wenn er dem Mädchen verbietet, auf seinen Schuhen zu stehen, wird es zu weinen anfangen. Alle werden zu ihnen schauen. Unter keinen Umständen will er auffallen. Die anderen Gäste, die an ihnen vorbeitanzen, lachen ihnen zu, besonders die Frauen. Jetzt fallen sie doch auf, das Mädchen und sein Vater. Das Mädchen versteht nicht, wieso der Vater keinen Spaß daran hat, von so vielen Frauen angelacht zu werden. Am nächsten Tag fahren sie nach Hause zu Mutter. Sie war nicht mit auf der Feier. Das Mädchen bittet den Vater, das neue Kleid noch einmal anziehen zu dürfen, auch nach dem Fest. Der Vater hat nichts dagegen. Sie sind lange auf der Autobahn unterwegs. Sie sprechen nicht auf der langen Fahrt, aber es ist nicht diese Art Schweigen, die in den Ohren pocht. Es gibt zwei Arten zu schweigen: Die anstrengende ist, aufeinander zu lauern. Die andere Art zu schweigen ist, einander zu vertrauen und loslassen zu können, und nebeneinander, jeder für sich in der eigenen Welt zu versinken. Von dieser Art war das Schweigen zwischen dem Vater und dem Mädchen auf dieser Autofahrt.

Ich schob die Skizzen unter die Schreibtischunterlage und ging in die Küche, füllte Espresso in die Maschine und wartete, bis er schwarz in die Tasse tröpfelte. Es müsste mir gelingen, mit Vater zu sprechen, bevor er den Hörer an Mutter weiterreichte. Zwanglos. *Hallo Vater, wie geht es dir?* Mit Helenas Freundlichkeit. So tun, als sei Vater noch der alte Freund. *Das Praktikum ist toll. Wir bauen jetzt eine Wohnung in der Karl-Marx-Allee um. Ich gestalte einen Konzertsaal. - Doch, glaub mir, da ist ein riesiger Markt. Alle kaufen jetzt Wohnungen in Berlin. Und die muss ja jemand einrichten. – Nein, ich rechne nicht damit, dass da ein Job für mich rausspringt. Ich bin realistisch. Sonst bin ich am Ende enttäuscht. Ich sammele einfach Erfahrungen. Weißt du was? Eigentlich bin ich fast eine Ingenieurin. Komisch, nicht? Wo ich doch immer so schlecht in Mathe war. In unserem Büro arbeitet eine Innenarchitektin, Helena, die Bühnen baut. Sie wird mir bei einer Hausarbeit helfen.* Ich trat hinaus aufs Dach, lief bis zum Rand. Gelbe Blättchen segelten durch die feuchte Luft und bedeckten die Polstermöbel vom Müll im Garten neben der Panke. In der klaren Herbstluft rückten die Gegenstände näher heran. Eine Hundeleine lag auf dem Sofa, leere Flaschen und eine Lidl-Tüte. Um diese Zeit saß Mutter noch in ihrem Coaching-Kurs. Vater wartete meist draußen im Auto auf sie, hörte Radio oder las. Er meldete sich sofort. „Hallo Vater, wie geht es dir?" Der Satz kam hastig, aber er ging leichter über die Lippen, als ich gedacht hatte. Vater machte ein Geräusch, das wie eine Frage klang, an der er sich verschluckt hatte. „Gut. Danke." Er räusperte sich.

„Störe ich?"

„Ich gebe dir Mutter." Weg war er. Mutter meldete sich. „Du hast Glück, dass ich noch in der Mittagspause bin. Fünf Minuten später und du hättest mich verpasst." Ich sah Mutters herzförmiges Gesicht vor mir. Die hängenden Lider. Die volle Unterlippe, die sich im Laufe der Jahre immer weiter in Richtung ihres runden Kinns gesenkt hatte. Die leicht gelockten, kurzen Haare, die sie rostrot färbte. „Wir sollen jetzt einen Slogan für uns finden. Nur einen Satz. Ich verstehe überhaupt nicht, was das soll! Aber es ist typisch für diese oberflächliche Gesellschaft, ein Menschenleben auf einen Satz zu reduzieren. Mein Leben war ganz normal unauffällig. Nichts Besonderes. Ich habe studiert, ein Kind bekommen, eine Ehe geführt. Punkt."

„Ich denke drüber nach, Mutter. Mir fällt sicher ein Slogan für dich ein. – Kann ich Vater sprechen?"

„Was ist denn los? Du brauchst Geld, nicht wahr? Natürlich brauchst du Geld. Die bezahlen das Praktikum ja nicht und die Arbeit im Teeladen hast du verloren. Sag das doch gleich! Das ist kein Problem, Lieschen. Wieviel brauchst du denn?"

13

„Synne! Synne! Ich höre immer nur Synne! Ist das euer einziger Job? Der Typ hat reiche Eltern. Natürlich ist er privilegiert."

„Ich dachte, meine Arbeit interessiert dich."

„Lissi, du arbeitest für Leute, die uns die Stadt unterm Hintern wegreißen!"

„Das ist nicht wahr! Synne ist kein Spekulant. Profit interessiert ihn überhaupt nicht. Er ist Komponist. Du hast einfach keine Ahnung, Fred. Die Situation ist differenzierter als du denkst. Wir arbeiten für die, die in ihren Wohnungen leben. Die Spekulanten interessieren sich nicht für Gestaltung."

14

Die späte Sonne tropfte in den schwarzen Ruppiner See. Ich folgte Fred. Wir flogen am Ufer entlang und erreichten einen Wald. Das tiefe Licht durchwebte die Stämme, Gräser und Spinnweben. Staub und Insekten tanzten darin. Ich konnte mich nicht satt sehen. „Stopp!" Ich hielt, lehnte das Rad an einen Baum, ging über die Moospolster in den Hochwald und holte meinen Skizzenblock aus der Tasche. Seit Tagen dachte ich über Vaters Gesicht auf dem Foto aus dem Studentenwohnheim nach. Ich hatte mehrere Skizzen gemacht, scheiterte aber immer wieder. Die Schwierigkeit lag bei seinen Lippen. Auf diesem Bild waren sie geschlossen. Sie wirkten verletzlich, wie entblößt, obwohl er lächelte.

„Was ist los? Spinnst du?" Fred stand vorn auf dem Weg.

„Ich habe gerufen, aber du hast wieder mal nichts gehört."

„Wieso rufst du nicht an?"

„Ach, immer das Telefon! Du kannst dich auch mal umdrehen und nach mir schauen."

Er trabte auf der Stelle, pappte die Locken in die Stirn, dann schulterte er das gelbe Mountainbike und trug es über das Moos. „Wie sollen wir es bis nach Rheinsberg schaffen, wenn du weiter wie eine Schnecke fährst und dann auch noch Malpausen einlegst!"

„Nur ein, zwei Skizzen. Fünfzehn Minuten. Wenn du was essen willst - es ist jede Menge Picknickzeug in der Tasche! Und Kaffee. Ich würde auch gern einen Becher trinken."

Er trottete zu meinem Rad. „Du hast es mit dem Rahmen an den Baum gelehnt! Immer mit dem Sattel anlehnen! So. Etwas mehr Respekt, Lissi! Du fährst ein *Grove*. Ein *Grove Innovations* ist eine Legende. Hier ist ein Kratzer! Da! Der kommt von dem Stamm!"

„Das ist ein Fleck." Ich spuckte auf meinen Zeigefinger und begann zu wischen. Es war tatsächlich ein Kratzer. Fred stöhnte und ging vor dem Fahrrad auf die Knie. Ich lief zu dem Sonnenfleck zurück und ließ mich auf den Waldboden sinken. Aus den Augenwinkeln beobachtete ich, wie er die Gepäcktasche abhängte und mir folgte, wie er Tüten und Schachteln aus der Tasche nahm, ein Käsebrot aß und sich Kaffee eingoss. „Für mich auch, ja!" Er füllte einen Becher und brachte ihn mir. „Hast du Zahnstocher dabei? Oder Streichhölzer? Übrigens stehe ich mit Bill Grove in Kontakt. Ich will ihn unbedingt besuchen in den Staaten."

Er fand einen Zweig und stocherte damit in der Kette. „Ich habe Zeichnen nie gemocht. Dieses Geschwafel von der Perspektive! Wir hatten einen Lehrer, so einen verhinderten Künstler wie Hitler, der hat mir mal den Stift aus der Hand gerissen und mein Bild korrigiert. Einfach so, ohne zu fragen, kritzelt der in meinem Bild rum. ,Sehen sie das nicht, dass die Wand hier viel kürzer und da viel breiter....' Der hatte so eine dünne Stimme. ,Ich sehe das anders', habe ich gesagt. Er: ,Sie sehen das falsch.' Da bin ich gegangen. Hat mir nen Eintrag verpasst und einen Tadel wegen Schwänzen. Dann hat er behauptet, die Unterschrift von meiner Mutter wäre gefälscht, womit er Recht hatte. Allerdings waren die meisten Unterschriften, mit denen er verglichen hat, auch gefälscht. So ein Idiot war das. Meine Mutter wurde in die Schule bestellt. Hat ihm gesagt, dass sie nicht verhindern kann, dass ich ne andere Perspektive habe. ,Ist schließlich mit einer anderen Geschichte aufgewachsen als Sie', hat sie gesagt." Fred stieß Schmutzkügelchen aus der Kette, akribisch, Loch für Loch.

„Was für eine andere Geschichte?"

„Keine Ahnung. Hat sie einfach so daher gesagt. Sie war Weltmeisterin darin, gute Sätze einfach so daher zu sagen."

„Deine Mutter hätte ich gern kennengelernt."

„Die hat sich einfach nichts bieten lassen. Das habe ich von ihr."

Ich zeichnete Fred, wie er vor dem Fahrrad hockte und die Kette reinigte. „Was machst du?"

„Nichts. Ich zeichne. In der Tasche ist übrigens auch Schokolade."

Er stoppte die Kettenreinigung.

„Ich liebe es, wenn die Perspektive gebrochen wird. Viele Künstler tun das meisterhaft."

„Es gibt heute keine Künstler mehr. Kunst, das war Aufbegehren, Widerstand. Heute gibt es nur noch den Markt. – Mach ruhig! Zeichne! Ich finde es blöd, dass alle Künstler sein wollen. Überall stolpert man über diese Möchtegerns in ihren Klappstühlen. Toscana, Provence und Uckermark. Und wer nicht zeichnet oder seine Acrylscheiße kleckst, knipst wie wild durch die Gegend."

„Warst du jemals in einer Galerie?"

„Wozu? Okay, wenn Giger mal in Berlin ausstellen würde, würde ich hingehen. Kennst du Giger? Den Schweizer, der für ‚Alien' gezeichnet hat?"

„Natürlich. Er war übrigens Innenarchitekt."

„Ich habe meine Bilder im Kopf. Dort belästigen sie niemanden. Ich kann sie jederzeit abrufen." „Irgendwann sind deine Nasenwurzel und deine Stirn ganz zerknüllt von diesem Blick gegen die Welt."

„Ich bin nicht gegen die Welt. Die Welt ist gegen mich."

„Wer ist gegen dich? Sag es mir! Wer? Von welcher Welt sprichst du? Bin ich gegen dich?"

„Du weißt genau, was ich meine: Die Mechanismen! Das System! Es ist antikosmisch, gegen alles gerichtet, was lebendig ist."

„Aber Giger und Bill Groove oder wie der heißt, leben doch auch in dieser antikosmischen Welt. Wir sind alle hier."

„Ich habe auch nichts gegen euch, aber gegen die Maschine. Die Maschine, die macht, dass du in dieser

Fabriketage zum Spießer wirst und für Leute arbeiten musst, die uns die Stadt unterm Hintern wegreißen."

„Geht das jetzt wieder los? Nenne mir einen Menschen, der nicht für die Maschine arbeitet?"

„Ich."

„Du?"

„Ich habe mich bewusst dagegen entschieden. Die Fahrräder, die ich verkaufe, wurden ohne Profitinteresse produziert. Ich bin absolut kompromisslos."

Ich sprang auf. „Eine Wohnung hochwertig einzurichten, ist auch nachhaltig, weil viele Generationen davon profitieren könnten."

Nachhaltig! Sag bitte nicht dieses Wort. Ich kann es nicht mehr hören. Deine Nachhaltigkeit können sich doch nur Privilegierte leisten."

„Und deine Fahrräder?"

„Jeder könnte mein Kunde sein. Es ist eine Frage der Wertschätzung."

„Das sagen alle, die was Teures verkaufen. Könnte ich auch sagen. Denk doch mal nach, du Weltzerknirscher!"

Ich spürte, wie ich zur Riesin anwuchs. „Dein Zeichenlehrer ist noch lange kein Grund, alle zu beleidigen, die zeichnen!"

„Ich beleidige niemanden."

„Möchtegerns in Klappstühlen, die Acrylscheiße klecksen – das soll keine Beleidigung sein!" Ich überragte bereits die Wipfel. „Warum hast du mir das erzählt von deinem Zeichenlehrer? Um mir zu sagen, dass ich genauso ein unbegabter Hitler bin?" Ich lief los, trat auf den Kaffeebecher und klemmte mir die zerkratzte Legende unter den Po. Steine spritzten unter den Reifen weg. Ich riss das Rad in einen winzigen Pfad, holperte über Wurzeln. Spinnfäden klebten auf meinen Wangen. Die Bäume zitterten. Das Bild wurde unscharf von Tränen. Der Pfad verlor sich im Gras, aber ich trieb das Rad weiter voran. Zweige peitschten gegen meine Arme. Ich spürte keinen Schmerz. Als das Rad steckenblieb, stieg ich ab und rannte. Irgendwann erreichte ich einen breiten Wanderweg. Die Luft klar und kühl. Die Nadelbäume rauschten.

Ich lehnte mich erschöpft über den Lenker, zog das Telefon aus der Tasche, um auf die Karte zu schauen, aber der Empfang war zu schwach. Fred hatte mehrmals angerufen.

Es war bereits dunkel, als ich zu Hause ankam. Fred saß in seinem Büro. Das blaue Licht des Monitors spiegelte sich auf seinem Gesicht.

„Wieso sitzt du im Dunkeln?"

Er sah auf. „Lissi!"

„Hast du gegessen?"

„Noch nicht."

„Hast du Hunger?"

„Ich sterbe vor Hunger."

„Ich auch. Kochen wir zusammen?"

„Komme gleich."

Hunger war ein gutes Gefühl, intensiv und ehrlich. Auf den Hunger war Verlass. Kein Mensch würde abstreiten, von Zeit zu Zeit hungrig zu werden. Solange der Hunger da war, hatte ich alles im Griff, denn es gab nur dieses eine Ziel: Essen. Ich hatte eingekauft: Kokosmilch und Blumenkohl. Ich knackte Erdnüsse und aß davon. Ich setzte den Blumenkohl in einem Topf mit Wasser an und in einem anderen den Reis. Ich briet Knoblauch, Chili und Zitronengras, gab die Frühlingszwiebeln dazu, dann die Kokosmilch und den Schnittlauch. Ich dachte an nichts als an die festen Blumenkohlröschen, den Reis und die scharfe Soße. Vor dem Fenster stand die Nacht. Ich zündete Kerzen an, nur für mich und meinen Hunger. Fred kam nicht. Ich deckte den Tisch. Ich kostete die Soße. Sie brannte wohltuend im Rachen. Ich probierte den Reis. Er hatte genau die richtige Konsistenz. Er gelang mir selten so gut. Ich nahm etwas Reis auf den Teller, ein Blumenkohlröschen und Soße. Wunderbar. Ich bekam Lust auf Wein. Auf dem Kühlschrank stand eine geöffnete Flasche. Ich spürte die Wirkung sofort. „Ich esse jetzt!" Ich aß viel, zu viel. Ich war zu viel Alice. Ich lief. Ich lief, so schnell ich konnte durch die Straßen. Als ich im Schwimmbad in der Gartenstraße auf dem Startklotz stand, spürte ich meine Erschöpfung. Ich stieg hinab und ruhte mich auf der großen, gefliesten Bank aus. Sie war beheizt. Sie wärmte meinen Rücken. Das Echo aufspritzenden Wassers hallte von den Wänden, und Schreie. In der gläsernen Decke der Halle spiegelten sich die Wellen. Ein heller Raum öffnete sich. Ein Embryo liegt an einer Nabelschnur, den durchsichtigen Daumen im Mund. Es entwickelt weite Schultern und lange Beine mit kräftigen Oberschenkeln. Es tut einen Schwimmzug. Das Fruchtwasser in Vaters Bauch schaukelt und plätschert. Das helle Licht aus dem Kreißsaal blendet. Ich höre Vater schreien, als er mich aus seinem Bauch presst. Ich will auch schreien und wache auf. Mein Badeanzug war getrocknet. Ich verließ die Halle und duschte lange heiß.

Fred saß in eine Bettdecke gehüllt auf dem Boden der Küche vor dem stumm geschalteten Fernseher. Ein Militärhubschrauber landete auf einer Basis im Meer. Der Hubschrauber bewegte sich wie ein Insekt, wie eine Hummel. Ich hatte noch nie einen Hubschrauber gesehen, der so beweglich war wie ein Insekt. „Wieso hast du den Ton ausgeschaltet?"

„Ich muss nachdenken."

Ich setzte mich neben ihn und schaltete den Fernseher aus. „Gib mir ein Stück von deiner Decke! Mir ist kalt!" Wir hockten schweigend nebeneinander. „Ich werde wieder in meine Wohnung zurückgehen, zu Jolanda. Es hat keinen Sinn!"

„Ich gehe auch. Ich fahre morgen nach Brüssel."

„Brüssel?"

„Ich werde dort mit jemandem zusammenarbeiten, der ein großes Lager hat."

„Warum ist alles so schwierig? Ich habe mich selbst gehasst, vorhin im Wald. Ich hasse es, wenn ich wie eine Oberlehrerin rede und mich verteidigen und rechtfertigen muss. Es ist kindisch. Ich möchte nicht, dass du mich dazu bringst, mich selbst zu hassen." Er hielt mir seinen gesenkten Kopf entgegen wie eine Katze. „Ich will dich spüren, Alice, das, was nur uns beiden gehört. Manchmal provoziere ich so lange, bis ich einen Menschen spüre, seine Essenz, seine Gefühle. Ich hasse die glatte Oberfläche, die Coolness. Ich will das Leben spüren."

„Du kannst niemanden zwingen, dir seine Gefühle zu offenbaren. Aber du kannst dich für andere interessieren und dann wirst du Menschen finden. Interessierst du dich für mich?"

„Lissi!"

„Ich meine, interessierst du dich wirklich? Möchtest du den Film sehen, den ich für das Büro gemacht habe? Er ist gut." Ich vermied es, ihm zu erzählen, wie begeistert Kolja von meinem Film war. Ich wollte Koljas Namen nicht erwähnen. Doch an dem Tag, als Kolja und Helena meinen Film angeschaut hatten und er kurz darauf zum

88

ersten Mal auf der Website gelaufen war, hatte ich gewusst, dass ich richtig bin in der Fabriketage, dass ich dazugehöre. Schade, dass Fred es nicht verstehen würde. Oder könnte er es verstehen, wenn ich es überzeugender erzählen würde? Ich holte den Laptop und stellte ihn vor Fred und mich. Der Film war kurz. 60 Sekunden. „Das ist gut, Lissi. Das hat Poesie." Ich wusste, dass er es ehrlich meinte, dass er sich mit mir freute. „Ich fühle mich gut dort, Fred. Ich kann dort die sein, die ich bin. Es klingt verrückt, aber zum ersten Mal spüre ich, wer ich bin."

Er knurrte. Er hatte verstanden. Sein erdiger Duft. Ich legte mich auf den Bauch und hielt die Beine geschlossen, als er in mich eindrang. Da war diese kleine, süße Wurzel, in der wir unseren Ursprung hatten. Immer wieder konnten wir dahin zurück und erlöst werden. Als er sie berührte, sah ich den Staub, der im Waldlicht tanzte und das rosa Licht in der Fruchtblase in Vaters Bauch.

15

Kolja schaute sich meine Zeichnungen an. Er legte die Blätter behutsam um. Der Zigarettenrauch stieg in den Lichtkegel der Industrielampe. Ich saß neben ihm auf dem Tisch und schluckte. Eigentlich hatte ich mir insgeheim gewünscht, dass jemand meine Zeichnungen so anschaute wie Kolja, mit dieser Ernsthaftigkeit, als sei ich eine echte Künstlerin. Aber jetzt konnte ich meine Verlegenheit kaum ertragen. „Mein Vater als Student. Na ja, ich habe ihn nicht wirklich getroffen. Er weicht mir aus. – Irgendwie ist es komisch, dass ich in letzter Zeit so oft über ihn nachdenke, dass ich ihn sogar zeichne." Kolja legte das Blatt um, stand auf und nahm zwei Weingläser aus dem Geschirrspüler und füllte sie aus der angefangenen Flasche, die auf der Arbeitsplatte stand. „Du hast gefragt, ob ich meinen Vater mochte. Ich mochte ihn, aber ich habe ihn auch gehasst. Früher ist er oft abends nicht nach Hause gekommen. Und wenn er am Wochenende da war, ist er angeln gegangen und wir Kinder durften ihn nicht stören."

„Dafür hast du ihn gehasst?"

„Warum bewirbst du dich nicht an einer Kunsthochschule, Alice?" Er lehnte an der Arbeitsplatte, ließ den Wein in seinem Glas kreisen und blickte mich an. Etwas in seinem Gesicht war in Bewegung geraten. Sein Kopf schien sich gelockert zu haben. Er saß nicht mehr so fest auf den Schultern. Kolja wirkte angreifbar. Ich bemerkte seine geröteten Augen. Er sah müde aus. Ich sprang vom Tisch und stieß mit ihm an. Er wurde rot und blickte zu Boden. Ich legte meine Hand auf seinen Arm. Es war ein verflixter Moment. Ich wusste nicht, was in mich gefahren war. Vielleicht wollte ich ihn trösten. Keine Ahnung. Ich zog meine Hand sofort zurück. Er hielt sie blitzschnell fest. Falsch, dachte ich. Eine Verwechslung. Ein Traum. Erkläre es! Was bedeutete diese kleine Berührung schon? Ein Zeichen der Freundschaft, weiter nichts. Er trat so dicht vor mich, dass ich seinen frischen Duft atmen konnte. War doch klar, dass zwischen uns etwas laufen würde. Vom ersten Tag an war es klar gewesen. Mein ständiges Erröten. Er war nur rot geworden, weil er fürchtete, dass es mir gleich wieder passieren würde. Irgendwie ist es ja auch peinlich, jemandem beim Erröten zuschauen zu müssen. Er war mitfühlend und sensibel. Hätte ich mir doch gleich denken können. Stattdessen hatte ich mich von seiner Distinktion einschüchtern lassen. Das Meer bei Ebbe. Er legte seine Hand in meinen Nacken. „Darf ich dir einen Kuss geben?" Meine Zustimmung blieb im Hals stecken. Mein Mund war trocken wie eine Wüste. Ich hatte mich nach ihm gesehnt, ohne es mir einzugestehen. Seine Lippen waren überraschend weich. Er zog mich aus, unsicher, aufgeregt. Er griff nach mir, als wäre ich aus Porzellan, ein kostbares Püppchen, das jahrelang in einer Vitrine gestanden hatte. Er berührte meine Haare und mein Gesicht, meine Brüste, meinen Bauch, als prüfte er vorsichtig, ob ich irgendwo Schaden genommen hatte in den Jahren in der Vitrine. Ich atmete nicht, blieb reglos wie eine Porzellanpuppe auf dem Tisch, während er sich hastig entkleidete und dann nackt lief, um das Licht zu löschen. Von draußen drang noch der Schein der Stadt.

Konnte ja passieren. Am nächsten Tag war alles vorbei. Wir vermieden es, einander anzusehen. Am Nachmittag verließ ich das Büro wegen Jollis Theateraufführung früher. „Du gehst jetzt?" Er blickte von seinem Monitor auf. Er war unrasiert und hatte Augenringe. „Mein Patenkind hat mich eingeladen. Sie spielen den Sommernachtstraum in der Schule."

„Du hast ein Patenkind."

„Die Tochter einer guten Freundin. Unsere Mütter waren schon befreundet." Ich hätte aus dem Stand die Lebensläufe der zwei Mütter und ihrer Töchter erfinden können. „Sie spielt die Hermia." Ich versuchte ein Lächeln und machte mich aus dem Staub.

Die Aula war stickig, als wäre seit den Sommerferien nicht gelüftet worden. Jolanda trug einen Anzug aus schwarzem Leder. Ihre Mähne hatte sie für die Rolle lila gefärbt. Bei ihren ersten Worten schossen mir Tränen in die Augen. *Wir suchen, von Athen den Blick gewandt, Neue Freunde, Menschen unbekannt...* Sie erschien mir trotz der Lederrüstung nackt. Ein verliebtes Mädchen. Ich hatte Angst, dass sie sich verhaspelt, ihre Einsätze vergisst, Angst bekommt, aus der Rolle fällt. War ich noch zu retten, sie zu meinem Patenkind zu erklären! Das Wertvollste entfernte ich aus meinem Lebenslauf? Kolja konnte sich nicht vorstellen, dass es Leute wie mich gab, die aus Angst ihre Zeugnisse fälschten. Seine Vita war gerade und glatt. Er hatte niemals an sich herumschrauben müssen. Er passte. Er war genau dort, wo er mit Mitte Vierzig hingehörte: auf dem Höhepunkt seiner Karriere. Nie wieder würde ich Jolanda verleugnen. Sie war mein Leben, mein Zuhause, mein Ein und Alles. Was auch immer in meinem Leben geschah, ich würde für sie da sein. Ich tauchte nicht ab wie Vater, der sein Neugeborenes verlassen hatte. Kalter Fisch.

Ein kühler Wind trieb die letzten Platanenblätter auf dem Schulhof raschelnd vor sich her. Die jungen Darsteller standen im Kreis und rauchten. Jollis Gesicht war noch rot vom Abschminken. Sie ließ meine Umarmung zu. Sie strahlte. „Gehen wir noch auf ein Glas? Ich lade dich ein."

„Klar. Nehmen wir Jakob mit?"

„Warum nicht? Was ist mit Sören?"

„Hatte keine Zeit."

In einer kleinen Bar am Wasserturm stießen wir mit Cocktails an und plauderten über die Inszenierung. Jakob schlug die Augen nieder und rührte mit dem Strohhalm in seinen Eiswürfeln. Er hatte den Lysander gespielt. Sein schüchternes Gesicht ragte still in unser Gespräch. Ich dachte an Vater. Junge, ungeformte Gesichter waren noch undeutlich und weich. Sie verweigerten sich dem Strich. Vater hätte nach dem Willen seines Vaters Tierarzt werden und den Hof übernehmen sollen. Aber er hatte entschieden, das Dorf in der Altmark zu verlassen und in Berlin Maschinenbau zu studieren. Er hatte seinen eigenen Kopf gehabt. Mutter hatte mir erzählt, dass sein Vater ihm das zeitlebens übelgenommen hatte. Sternenbahnen. Vielleicht steckte hinter seinem Interesse am Kosmos die Sehnsucht nach Ferne und dem eigenen

Weg. Wir schwimmen durch die Milchstraße. Fliehkraft. War Vater Amok geschwommen? Ich fragte mich, ob er diese schmerzhafte Sehnsucht gekannt hatte, die mich in Jolli und Jakobs Alter oft gequält hatte. Mutter hatte das *Weltschmerz* genannt. Vater hatte sich da schon nicht mehr für mich interessiert. Es war das Gefühl, der Himmel sei aus Blei und jeden Tag neu zu stemmen. Es war eine große, alles verschlingende, traurige Sehnsucht, aber wonach? Ich wusste es nicht. Die Sterne rasten über der Bleiplatte durchs Universum. Sie waren frei.

Es war ein früher Sommertag kurz vor den Ferien gewesen. Wir stehen an der Reling des Motorboots an, um zu springen, eine nach der anderen. Ich trete vor. Mein Badeanzug kneift am Po. Ich bin in diesem Jahr schnell gewachsen. Ich blicke nach unten ins Wasser und entdecke an der schmutzigen Stahlhaut des Schiffs graue Algenfinger, die im Wasser wedeln. Das Wasser darunter ist schwarz. Ich trete zurück, gebe den Platz für das Mädchen nach mir frei, schaue zu, wie sie springt. Ich sprang nie mehr.

„Was möchtest du studieren, Jakob?"

„Mathe."

„Mathe?"

Er nickte schüchtern. „Am liebsten in den USA. Aber man bekommt nur für ein Jahr ein Stipendium."

Jolli sah ihn an, als sei er ein Gespenst. „Du willst in die USA? Warum?"

„Die Unis dort sind besser."

„Quatsch!"

„Sie bieten mehr Möglichkeiten."

„Welche denn?"

„Na, zu forschen und so."

„Das heißt, dass du in ein paar Wochen verschwindest?"

„Kann sein, dass es nicht klappt."

Sie kippte ihm ihren Cocktail in den Schoss und verschwand. Jakob sah mich entsetzt an, spreizte die Arme wie ein Pinguin und schaute dann an sich herab, dann wieder zu mir, als sei ich dafür zuständig, den *Sex on the beach* aus seiner Hose zu saugen. „Lauf zur Toilette, wasch das Zeug raus!" Unbeholfen stakte er durch die Bar.

In der letzten Kabine der Damentoilette gurgelte eine Wasserspülung. „Jolli!" Ich sprach leise, als wäre sie eine kleine Katze, die ich unterm Bett hervorlocken wollte. „Jolli, das ist nicht das Ende der Welt." Die Wasserspülung gurgelte. Jolanda schniefte. „Geh weg! Ich will allein sein!" Ich ließ mich an die weiß gekachelte Wand gegenüber dem Waschbecken fallen.

„Wo soll ich denn hingehen? Weiter an meinem *Watermelonman* nuckeln und dich hier heulen lassen?"

„Ich heule nicht."

„Nein, ich weiß, du heulst nie. Aber ich habe vorhin im Theater geheult, weil du so gut gespielt hast. Hat mich umgehauen."

„Du heulst andauernd. Das bedeutet gar nichts." Sie drückte die Wasserspülung.

„Ich kenne Jakob nicht. Ich weiß nichts über euch. Du hast mir nichts erzählt. Was ist mit Sören? - Bist mir ja keine Rechenschaft über deine Beziehungen schuldig. - Seit wir nicht mehr zusammenwohnen, sind mir viele Dinge klargeworden. Ich habe dir nie gesagt, wie glücklich du mich machst. Niemand wird jemals so wichtig für mich werden wie du."

Eine Frau betrat die Toilette. Ich stand auf und wusch mir die Hände. „Hast du Zigaretten dabei?" rief ich.

„Nicht hier!"

Der Spiegel über dem Waschbecken zeigte graue Schatten unter meinen Augen. Ich setzte mich auf das Fensterbrett. Jolli schniefte. Die Frau kam aus der Kabine und ging zum Waschbecken. Ich betrachtete meine Schuhspitzen. Die Frau öffnete ihre Handtasche, zog eine weiße Zigarettenschachtel daraus hervor und schüttelte mir lange, dünne Zigaretten mit Blumen am Filter entgegen. „Bitte! Nimm dir welche!" Sie hatte eine Stimme wie Milch, halblanges blondes Haar und einen schönen Mund. Eine von diesen Frauen, die immer durchkamen und beim Zoll nie kontrolliert wurden. „Danke! Das ist extrem freundlich!" Ich nahm zwei. „Schönen Abend noch." Mit einem Blick, als wüsste sie genau, was gerade zwischen Jolanda und mir lief. Ich öffnete das Fenster und hängte mir die Zigarette in den Mundwinkel, wie Kolja es manchmal tat. Klare, kühle Luft strömte herein. Aus dem Hof drangen das Topfgeklapper und Wasserrauschen aus der Küche des benachbarten Restaurants. Jolli trat mit verheultem Gesicht aus der Kabine. Sie schmierte die Tränen fort. „Wow, noch nie geraucht, diese Dinger."

Sie schaute aus dem Fenster und pulte an ihren Nägeln. „Mit Jakob ist es schön. Ich bin viel glücklicher mit ihm als mit Sören." Sie kämpfte wieder mit den Tränen. Sie rauchte hastig. „Ich möchte nicht, dass Jakob in die USA geht. Ich kann nicht allein sein."

„Du hast es noch gar nicht ausprobiert."

„Ich weiß es trotzdem."

„Du wirst nicht allein sein. Du hast viele, gute Freunde. Möchtest du heute bei mir schlafen?" Es war wunderbar, mit ihr durch die kühle Nacht zu laufen. Zum ersten Mal besuchte sie mich in der Remise. Als sie eingeschlafen war, strich ich ihr über das Haar, ohne es zu berühren.

16

„Ich habe Lust, mit dir neu anzufangen, Lissi. Hier in Brüssel. Brüssel ist irgendwie … menschlicher. Weniger Marshmallows. Ich darf gar nicht an die sechs Wintermonate in Berlin denken. Hier ist es viel wärmer. – Bist du im Bett?"

„Nein, bin gerade vom Schwimmen zurückgekommen."

„So spät?"

„Spätschwimmen."

„Was hast du an?"

„Nichts Besonderes."

„Ich meine: drunter."

„Auch nichts Besonderes."

„Ich habe Lust auf dich. Lass uns Sex am Telefon ausprobieren. Das haben wir noch nie gemacht."

„Ich weiß nicht …"

„Bitte Lissi!"

„Ich kann das nicht."

„Es ist ganz einfach. Wir sagen uns, was wir tun. Sex als Hörspiel."

Ich schaute in die Nacht über dem Dachfenster.

„Erzähl mir, wie du dich ausziehst. Denk dir etwas aus."

„Es ist kühl." Ich betrachtete meine abgeknabberten Fingernägel.

„Sag, dass du deine Hände auf deine Brüste legst."

„Ich habe keine Lust. Ich bin kein Pornotelefon."

„Das ist deine Prüderie."

Ich legte auf. Er rief wieder an.

„Ich lasse mich nicht beleidigen." Ich legte wieder auf.

Er rief wieder an. „Lissi, ich weiß. Ich würde eine Hotline anrufen, aber das macht mir keinen Spaß. Ich will dich, die Frau, die ich liebe."

Ich gab in die Suchmaschine die Worte *luststeigernd* und *Frauen* ein. Es wurden über 26.900 Einträge angezeigt. Die ersten warben für verschiedene Pillen und Therapien. „Ich finde das albern, Fred. Ich habe das Telefon in der Hand. Ich kann gar nichts machen."

„Leg es hin und stelle auf Lautsprecher."

„Ach komm!" Ich gab *luststeigernd* und *Frauen* und *pflanzlich* in die Suchmaschine ein. Auf der Website *natürlich-lieben.eu* wurde wilder Hafer empfohlen. Ich versetzte den Laptop in den Ruhezustand. „Irgendwann möchte ich gelassen dicker werden." Ich blickte in die Nacht.

Wir sind jung, Lissi."

„Es liegt am Herbst. Im Herbst denke ich immer an Weihnachten. Ich wünsche mir eine große Familie und ein Haus, in das ich alle einlade. Immer denke ich, dass ich eine große Familie und ein Haus haben werde, wenn ich alt bin. Dabei habe ich noch nichts dafür getan. Wohin gehen wir, Fred? Können wir unser Leben selbst gestalten? Manchmal fühle ich mich wie eine Getriebene, eine Tagelöhnerin …"

„Es wird immer enger, Lissi, je näher das Ende des Kapitalismus kommt."

„Hast du keine Angst?"

„Nimm mich in die Arme, Lissi. Dann habe ich keine Angst mehr. Es ist das Einzige …"

„Also meinetwegen, fang an! Mach mich heiß."

„Nein, du. Du kannst das besser."

„Wenn du mich heiß gemacht hast, mach ich weiter."

Er seufzte. Ich hörte, dass er sich irgendwo zurechtsetzte. „Also gut. Ich stecke meine Hand in deine Jeans. Ich fühle deinen Slip und deinen weichen Venushügel. Du öffnest die Beine..."

„So geht das nicht." Mir war zum Heulen. „Du sitzt auf dem Klo, stimmt's?"

„Ich liege im Bett."

Ich brauche deine Wärme, deinen Geruch."

„Schon gut. Schon gut. Ich habe einfach Sehnsucht nach dir."

„Ich bin müde vom Schwimmen."

„Dann geh schlafen." Er war beleidigt.

„Wann kommst du?"

„Weiß noch nicht. Am Wochenende vielleicht."

„Liegst du mir dann Modell?"

17

Das Becken war voll, wie immer um diese Zeit. Ich stieg auf den Startblock und blickte genervt auf die vielen Köpfe unter mir, sprang dann doch, flog über sie hinweg, ließ mich fallen, tauchte. Seltsam, dass nichts geschah. Ich war keinem auf den Kopf gesprungen, hatte niemandes Schulter gebrochen, nicht einmal ein fremdes Stück Haut berührt. Waren mir die anderen rechtzeitig ausgewichen oder lenkten meine ausgestreckten Arme wie ferngesteuert auf eine Lücke im Becken zu? Darüber dachte ich nach, als ich in den nervös schwappenden Wellen auf dem Rücken zurücktrieb und durch das gläserne Dach hinauf in den Himmel schaute. Wir waren eine merkwürdige Spezies. Wir suchten bevorzugt Orte auf, an denen sich mehrere Vertreter unserer Spezies drängelten, zu viele eigentlich. Die Drängelei und Schieberei ging uns auf die Nerven, wir wollten mit den anderen nichts zu tun haben, wir hassten, wenn es eng wurde, aber wir wollten auch nicht allein sein. Wir fühlten uns besser mit fremden Menschen um uns herum, ob im Kino, auf dem Rummelplatz, dem Markt oder hier im Schwimmbad. Die Städte wurden immer voller. Wir konkurrierten um freie, ungestörte Räume, aber wir würden die anderen niemals umbringen. Im Gegenteil. Wir schützten uns gegenseitig. Eine ganze Stadt stoppte für einen Rettungswagen. Hubschrauber zwängten sich auf Hausdächer und Schiffdecks, um einen Verletzten ins nächste Krankenhaus zu bringen. Züge unternahmen Notbremsungen, selbst wenn daraufhin die Fahrpläne für eine ganze Woche durcheinanderkamen. Diesen einen Menschen zu retten, obwohl er freiwillig hatte sterben wollen, war uns wichtiger als Geschäftstermine und Verdienstausfälle. Das hatten wir als Gesellschaft so verhandelt und es war nicht abzusehen, dass wir den Wert eines Menschen herunterhandeln würden. Alles in uns schien darauf programmiert, keinen Teil des Schwarms zu verlieren. Als Fred auf den Volvo geknallt und sich die Schulter ausgekugelt und mit schmerzverzerrtem Gesicht auf dem Bürgersteig gesessen hatte, waren sofort Leute herbeigeeilt, um zu helfen. Offenbar hatten wir Freude daran, zu helfen, andere zu retten. Ich kletterte auf den Beckenrand und fühlte mich zwischen den vielen Menschen plötzlich geborgen. Hier war ich am richtigen Ort. Niemand stand mir im Weg. Wir waren widersprüchliche Wesen, aber wir waren einander nicht fremd, sondern gehörten zusammen, agierten zusammen. Während wir in diesem Pool herumplanschten, tauschten wir Hautschuppen und Minipartikel unserer Exkremente aus. Wir schleppten sie in unseren Badeanzügen und

Handtüchern und zwischen den Zähnen nach Hause. Selbst wenn das Chlor sie desinfiziert hatte, blieben sie doch als Fremdteilchen erhalten und wurden in unseren Organismus integriert. So verbanden wir uns miteinander und wurden unteilbar. Das musste ich Fred erzählen.

18

„Das *Tamarac*! Mein erstes *Tamarac*! Du wirst fix und fertig sein, wenn du es siehst, Lissi!" Fred öffnete, noch im Mantel, das große Paket, das ich für ihn von der Post nach Hause geschleppt hatte, während er in Belgien in den Fahrradläden der Provinz auf der Suche nach Retro-Teilen gewesen war. „*Tamarac* ist speziell. Es gibt Freaks, die heben ihren Hintern auf kein anderes Bike." Er hob einen feuerrot, rosa und orange geflammten Rahmen aus dem Karton und wog ihn in der Hand. „Hammer, oder? Du musst ihm einen Namen geben, Lissi."

„Ich habe schrecklichen Hunger. Ich bin vorhin aufgestanden und gleich zum Bahnhof gelaufen, um dich abzuholen. Aber ich habe Frühstück vorbereitet. Lass uns erst einmal etwas essen. Ich habe Croissants gekauft."

„Backfire. Es heißt Backfire." Er spannte den Rahmen in den Montageständer. „Aber jetzt! Das Beste! Warte!" Ich wartete. Der Betonboden der Werkstatt war bedeckt mit Schachteln und Paketen, die belgische Beute. „Wie ist das?" Aus seinem Koffer nahm er einen Lenker, der aussah wie von einem Rennrad, aber die Griffe standen weiter auseinander. Sie erinnerten an die gebogenen

Hörner eines Steinbocks. Er lachte. Er strahlte. Ich sah seinen gebrochenen Zahn.

„Ich bin völlig unterzuckert. Wenn ich jetzt nicht esse, versagen meine Augen."

„Das wird er Oberhammer! Ich sage dir. Das werde ich auf keinen Fall verkaufen. Es ist das Beste, das ich seit Jahren gefunden habe." Er schob den Lenker in die eckige Gabel des *Tamarac*, betrachtete das Kunstwerk und lief nach seinem Werkzeug.

Ich sprang nach oben in die Küche, und während ich Marmelade auf die Croissants häufte und sie hastig in mich hineinstopfte, spürte ich, dass ich wuchs. Beinahe wäre ich zur Riesin geworden, beinahe hätte ich davonlaufen müssen, aber ich konnte mich bremsen. Ich hielt mich am Küchentisch fest. Ich dachte an alles, was ich in den letzten Wochen erlebt hatte, mit Kolja und mit Fred und mit Helena, mit meinem Film. Ich war doch gut so, wie ich war. Ich brauchte die Riesin nicht mehr. Ich konnte mich auf Normalgröße halten. Zeichnen, dachte ich. Einfach bei dir bleiben. Ich lief nach meinem Block und dann setzte ich mich auf die Treppe und zeichnete Fred, wie er sein Fahrrad zusammenschraubte, immer noch im Mantel. Mein Stift verwandelte ihn zu einem lockigen

Faun, der nackt über ein Hörnertier gebeugt war. Seine Oberschenkel wölbten sich aus den Leisten. Seine Hände waren um den Hals des Tieres gelegt. Die Muskeln der Arme traten hervor. Er strengte sich an, den Steinbock zu halten. Die Aquarellkreiden kratzten weich über das Papier. Freds Werkzeug klirrte. „So möchte ich mit dir zusammenleben, irgendwo, in einem Haus. Die Remise habe ich satt. Ich habe von Berlin die Nase voll. Lass uns alles verkaufen und nach Brüssel gehen."

„Ich möchte hier nicht weg, Fred. Ich bin am richtigen Ort."

„Du bist überall am richtigen Ort."

„Und du?"

19

Es sollte eine kleine Weihnachts- und Abschiedsfeier werden, mit einem Glühwein. To go, dachte ich. „Alle kaufen Wohnungen in Berlin, aber leben will keiner in dieser Stadt. Das Partyvolk braucht Betten, ein Klo und die Kaffeemaschine." Kolja lachte kratzig. Er krümelte Nelkenpulver in den Glühwein. Ich nahm eine Orange aus dem Netz. Sie war kalt und wachsglatt. Ich zog der Orange die Haut ab. Das Messer war exzellent, wie die gesamte Küchenausrüstung. „Tut mir leid, Alice. Du kannst jederzeit zum Arbeiten herkommen, wenn du willst. Dein Tisch ist frei." Mein Tisch war frei. Ich könnte jederzeit kommen, aber was sollte ich noch hier? Rumsitzen, grübeln, in der Nase bohren und in die Wolken dösen? „Aber wir haben doch noch gar nicht richtig angefangen. Ich meine, wir müssen uns erst einmal rumsprechen, mehr Werbung machen."

„Bleib dran! Wenn du einen Auftrag an Land ziehst, bin ich dabei. Hat Spaß gemacht mit Synne, nicht?" Er grinste. Die Zustimmung blieb mir im Hals stecken. „Wenn ich dir einen Tipp geben darf, Alice: Licht ist ein großes Thema. Es gibt wenig Anbieter von guten Lichtkonzepten. Oder Küchen. Gute Küchendesigner sind gefragt."

„Ich habe keine Ahnung von Küchen."

„Lernst du ganz schnell."

Ich reichte ihm die Orangenstücke. Der einzige Trost war, dass auch Helena fortgehen würde. Ihr Freund hatte für drei Jahre eine Stelle in Vilnius bekommen. Vilnius – der Name klang wie ein Glöckchen. Ich stellte mir eine Stadt mit goldenen Türmen und freundlichen Menschen vor.

Wir stießen an. Die dicken Gläser klackten. „Auf die Zukunft!" Helena klang fröhlich wie immer. Sie war einfach ein Glückspilz, ein berauschendes, verlockendes Fliegenpilzchen in einem Birkenwald kurz vor Vilnius, der klingenden Stadt. Selbst wenn sie für drei Jahre in die Sahel-Zone geschickt würde, wäre sie genauso fröhlich. Das Glück war ihre Natur. Sie lief und lebte mit der Überzeugung, überall wunderbare Menschen zu treffen. „Hat so Spaß gemacht, hier zu arbeiten! Hab echt viel gelernt von dir, Alice!" Was zur Hölle sollte Helena von einer wie mir lernen? „Ich habe wirklich gegrübelt, wie ich es anstelle, in Berlin zu bleiben oder zu pendeln. Aber ich bin vierunddreißig und möchte endlich ein Kind haben. Ja, gut, viele bekommen ihr erstes Kind noch später, mit achtunddreißig oder so. Aber ich will nicht länger warten. Und eine Fernbeziehung mit Kind ist doch blöd. Möchtest du Kinder, Alice?" Ich brannte darauf, ihr von Jolanda zu erzählen, ihr zu sagen, dass ein Kind zu haben das Größte überhaupt war, egal, ob in einer Beziehung oder allein. Und auch jetzt, in diesem Moment, genügte es, nur an Jolli zu denken, damit es mir besser ging. Helena musste Jolanda eines Tages kennenlernen, wenn sie wieder in der Stadt war und ich mein eigenes Büro haben und Jolli Biologie studieren würde. Wir würden uns alle zum Mittagessen in einem Bistro treffen und Spaß haben. „Ja klar, irgendwann will ich ein Kind, auf jeden Fall."

„Wenn es jetzt in Vilnius passiert, dann haben wir natürlich keine Eltern, die uns helfen können. Mein Vater würde ja am liebsten mitkommen. Verrückt nicht? Ich glaube, er hat Lust, mal wieder umzuziehen. Er ist so, weißt du. Er braucht immer mal was Neues. Am Ende des Tages läuft ihm in Vilnius die richtige Frau über den Weg und er bleibt dort, wenn wir wieder nach Berlin zurückgehen." Ich sah George Clooney im wehenden Mantel eine Straße in Vilnius entlanggehen. „Ihr müsst ein schönes Verhältnis haben."

„Ich sag dir, wir sind bei Weitem keine Bilderbuchfamilie. Meine Eltern sind getrennt, seit ich zwölf bin. Aber irgendwie hängen wir alle ein bisschen aneinander. Ich glaube, meine Mutter liebt meinen Vater noch, obwohl sie längst in einer anderen Beziehung ist. Er hatte eine Freundin, die ich gern mochte. Aber gerade haben sie sich getrennt. Find ich blöd. Sie wird mir fehlen. Sylvia."

„Ist er George Clooney?"

Sie lachte und nahm mich in die Arme. Ich spürte ihre Rippen und ihr feines Haar an meiner Wange. Das Bild ihres nackten Körpers erstand vor meinen Augen. Ich würde sie heute noch zeichnen.

„Woher kommst du eigentlich, Alice?"

„Aus Grünau."

„Grünau?" Sie überlegte. „Das Grünau bei Berlin?"

„Das ist ein Stadtteil von Berlin! Kein Dorf!"

Sie riss die Augen auf. „Du bist in Berlin geboren, eine echte Berlinerin!" Sie hatte es geschafft, mich zum Lachen zu bringen. Wir lachten beide über den komischen Zufall, dass hier in dieser Fabriketage mitten im Wedding eine echte Berlinerin anzutreffen war.

Ich nahm die U-Bahn nach Mitte. Irgendwo einen Kaffee trinken, den Kopf klar bekommen, nur eine halbe Stunde in einem warmen Café unter Leuten sein, bevor ich in die leere Remise fuhr und mich an die Jobsuche machte. Im kalkigen Winterlicht sahen die Passanten in der Friedrichstraße blass und müde aus. Es begann zu schneien. Der Schnee war nass, er wurde heftiger und ging in Regen über. Die Regenflocken droschen nieder, als prügelte Gott sie aus dem Himmel. Eine Ladenpassage saugte mich an. Ich trudelte durch eine Glastür. Drinnen war es warm. Musik spielte leise. Kaufen konnte ich nichts, aber ich tat so, als ob, ließ mir Taschen vorführen und sprühte Parfüm auf kleine Papierstreifen und knüllte sie in die Taschen meines Parka. Zeitverloren trieb ich durch die Räume. Ein Schlendrian wie in Trance. Eine Kleiderstange stand im Weg, schief darauf ein Etwas, gerade noch vor die anderen Fetzchen gequetscht. Dunkle Seide. Tüll mit Pailletten. Das Oberteil ein Mieder, ärmellos. Hexenviolett. „Unsere Weihnachtskollektion, eben angekommen!" Die Verkäuferin wartete, dass ich das seidige Etwas nahm, an dem mein Blick wie festgenagelt hing. Niemals würde ich so etwas tragen. Helena hätte es keines Blickes gewürdigt. Aus purer Neugier nahm ich es mit in eine Kabine. Das Mieder saß wie angegossen. Ein Porzellanpüppchen läuft allein durch den Winterregen, in einem hexenvioletten Weihnachtskleid, mit verlaufener Schminke, wütend, weil ein anderer die Macht darüber hat, ob sie sich toll oder

114

miserabel fühlt. Ein Marshmallow, der aus purer Bequemlichkeit das Architektur-Büro seines Vaters übernommen hat. Ich lehnte die Stirn gegen das Spiegelglas. In meiner Mitte klaffte ein Loch, wie nach einem Bauchschuss. Die Wunde würde eine taube, verhärtete Narbe hinterlassen. So verwandelte sich die Person, die weich in die Welt gerutscht war, mit den Jahren in eine gefühlsarme, harte Nuss. Ich wollte nicht wie Vater werden. Konnte es sein, dass sein Schweigen nicht freiwillig geschah, sondern aus einem Unvermögen heraus? Wenn es das Leben war, das uns zu tauben Nüssen machte? Vielleicht hasste er sich selbst, wenn er die Kerzen auf dem Adventskranz ausspionierte und an ihnen herumschob? Insgeheim belauschte er Mutters und meine Gespräche, vielleicht wollte er sich einmischen, mitreden, konnte aber nicht, weil seine Seele taub geworden war. Ich löste die Stirn vom Spiegelglas und betrachtete meine Lippen: die weite Kerbe, die länger und flacher wurde in Vaters geschlossenem Lächeln, und die Mundwinkel, die sich in den Wangen verkrochen, schutzsuchend wie kleine Tiere. Ich wühlte nach meinem Notizbuch und zeichnete meine Lippen. Vaters Lippen. Die Verkäuferin rief von draußen. Ich klappte das Skizzenbuch zu und trat aus der Kabine. „Wie für Sie gemacht!" Sie hatte große, freundliche Augen. Ich betrachtete mich in dem Spiegel draußen, meine nackten Schlüsselbeine, die Schultern und die Muskeln der Oberarme, diesen Teil von mir, den Fred besonders mochte. Er hatte Recht. Die Farbe stand mir gut. „Leider zu kalt. Ich werde die Weihnachtsparty in meinem Haus im Oderbruch feiern. Dort ist es kühl. Das Haus hat nur einen Kamin." Die Verkäuferin brachte etwas Flauschiges, in das ich meine Arme stecken konnte und das die Schultern bedeckte. „Und nun noch gute Musik zum Tanzen!" Mein Herz klopfte. Ich musste raus aus dieser Zirkusnummer. Ich hatte kaum noch Kredit, hundertfünfzig vielleicht, wenn überhaupt, und noch kein Geschenk für Jolli, nichts für Fred. „Was kostet das?" Ich kroch zurück in die Kabine. Das Tüllröckchen raschelte. Ich fuhr in die Jeans. Es war heiß. Ich trat an den Tresen und legte die Sachen darauf. „Also gut." Die Verkäuferin nahm meine Karte. Das Gerät ratterte. Mit einer routinierten Geste riss sie den Zettel mit ab und hielt ihn mir zur Unterschrift hin. Sie wickelte die Winzigkeiten in Seidenpapier und ließ das leichte Päckchen in eine sperrige Tüte gleiten. „Na dann, eine schöne Weihnachtsparty im Oderbruch!" Sie zwinkerte mir zu. Ich fühlte mich durchschaut und floh nach draußen, tauchte ab in die nächste U-Bahn-Station. Lava quoll aus meinen Poren. Zu Hause zog ich das Kleid sofort wieder

116

an, kramte nach den wollenen Strumpfhosen, holte den Mantel aus dem Schrank und fuhr in die schwarzen Boots.

„Ich habe ein Kleid gekauft. Hexenviolett."

„Aha."

„Du hast mir die Farbe einmal empfohlen! Erinnerst du dich? Du wolltest mit mir zusammen ein Kleid kaufen gehen. Und heute warst du nicht da."

„Komm am Wochenende her! Bring das Kleid mit." Fred klang gereizt.

„Am Wochenende ist dieser Kunstmarkt. Ich schicke dir ein Foto."

„Markt bei dieser Kälte?!"

„Wegen Weihnachten."

„Ich hasse Weihnachten!"

„Warum? Fühlst du dich allein? Du hast wieder angefangen zu leben, hast du gesagt. Mit mir."

„Ich habe mich nie allein gefühlt. Es ist dieser Profitzirkus." Ich ließ das Telefon sinken. Freds Schimpftirade im Tüll hörte sich an wie ein Zwitschern. Als es still wurde, nahm ich ihn wieder ans Ohr. „Du hast ja Recht, du Weltbeschimpfer! Also kein Weihnachtsbaum? Schade. Ich hätte gern einen Baum, mit Kerzen aus Wachs und ein paar Kugeln dran. Ich habe sehr schöne bei uns im Büro gesehen, rosa und fleckig, als wären sie ganz alt und schon ein bisschen verrostet. Helena hat sie mitgebracht." Er unterbrach mich mit der Bemerkung, dass zigtausend Bäume ... „Soll ich dir etwas sagen? - Die ganzen Jahre haben wir nie einen Baum gehabt, Jolli und ich. Immer nur Zweige. Der Baum ist für mich das Symbol für ein Zuhause. Und ich habe mich nie zu Hause gefühlt in all den Jahren. Es fehlte etwas. - Du hast gefehlt." Fred machte dieses Geräusch, das wie eine knappe Zustimmung klang.

„Hast du niemals Weihnachten gefeiert? Mit deiner Mutter?"

„Meine Mutter lag zu Weihnachten im Bett und war nicht ansprechbar, weil ihr schlecht war von der Schokolade, die sie nachts verputzt hatte. Sie hat Weihnachten ebenso gehasst wie ich."

„Auch wegen des Profits?"

„Nein."

118

„Warum hat sie Weihnachten gehasst?"

„Keine Ahnung. Sie hatte irgendwie keine guten Erinnerungen, aber ich weiß nichts darüber. Sie sprach nicht darüber. Ich weiß nur, dass es so war."

„Was?"

„Na, irgendwie blöd. In ihrer Kindheit."

„Woher weißt du es, wenn sie nicht darüber sprach?"

„Gute Frage. Nächste Frage?"

„Was hast du gemacht, allein zu Weihnachten? Ferngesehen?"

„Keine Ahnung. Hab's vergessen."

„Hast du Geschenke bekommen?

„Ja. Schon."

„Hattet ihr Besuch oder wart irgendwo eingeladen oder so?"

„Nein. Oder doch. Einmal waren wir eingeladen. Aber sie hat morgens abgesagt, weil ihr schlecht war. Vielleicht bleibe ich in Brüssel. Hier sind sie nicht so versessen auf Weih-nachten."

„Na prima. Jolli ist auch nicht da. Sie feiert mit Jakob bei seinen Eltern." Ich legte auf und ließ ihn klingeln, zog eine Zigarette aus der Manteltasche und trat hinaus auf die Terrasse. Die Luft war klar und kalt. Es war bereits stockdunkel. Am Himmel blinkten Sterne. Der Orion, mein Lieblingssternbild, eines der wenigen, die ich überhaupt kannte, kletterte über das Dach gegenüber. Vater hatte ihn mir gezeigt. ‚Siehst du die drei Sterne? Das ist sein Gürtel.' Er hatte neben mir gehockt, hatte meine Perspektive eingenommen.

20

Ein kalter Tag ohne Schnee. Nebeltröpfchen qualmten um die bunten Lichterketten. Ich trank Tee, so heiß, dass ich mir die Zunge verbrannte. Leute strömten am Stand vorüber, blickten gelangweilt aus Lammfell und Daunen. Sie taxierten flüchtig meine Bilder. Sie taxierten mich aus reglosen Gesichtern, verquollen wie gequetschte Croissants, und drängelten weiter.

Fred hatte gesagt, dass er sein Telefon das ganze Wochenende lang ausgeschaltet lassen würde. Er wollte über sich nachdenken und dabei nicht gestört werden. Ich knabberte eine Nuss. Ein ganzes Wochenende mit niemandem zu sprechen, würde mir schwerfallen. Vielleicht sprach er ja mit jemandem. Vielleicht wollte er nur nicht mit mir sprechen. Aber auch wenn er den ganzen Tag in einem Fahrrad-Forum im Internet hängen würde, war das kein Grund, das Telefon auszuschalten. Ich knabberte zwei Nüsse. Ging er in den Puff? War er jemals in einen Puff gegangen? Ausgeschlossen. Dafür war er nicht der Typ. Sex ohne Emotionalität und Nähe interessierte ihn nicht. Fred liebte Frauen. Er sah in ihnen Retterinnen, Beschützerinnen und Heilige, aber niemals Dienstleisterinnen. Auch keine Porzellanpüppchen.

Eine Frau blieb stehen und blätterte in den kleinen Aquarellen. Ohne aufzublicken, fragte sie nach den Preisen.

„Diese kosten siebzig."

„Wieso schreiben Sie die Preise nirgends dran?"

„Ich rede lieber darüber."

„Das heißt, sie sind verhandelbar?" Sie blickte auf. Die Brauen über ihren Augen waren dünn gezupft. Dicht darüber zitterten die rötlichen Härchen ihrer Pelzkappe im Wind.

„Wenn ich Preise dran schreibe, denken sie über den Preis nach und nicht über das Bild. Ich mag nicht, dass alles nach seinem Preis bewertet wird. Ich möchte, dass sie ein Bild mögen."

„Dann schenken Sie mir das Bild, das ich mag?"

„Ich bin bereit, über den Preis zu reden."

Sie wandte sich ab und lief weiter.

Wieso hatte Fred nicht auf das Foto von dem neuen Kleid reagiert? Das passte nicht zu ihm. Ich hatte mich halb verschattet aufgenommen, mein Gesicht und die rechte

Körperhälfte lösten sich im Dunkel auf. Ich hatte ziemlich lange mit dem Stativ und Selbstauslöser, verschiedenen Belichtungszeiten und Blenden experimentiert. Ich hatte meinen Mantel über dem Kleid getragen, aber offen, so dass meine nackten Schultern versteckt hervorschimmerten, wie eine Ahnung. Nur er könnte sie sehen, weil er sie kannte. Hatte er jemanden in Brüssel? Ich starrte in die Menge, suchte nach dem Gesicht einer Frau, die ich mir an seiner Seite vorstellen konnte. Aber da war niemand. Die andere Frau in Brüssel war ein Gespenst.

Jolanda wollte längst da sein. Sie hatte versprochen, vorbeizukommen und mich kurz abzulösen, damit ich mich aufwärmen könnte. Außerdem musste ich jetzt dringend zur Toilette. Den Frauen am Schmuckstand nebenan schien die Kälte nichts auszumachen. Sie trugen filzgefütterte Stiefel und Thermohosen. Ich zog dieses Tüll-Kleidchen seit drei Tagen nicht mehr aus. Was hatte ich mir bloß dabei gedacht?

Ich bat die Frauen von nebenan, auf meinen Stand achtzugeben und ging zur Toilette. Auf dem Rückweg kaufte ich einen Glühwein. Der Pappbecher war heiß. Ich zog die Pulswärmer wie Topflappen über die Finger. Die Hitze kroch langsam durch die Wolle. Als ich in die Gasse

123

von meinem Stand einbog, durchfuhr mich ein Schreck. Jemand machte sich an der Wäscheleine zu schaffen, eine Frau mit mintgrün und rosa geringelter Mütze. Schon in der nächsten Sekunde erkannte ich Jolanda. Dieses mintgrün und rosa Geringelte hatte ich noch nie an ihr gesehen. Sie sprach mit einer Frau, deren Gesicht von der Kapuze eines sandfarbenen Mantels bedeckt war. Ich drängelte. Der Glühwein schwappte aus dem Becher und kleckerte auf die Pulswärmer. Als nächstes sah ich die Lücke auf der Leine und wie Jolli das Bild von Fred als Faun mit dem Hörnertier in Zeitungspapier rollte. Ausgerechnet dieses! Ich wollte es nicht hergeben. Verflixt, ich hatte den Markt als Ausstellung gedacht, als Gelegenheit, mit Leuten über meine Bilder ins Gespräch zu kommen. Ich wollte doch gar nichts verkaufen, jedenfalls nicht die großen Zeichnungen auf der Leine. Wieso nahm sie nicht eine von den kleinen Arbeiten, die ich nächtelang extra für den Markt gemacht hatte?

„Sie kaufen gerade mein Lieblingsbild." Sie blickte erschreckt aus großen, braunen Augen. Aus der Kapuze ihres Mantels quoll graues Haar. „Sie möchten es lieber behalten, nicht wahr?" Ihre dunkle Stimme klang traurig, depressiv fast. „So habe ich das nicht gemeint. Ich freue mich, dass es Ihnen gefällt."

„Ich habe mir auch ihre anderen Arbeiten angesehen. Sie sind nicht schlecht." Ich war fasziniert von der großen Traurigkeit in ihrer Stimme und dass sie dennoch selbstbewusst klang. „Danke."

Sie nickte, ohne zu lächeln und wirkte plötzlich unsicher. Als sie sich verabschiedete, versuchte sie ein Lächeln, aber es missglückte.

„Das war peinlich, Mama! So eine tolle Frau! Du hast sie durcheinandergebracht."

„Sie hat mich verstanden. Sie hat alles verstanden. Dass ich Trottel nicht einmal ein Foto von dem Bild gemacht habe, keine Kopie! Nichts. Jetzt ist es fort."

„Tja. Darüber hättest du vielleicht mal früher nachdenken müssen."

„Kaum kommst du mit deinen mint-rosa Ringeln..."

„Wie findest du die Mütze? Von Jakob. Zum Nikolaus."

„Nikolaus ist doch erst nächste Woche."

„Habe ich auch gesagt. War ihm egal."

„Steht dir gut!" Ich reichte ihr den Glühwein. „Möchtest du?"

„Mm."

„Der Faun auf dem Bild, das war Fred."

„Was du nicht sagst!" Sie grinste.

„An dem Tag war ich ziemlich wütend auf ihn."

„Sah eher nach einer Liebeserklärung aus. Ein Fabelwesen mit einem Tier."

„Dreihundert! Wie hast du das gemacht, Jolli?"

„Den Preis musste ich mir ausdenken. Du hast ja keinen dran geschrieben und eine Preisliste habe ich nirgends gefunden. Sehr professionell, Mama!"

Ich war glücklich über das Geld. „Es ist das erste Bild, das ich jemals verkauft habe. Na ja ... also ... du hast es verkauft. Hinterher gehen wir schön essen, ja?"

„Bin mit Jakob verabredet."

„Er kann mitkommen."

Jolli sah mich mitleidig an. „Wir wollten zusammen was kochen und einen Film anschauen."

„Verstehe! Kein Problem. Ist auch besser, wenn ich das Geld für sinnvolle Dinge aufhebe, statt es ins nächstbeste Restaurant zu tragen."

„Was macht Fred heute Abend?"

„Er ist in Brüssel."

„Finde ich fies, dass er dich sogar am Wochenende allein lässt. Zu diesem Kunstmarkt hätte er doch nun wirklich kommen können. Du stehst hier ganz allein und frierst und rackerst dich ab ..."

„Er findet fies, dass ich ihn dort allein lasse."

„Sollst du ihm auch noch stundenlang in der Bahn hinterherfahren?"

„Er hat jetzt eine Wohnung in Brüssel und will, dass ich zu ihm ziehe."

„Untersteh dich!"

„Bestimmt werde ich öfter mal hinfahren. Ist doch schön, an zwei Orten zu leben. Ich freue mich drauf, die Wohnung einzurichten."

„Solange du Berlin nicht verlässt, habe ich kein Problem damit. Ich besorge mal Kaffee, ja? Hab heute erst eine

Tasse." Sie schnappte die Thermoskanne. „Soll ich was Süßes mitbringen?"

„Danke. Nein."

Ich blätterte in meiner Mappe nach Vaters Porträt. Er blickte schüchtern aus dem Blatt, genau wie auf dem Foto aus dem Vierbettzimmer des Studentenwohnheims. Ich hängte es an die frei gewordene Stelle auf der Leine. Auf keinen Fall würde ich es verkaufen.

Mintgrün und rosa tauchte Jolli wieder auf. „Chai Latte." Sie seufzte glücklich, schraubte die Flasche auf und zog zwei Becher aus der Manteltasche. „Jakob kocht für mich. Kinder möchte er auch bald haben."

„Hast du noch Angst vor dem Alleinsein, Jolli?"

„Hast du noch Tiefenangst?"

„German Angst. Ich werde es nächsten Sommer angehen."

„Warum erst im Sommer?"

„Schwimmen im See?"

„Du könntest schon die Vorarbeit leisten."

„Und du? Wann fängst du an?"

Sie trank schnell den süßen Tee. „Ist ziemlich wahrscheinlich, dass Jakob das Stipendium bekommt, der Streber! Wenn er weggeht, werde ich eine Therapie beginnen."

„Erst, wenn er weggeht?"

„Ich will nicht mitten im Abi-Endspurt damit anfangen."

Ein Mann trat an den Stand, sah sich um und blätterte dann in den kleinen Gespenster-Interieurs. Sein Alter war schwer zu schätzen. Er war klein und stämmig.

„In diesen Interieurs sind Gespenster versteckt. Ich bin Innenarchitektin und das sind Entwürfe, die ich im Studium gemacht habe."

„Sie entwerfen die Gespenster zu den Räumen gleich mit, ja? Ich dachte, darum müssten sich die Bewohner selbst kümmern." Er trug eine starke Brille, hinter der freundliche Augen blitzten. Er war einer dieser seltenen Menschen, die einen Raum sofort zentrieren und erden, sobald sie ihn betreten. Wo sie sind, ist die Mitte. Sie sind das personifizierte Ohm. Ich dachte darüber nach, ihn statt Jolli und Jakob zum Essen einzuladen. Er hob die Zeichnungen dicht vor seine Brillengläser. Manchmal hatte ich Lust, einem Fremden alles über mich zu erzählen. Er würde gelassen bleiben, weil er nichts für mich empfand. Wir würden anschließend auseinandergehen und uns nie wiedersehen. Es war falsch, von Begegnungen Beziehungen oder gar Nähe zu erhoffen. Fremdsein hatte Vorteile. Es wäre ein One-Night-Stand für die Seele. Der Mann entschied sich für das Gespenst in der Tischplatte. Ich packte ihm das Bild ein. Ich ließ mir Zeit. Dann reichte ich es ihm, nahm das Geld entgegen und lud ihn nicht zum Essen ein. Er hätte sicher abgelehnt. Wahrscheinlich hatte er eine Frau, die eifersüchtig sein würde.

„Übrigens Mama, ich möchte meinen Vater treffen. Einfach so. Ohne Drama. Ich möchte wissen, wer er ist."

Ich machte eine so heftige Bewegung, dass ich den Chai Latte verkleckerte. Wir tupften die Lache hastig mit Taschentüchern auf. „Du hast nie nach deinem Vater gefragt, Jolli. Ich dachte, er bedeutet dir nichts."

„Ich will dich da nicht reinziehen, Mama. Aber du musst mir helfen. Ich brauche seinen Namen." Sie breitete ihre Rauchutensilien auf meinen Bildern aus. Ich sah zu, wie sie genau die richtige Tabakmenge auf dem Blättchen verteilte und dann routiniert zu einer glatten Zigarette rollte. „Das hat mit Jakob angefangen. Er rauft manchmal mit seinem Vater. Sie spielen in der Wohnung Verstecken. Das glaubst du nicht. Sie benehmen sich wie Kinder. Sie umarmen und küssen sich. Sie kuscheln!"

„Du wolltest nie kuscheln, Jolli!"

„Mit seiner Mutter kuschelt Jakob auch nicht."

Sie reichte mir die Zigarette und gab mir Feuer. Ich genoss den ersten Zug. „Und für deine Vatersuche hast du jetzt im Abi-Endspurt Zeit?"

„Ich möchte ihn zum Abiball einladen."

„Du kennst ihn doch gar nicht. Vielleicht bist du fix und fertig, wenn du ihn getroffen hast. Vielleicht ist er gar nicht in Berlin. Er wollte damals nach Amerika."

„'Vielleicht' hilft mir nicht weiter. Ich brauche seinen Namen."

„Tobias Bergmann. Tobi."

Jolanda probierte den Namen aus. „Ich lasse dich da raus, Mama. Was früher war, interessiert mich nicht. Das ist eure Geschichte. Falls ich Tobi treffe, werde ich eine eigene Geschichte mit ihm haben."

„Du wirst dich nicht ganz frei machen können von der Geschichte, die ich mit ihm hatte. Alles hängt zusammen. Beziehungen beeinflussen einander, ob wir das wollen oder nicht. Hältst du mich auf dem Laufenden?"

„Nur, wenn du versprichst, nicht zu nerven. Ich bin erwachsen, Mama."

21

Am Ende des Markttages hatte ich die Idee, Vater die Zeichnung zu Weihnachten zu schenken. Ich hatte sie nicht verkauft. Als ich sie von der Wäscheleine nahm, stellte ich mir vor, wie er sie ansehen und ein Geräusch von sich geben würde. Nein. Das war keine gute Idee.

Ich kaufte ihm ein politisches Sachbuch, das im Radio gut besprochen wurde. Bücher gingen immer bei ihm. Er las alles: Romane, Sachbücher, Biografien … Er las immer und überall. Er las schnell. Ende Januar hatte er alle Bücher, die er zu Weihnachten geschenkt bekommen hatte, bereits ausgelesen. Jedes Jahr war es so. Er wartete dann bis zu seinem Geburtstag im Sommer. Er ging nicht in eine Buchhandlung, um zu stöbern und sich selbst ein neues Buch zu kaufen. Wenn er keine Bücher hatte, las er Zeitungen, Magazine, Schilder, Etiketten.

Ich hatte ihn noch nie über ein Buch reden hören, weder kritisch noch mit Begeisterung. Dass er sehr viel wusste, offenbarte sich nur, wenn wir ihn etwas fragten oder im Gespräch eine Bildungslücke offenbarten und er sich besserwisserisch einmischte. Er wusste einfach alles. Er konnte sämtliche Bärenarten, die in Alaska lebten, aufzählen und wusste, wie viele arabische Abgeordnete im israelischen Parlament saßen.

Als ich am Weihnachtsabend in Friedrichshagen aus der S-Bahn stieg, freute ich mich darauf, die beiden wiederzusehen. Das erste Mal war Jolli nicht dabei. Es würde nur halb so vergnüglich sein wie sonst. Fred war zwar nach Berlin gekommen, zog es aber vor, allein zu Hause in seinem Büro zu hocken und so zu tun, als gäbe es Weihnachten nicht.

Das Haus meiner Eltern stand grau und kompakt, wie zugeschnürt gegen die Straße. Die Fenster wirkten klein wie die Knopflöcher einer eingelaufenen Wolljacke. Mutter trug einen schmalen, grünen Rock und eine weiße Hemdbluse. Die Silberkette, die ich ihr auf dem Markt bei den Schmuckfrauen nebenan gekauft hatte, würde perfekt dazu passen.

Der Tisch in der Veranda war bereits gedeckt. Der Baum war wie jedes Jahr mit roten Wachskerzen, nostalgischen Holzspielzeugen, Äpfeln, Zapfen und Strohsternen geschmückt, und einer aus Buntpapier geklebten Girlande, die ich als Kind gebastelt hatte. Mutter lehnte jeden Weihnachtsschmuck, der glänzte und glimmerte, ab. Für sie war es Kitsch. Ich blickte hinüber zum See. Ein

Streifen quecksilbrigen Mondlichts lag auf dem Wasser. Geisterhaft fiederte das Schilf dazwischen. Als Kind hatte ich mir gewünscht, im Schilf zu leben, unbemerkt von der Welt, in einem alten Kahn. „Nun setz dich doch, Lieschen!" Mutters Gesicht war gerötet. Sie hatte sich angestrengt, auf die Minute fertig zu werden. Und ich hatte Punkt sieben vor der Tür gestanden. Vater presste sich am Baum vorbei in die Veranda. Ich hob die Augen und sah ihn an. Er schreckte vor meinem Blick zurück. Ich erschrak ebenso. Das Blau seiner Augen war ausgeblichen, die Lippen schmal und farblos. Ich sah weg. Ich schämte mich. Es tat weh, ihn anzusehen. Wochenlang hatte ich mit seinem Gesicht gekämpft, aber es war sein jugendliches Gesicht gewesen. Ich hatte vergessen, dass er alt geworden war. Die ganzen Jahre hatte ich ihn nicht angeschaut. Und jetzt konnte ich ihn nicht mit derselben Neugierde betrachten, mit der ich fremde Menschen minutenlang aus dem Hinterhalt einer Kaffeehausecke heraus beobachtete. Er schenkte Sekt ein. Ich sah in die Perlen und dachte über seine zerstörten Lippen nach.

„Erzähl! Wie geht es dir? Wie läuft es?" Mutter war eigentlich nicht der Typ Frau, der beim Zuhören den Kopf schräg legte. Sie war überhaupt keine Zuhörerin. Ihr schräg gelegter Kopf irritierte mich. Wahrscheinlich testete sie eine Methode aus ihrem Coaching-Kurs an mir. Ich erzählte von dem Praktikum bei Kolja und seiner Empfehlung, Lichtlösungen anzubieten. „Das klingt doch alles sehr gut, Lieschen. Und was ist mit deinem Liebhaber? Wie heißt er eigentlich?"

„Fred."

Vater räusperte sich. „So. Fred." Er studierte das Etikett der Sektflasche.

„Ist er nun der Mann fürs Leben?" Ich hasste Mutters Frage, aber ihr Kopf saß jetzt wieder aufrecht auf ihren Schultern. Sie war wieder sie selbst, eine Frau, die schnörkellos und nüchtern zum Punkt drängte.

Ich aß meine Würstchen mit Kartoffelsalat. Ich aß alle Süßigkeiten, die ich beim Abräumen auf dem Weg zwischen Veranda und Küche fand. Ich machte Umwege für die Süßigkeiten. Ich durchforstete die Wohnung nach Süßigkeiten. Ich fühlte mich elend, als Mutter Fotos hervorholte und eine Dose Kekse aus einem Versteck mitbrachte, das ich übersehen hatte. Zum ersten Mal wurde mir klar, dass ich genau aus diesem Grund Süßigkeiten in mich hineinstopfte: Damit mir schlecht wurde. Vater hatte sich in den Keller verdrückt. Nach den Fotos wollte Mutter mir einen Brief einer Freundin vorlesen. Sie wollte meine Meinung dazu hören, aber ich nahm all meinen Mut zusammen und sagte ihr, dass ich mit Vater sprechen müsste, und verschwand, bevor sie fragen konnte. Im Keller roch es nach Schuhcreme, Holzleim und Staub, wie früher. Vater war dabei, einen Gartenstuhl zu reparieren. Er strich Klebstoff auf die zersplitterten Seiten der gebrochenen Strebe. Akribisch. Was er auch tat, er tat es wie ein Chirurg. Vorher stellte er Berechnungen an. Die simpelsten praktischen Angelegenheiten ging er an wie eine wissenschaftliche Aufgabe. Er machte ein skeptisch fragendes Geräusch. Ich wusste nicht, ob es einem Problem mit dem Stuhl galt oder meinem Erscheinen. Ich lehnte mich an die Werkbank und schaute ihm zu. „Wir waren einmal auf einem Fest, ist lange her, ich war noch klein. Wir haben getanzt. Du hast mich auf deinen Schuhen durch den Saal geschleppt, zwischen den tanzenden Paaren."

„Weiß nicht. Dagmars Jugendweihe?" Sein nachlässig-abfälliger Ton passte nicht zu der Sorgfalt, mit der er arbeitete.

„Dagmar?"

„Die Tochter von Irene. Aus Magdeburg."

Von Irene hatte ich schon gehört. Sie war seine Cousine. In den Fotoalben kam sie nicht vor, wie auch die Jugendweihe von Dagmar nicht darin vorkam. Merkwürdig, wie ausgeblendet Vaters Familie aus unserem Leben war. Außer seiner Schwester Heidi und ihrer Familie, die im Jerichower Land lebten, kannte ich niemanden. Selbst von Heidi hatte ich jahrelang nicht gehört. Damals, als Vater und ich sie manchmal am Wochenende besucht hatten, war Tante Heidi eine stattliche Frau mit dunklen Haaren und einer weichen Stimme gewesen. Sie hatte ausgesehen wie jemand, der gerade zu schwer gegessen hat. Für uns Kinder war sie keine Gefahr gewesen. Sie konnte sich nicht durchsetzen.

„Wieso reden wir nicht mehr miteinander?"

„Ich bin enttäuscht von dir, Alice. Du bist die größte Enttäuschung meines Lebens." Als hätte er seit Jahren nur auf diese eine Frage gewartet. Ohne den Blick von seiner Strebe zu wenden. Ich öffnete den Mund, brachte aber kein Wort heraus. Ich war zu verblüfft über die prompte Antwort, als dass mir klar wurde, was er eben gesagt hatte. „Du bekommst keine Ordnung in dein Leben. Deine Arbeit, deine Beziehungen, alles wirfst du nach kurzer Zeit wieder hin." Nicht klar, nicht präzise, sondern in diesem nörgelnden Ton, wie früher, wenn ich das Licht im Keller hatte brennen lassen.

„Ich habe ein Studium durchgezogen. Ich bin bald Innenarchitektin."

„Mit Vierzig! Das hättest du früher haben können. Du hattest optimale Bedingungen. Du konntest tun und lassen, was du wolltest. Wir haben dir nie Steine in den Weg gelegt. Aber du hast dich verzettelt."

„Meinst du mit ,verzetteln' etwa Jolli?"

„Dein Abitur hättest du vor der Schwangerschaft machen können. Stattdessen bist du über die Dörfer gezogen und hast uns Kram angeschleppt. Mit einem Bein warst du immer im Gefängnis. Mutter konnte deinetwegen nicht schlafen."

„Was erzählst du da? Gefängnis? Spinnst du?" Ich stieß mich von der Werkbank ab. Die Klebepistole fiel herunter. Mein Kleid riss. „Scheiße!" Die Klebepistole war am Tüll hängengeblieben und hatte ihn beim Fallen zerrissen. Zwei müde Pailletten baumelten an dem Riss. Vater hob ächzend die Pistole auf. „So."

„Scheiße!"

„Ist das Kleid neu?"

„Ist doch ganz egal, ob es neu ist. Es ist mein Lieblingskleid und jetzt ist es zerrissen. Hinüber." Ich presste meine Hand auf den Riss wie auf eine Wunde. „Wieso Gefängnis?"

„Du bist in fremde Häuser eingestiegen und hast gestohlen."

„Niemals. Wie kommst du darauf? Du hast selbst mit mir einen Schrank abgeholt, erinnerst du dich nicht mehr, damals in Prötzel, die Vitrine."

„Und was war mit den Europaletten, die unter der Treppe gestanden haben?"

„Okay. Aber sonst habe ich nie etwas geklaut." Die Europaletten hatte ich nachts mit ein paar Freunden abgeschleppt, um sie bunt anzustreichen und als Podeste für Gärten und Höfe zu verkaufen. Ich hob die Hand und betrachtete den Triangel. Das Kleid war futsch, seine Leichtigkeit dahin. Vater wischte mit einem Lappen die Werkbank um den Gartenstuhl herum sauber.

Ich ließ ihn stehen, warf die Werkstatttür hinter mir zu, nahm zwei Stufen der Kellertreppe auf einmal. Mutter kam von oben. „Was ist, Lieschen? Ich wollte dir doch den Brief vorlesen."

„Ich gehe."

„Kommst du nicht mit in die Mitternachtsmesse?"

„Du konntest früher nicht schlafen, weil du Angst hattest, ich komme in den Knast? Ihr habt geglaubt, dass ich die Sachen geklaut habe?" Mutter blieb auf der untersten Stufe stehen und blickte an mir vorbei auf die „Sternennacht" von van Gogh, die über dem Sideboard in der Diele hing. Ihre Hand schloss sich fester um das Holzgeländer der Treppe. „Ich hatte Angst, dass du stiehlst. Ja." Ihre Lider lagen schwer auf den nebligen Augen. „Du warst so … man wusste nie, was dir als nächstes einfallen wird. Ich hatte ständig Angst um dich. Du hattest sehr viel Pech. Du warst jemand, der das angezogen hat. Na komm, das ist so lange her."

„Wieso hast du mich nie gefragt, woher die Dinge sind, die ich mitgebracht habe?"

„Du hast sie vor uns versteckt."

„Du hättest trotzdem fragen können. Ich war ein Teenager, fast noch ein Kind."

„Es war so schwierig mit dir, Lieschen. Du warst gegen uns. Ich war überfordert."

„Vater sagt, ich sei die größte Enttäuschung seines Lebens."

Sie stieg die Stufe hinunter und war jetzt kleiner als ich. „Ich sehe dich nicht so, Lieschen. Du bist ein lieber Kerl geworden. Keine Kriminelle. Mit Jolanda, das hast du wirklich gut hinbekommen. Hätten wir dir damals nicht zugetraut. Glaub mir, wir wünschen dir von Herzen, dass du glücklich wirst, dass dein Fred der Richtige für dich ist und du eine Arbeit findest, die dich erfüllt. Wir wünschen dir das Beste. Wir würden alles dafür tun." Sie blickte zu mir auf. Ihre Arme hingen. „Vater kann nicht anders. Er meint es nicht so. Er liebt dich."

„Ich muss weg."

„Schade! Ist ein gutes Konzert, wieder mit dem Gospelchor, weißt du noch?"

„Ich kann nicht. Ich kann nicht mehr so tun, als ob."

„So tun, als ob? Komisch, ich hatte manchmal das Gefühl, du machst uns etwas vor."

Ich fuhr in die Boots. Sie waren innen warm. Mutter hatte sie unter die Heizung gestellt.

„Übrigens passen diese Schuhe überhaupt nicht zu diesem Zirkuskleidchen. Warte! Wir kommen noch mit zur S-Bahn." Sie rief Vater. Auf dem Weg zur S-Bahn plauderte Mutter über die Veränderungen in Friedrichshagen. Vater räusperte sich ununterbrochen, als wären da Worte, die raus wollten, es aber nicht an die Oberfläche schafften. Die Anzeigetafel auf der Plattform zeigte zwölf Minuten bis zur nächsten Bahn. „Ihr müsst nicht warten. Es ist kalt. Ihr wollt in die Messe." Mutter schaufelte ihre Uhr zwischen Mantel und Handschuh frei. „Ist noch Zeit." Vater lief räuspernd auf und ab. Mutter blieb neben mir. Wir schwiegen. Es wäre leichter gewesen, wenn sie mich beschimpft hätten. Die schweigsamen Minuten quälten sich dahin, bis die Lichter der S-Bahn weit hinten auftauchten, sich näherten und der Zug pfeifend hielt. Das Geräusch hatte etwas Versöhnendes. Jedes Geräusch war versöhnlicher als das zum Bersten gefüllte Schweigen. Aus der geöffneten Tür quoll Wärme. Ich flüchtete hinein, atmete durch, wandte mich zu ihnen um. Sie winkten. Ich winkte zurück, während die Türen piepend schlossen. Sie standen eng beieinander auf dem Bahnsteig, in ihrer verkapselten

Harmonie, an der ich mir die Finger blutig gekratzt hatte. Als die Bahn sich endlich in Bewegung setzte, wollte ich die Notbremse ziehen, aus dem Zug springen und zurücklaufen, ihnen sagen, dass ich sie liebte, dass ich mich auf sie gefreut hatte.

Als ich aus der S-Bahn stieg, war Ruhe in meinen Gedanken, wie nach einem Gewitter. Alles Denken war grau. Ein grauer, klarer Glanz. Stahl. Ich wusste jetzt, was Vater von mir hielt und dass Mutter ihn bestätigte. Ich brauchte sie nicht wieder besuchen. Ich würde sie in Ruhe lassen. Sie würden mich nicht wiedersehen. Ich war froh, dass Fred zu Hause war und dass ihm Weihnachten nichts bedeutete. Auf seinem Laptop lief ein Film. Soldaten rannten aufeinander zu und stießen sich Bajonette in die Leiber. „Du wolltest nicht bei deinen Eltern bleiben?"

„Es waren alle Geschenke ausgepackt. Es war alles gesagt." Ich lehnte mich an ihn, weniger aus einer Zärtlichkeit heraus als vor Erschöpfung. Auf dem Bildschirm ging ein Deserteur übers Land. Am Eingang eines Dorfes begegnete er einer Frau. Sie redeten. In der nächsten Szene saß er bei ihr zu Hause an einem grob behauenen Tisch und aß und trank. Die Frau sah ihm dabei zu. Fred stoppte den Film und hob den Kopf. „Mein neues Kleid ist zerrissen." Ich knöpfte den Mantel auf. Er betrachtete den Riss, strich vorsichtig über den Stoff. „Wow. Das ist schön." Eine Verklärung huschte wie ein heller Schatten über sein Gesicht. Er schob seine Hände unter meinen Mantel und legte sie auf das Seiden-Mieder. Es gefiel mir, wie er mich anschaute. Etwas war mit ihm geschehen. Er war gealtert, nicht äußerlich, aber in der Art wie er mich ansah und ohne Begierde wahrnahm. Er war nicht getrieben in diesem Moment. Er wollte nichts. Ich sah meine Ruhe in ihm gespiegelt und er seine in mir. Wir waren Zwillinge. Er berührte mich wie zum ersten Mal, als er langsam den Mantel von meinen Schultern streifte. Er zog eine Schachtel zwischen den Ordnern in seinem Regal hervor. Sie war alt, der Pappdeckel, auf dem das verblichene Foto eines Blumenstraußes zu sehen war, an der Seite aufgerissen. Fred nahm zwei Ringe aus der Schachtel. „Von meiner Mutter. Ich möchte sie dir schenken." Einer der Ringe war aus Gold und trug in einer kunstvoll geschmiedeten runden Fassung einen roten Stein. Der andere war ein Kupferring mit einer blauen Emaille. „Sie hat ihren Schmuck immer in Polen gekauft." Er legte eine zarte Goldkette neben die Ringe. „Wir waren oft in Polen. Mein Vater kam aus Polen. Das ist das einzige, was ich von ihm weiß."

„Du kannst mir doch nicht den Schmuck deiner Mutter schenken."

„Warum soll er in dieser Schachtel liegen? Schmuck ist da, um getragen zu werden."

„Und wenn wir uns eines Tages trennen?"

„Wo auch immer du hingehst, Alice, du bleibst in meinem Herzen. Wir werden verbunden bleiben, für immer. Ich schaue dich an und sehe mich als Frau."

Wie konnte ich jemals geglaubt haben, dass er in Brüssel eine andere liebt? Ich küsste ihn. Wir blieben aneinander hängen, während wir uns auszogen. Seine Augen verschmolzen über seiner Nasenwurzel zu einem grünen See. In diesen sprang ich, ohne Tiefenangst. Niemals wieder würde ich ängstlich oder misstrauisch sein. Ja. Ja. Ja. Ich würde den Schmuck seiner Mutter tragen. Ich war die einzige, die ihn tragen durfte. In dieser Nacht vollzogen wir unsere Ehe. Ich trug sogar das richtige Kleid für den Anlass. Ein Zirkuskleidchen hatte Mutter es genannt. Vielleicht balancierte ich wirklich auf einem Seil. Eine Tänzerin ohne Netz. Mutter verstand das nicht. Und für eine Hochzeit ohne Netz hätte sie nur ein Kopfschütteln.

22

„Was ist das für ein Foto in der Schachtel?"

Fred nahm es heraus. Es zeigte eine kleine, schmale Frau mit dunklen Locken vor dem Eingang eines Neubaus aus den Sechzigerjahren. Sie blickte ernst in die Kamera. Die länglichen Augen standen weiter auseinander als bei Fred. Ihr Gesicht war gedrungener, katzenhafter. Sie trug einen Minirock aus Leder und Schuhe mit waghalsigen Absätzen. Ihre kräftigen Waden endeten in schmalen Fesseln. „Fantastisch!"

„Sie ist schön, nicht? Sie wurde angestarrt auf der Straße. Sie fiel auf. Als kleiner Junge dachte ich, dass es normal ist, dass so viele Männer hinter einer Frau her sind. Sie wollte keinen. Sie brauchte niemanden. Es genügte ihr, die Männer scharf zu machen."

„Und dieser Karton ist alles, was du noch von ihr hast?"

„Ich brauche nichts. Sie ist immer bei mir."

Ich probierte den Kupferring mit der blauen Emaille. Er passte. „Steht dir gut. Wow!"

„Glaubst du, sie hätte mich gemocht?"

„Du hättest sie jedenfalls nicht gemocht."

„Wieso sagst du das? Ich mag sie. Was hat sie gearbeitet?"

„Sie war Dolmetscherin."

„Dolmetscherin? Das ist cool!"

„Für Englisch. Sie ist viel rumgekommen, hat ne Menge berühmter Leute getroffen. Sie hat sogar für die Regierung gedolmetscht. Sie war perfekt in Englisch, weil sie in England aufgewachsen ist. In London."

„In London?"

Er nickte.

„Sie war Engländerin?"

„Nein."

Ich sah ihn an, wartete auf eine Geschichte, aber er legte nur das Foto zurück in die Schachtel. Ich probierte den goldenen Ring. Er war zu klein. „Wieso in London?" Ich schob den Ring auf den kleinen Finger, aber dort war er zu locker.

„Ich weiß nicht genau. Sie war dort als Kind."

„Du weißt es nicht?!"

„Ist nicht wichtig. War kein Thema."

„Komisch."

„Weiß nicht." Er stellte die Schachtel zurück ins Regal. „Es war schwierig mit ihr. Ich bin früh zu Hause abgehauen. Hab die Schule geschmissen. Sie hat nicht mehr mit mir gesprochen, so sauer war sie auf mich. Aber in den letzten Jahren hat sie mir regelmäßig den Anrufbeantworter voll geschimpft. Ich mochte ihre Schimpftiraden. Ich habe ihr immer geantwortet. Ich habe es mir nicht bieten lassen. Sie ging nicht ans Telefon. Also quasselte auch ich ihren Anrufbeantworter voll. Fünf Minuten Bandlänge. In fünf Minuten kann man allerhand sagen. Musst du mal ausprobieren. Und keiner widerspricht."

„Wieso hat sie dich beschimpft?"

„Hat mir vorgeworfen, dass ich nichts geworden bin. Ich habe ihr erklärt, wer ich geworden bin."

„Ein geschliffener Diamant."

„Ich habe noch den Apparat. Muss den Akku mal wieder laden, dann höre ich ihre Stimme wieder, dann ist sie bei mir, die kleine, wütende Frau. Ihre Wutausbrüche, das war ihre Art zu zeigen, dass sie mich liebt."

23

Fred stand auf dem Bahnsteig am Gare du Midi in Brüssel und pappte seine Locken in die Stirn. Er suchte mich in der Menge und erschrak, als ich ihm in den Arm kniff. In der vollen Metro standen wir schweigend nebeneinander. Als sich die Metro leerte, weil wir das Stadtzentrum verließen, setzten wir uns auf freien Plätzen gegenüber. Fred lachte mich an, verlegen, unsicher, als hätte ich ihn gerade beim Schokoladeklauen erwischt. Im Spiegel seines Lachens fühlte auch ich mich unsicher und fremd.

„Etwas an dir ist verändert", sagte ich. Er entblößte demonstrativ seine untere Zahnreihe. Der gebrochene Zahn war verschwunden. An seiner Stelle saß ein neuer, vollständiger. „Ich habe eine Zahnärztin gefunden, die nicht teuer ist." Eifersucht züngelte in mir auf, aber worauf? Auf die Zahnärztin, die nicht teuer war? Auf den neuen Zahn? Ich war wütend. „Ich mochte diese kleine Bruchstelle an dir." Er erwiderte nichts. In einer Vorstadtgegend mit flachen Häusern stiegen wir aus. Höfe mit kleinen Werkstätten und Betrieben reihten sich aneinander.

Jan, der Mann, mit dem Fred hier zusammenarbeitete, hockte in der Garage in einem verglasten Aufseher-

Häuschen vor dem Laptop, neben sich eine besudelte Kaffeemaschine und einen überquellenden Aschenbecher. Er sah kurz auf und scannte mich, wobei er die Kiefer so fest aufeinander presste, dass das Gelenk unter den Ohren aus der Wange trat. Mit einer Kopfbewegung wies er auf seinen Bildschirm und nuschelte Fred etwas zu. Fred sprang sofort an seine Seite. Es war kalt in der Garage. Mein Magen knurrte. „Ich würde gern irgendwo frühstücken." Fred blickte auf. „Ich mache uns gleich einen Kaffee, Lissi." Noch in der Jacke, ruckelte er an dem besudelten Filter der Maschine und warf den alten Kaffeesatz in das Spülbecken. „Wir bekommen gleich etwas geliefert, ein KLEIN. Das musst du sehen. Du fällst um! Mein erstes richtiges Rad war ein KLEIN. Hab zwei Jahre drauf gespart. Und dann habe ich es einmal vor einem Späti abgestellt, in dem ich ein Wasser kaufen wollte. Ein simples Wasser. Ich hatte das Geld schon passend in der Hand. Dreißig Sekunden. Mein KLEIN war weg. Geklaut. Ich bin sofort losgerannt. Der Fahrradhändler an der Ecke hatte den Typen gesehen, aber statt ihn anzuhalten, hat er ihm nur hinterher geglotzt und sich gefragt, ob das eben mein KLEIN war." Jan stieß ein kurzes, fieses Lachen aus. „Alle kannten mein KLEIN. Die ganze Stadt." Fred trabte auf der Stelle. „Hast du es wiederbekommen?" Er sah mich nur verdrossen an. Jan feixte. Der Kaffee tröpfelte durch den Filter. „Du kannst dir nicht vorstellen, wie sich das angefühlt hat, dieses Rad zu verlieren, Lissi."

„Nein, ich kann es mir nicht vorstellen." Ich hockte mich auf einen Drehstuhl, dessen Lehne abgebrochen war und schlürfte den Kaffee.

Der Regen hatte aufgehört. Die Stadt tropfte von allen Dächern. Ich ging zu Fuß in die City, vorbei an farblosen Fassaden und kleinen Vorgärten, in denen gestutzte Bäumchen ihre kahlen Äste ausstreckten. Ich überquerte die Senne und ging an einem Hafengelände vorüber. Der Verkehr wurde dichter, die Häuser höher, die Architektur kontrastreicher. Hauseingänge und Hofeinfahrten sperrten ihre schwarzen Münder auf, aber ich war nicht in der Stimmung, auf Entdeckungsreise zu gehen. Meine Neugierde war klamm wie meine Finger. Ich zerrte die Ärmelbündchen über die Hände und setzte die Kapuze auf. Ich fühlte mich fremd. Mein Mantra: Du bist am richtigen Ort, half nicht weiter. Ich traute mich in kein Café. Ich hatte Angst, mich zu blamieren, wenn ich einen Kaffee auf Englisch oder Französisch bestellte. Ich betrat einen Buchladen, eine Art Bücher-Flohmarkt. Die Bücher lagen zuhauf in Kisten und Kellerregalen. Die Kunden hockten auf den Kisten und auf dem Fußboden und wühlten und blätterten und lasen. Auch in der Buchhandlung war es kalt. Durch die offene Tür wehte der regennasse Straßenlärm herein. Das Telefon klingelte. Es war Jolli. Mir wurde wärmer. „Hallo, wie geht's?"

„Ich habe Tobias gefunden."

„Aha."

„Übrigens gibt es zirka hundertfünfzig Tobias Bergmanns in Berlin. Aber das war nicht das Problem."

„Ach so."

„Was ist los? Störe ich?"

„Nein. Überhaupt nicht. Im Gegenteil."

„Du klingst komisch, Mama."

„Ich bin in Brüssel."

„Und wie ist es dort?"

„Schön."

„Du wolltest, dass ich dich auf dem Laufenden halte."

„Klar. Erzähl!"

„Also: Tobi hat eine eigene Firma. Eine Unternehmensberatung. Seiner Sekretärin habe ich am Telefon was von einem Schülerpraktikum erzählt und dass ich Wirtschaft studieren will und so, aber sie hat mich abgewimmelt. Dann bin ich selbst hingegangen. Ein Mann hat mir aufgemacht. Tobias war nicht da. Ich habe ihm einen Zettel hinterlassen und bin am nächsten Abend wieder hin, nach acht. Da war er, allein im Büro. Ich habe ihm sofort gesagt, wer ich bin." Jolli zündete sich eine Zigarette an und pustete den Rauch hörbar aus. „Er sieht gut aus, Mama. Er sieht total gut aus." Ich trat zurück in den Windfang eines Ladens, weil es wieder zu regnen begann. „Du bist doch nicht hingegangen, um zu sehen, wie er aussieht?"

„Du bist zickig! Was ist los?"

„Sorry, Jolli. Ich bin einfach müde von der langen Fahrt und gerade genervt von einem Buchladen. Erzähl bitte weiter!"

„Was ist mit dem Buchladen?"

„Er ist so laut und kalt und unordentlich. Die Bücher liegen durcheinander in Kisten. Ein Antiquariat, aber trotzdem …"

„Und Fred? Wie ist seine Wohnung?"

„Da war ich noch nicht. Bin eben angekommen. Fred hat sich übrigens seinen Zahn machen lassen."

„Wurde ja mal Zeit!"

„Ich mochte den kaputten Zahn."

„Du bist verrückt, Mama."

„Ich mag die Spuren und Linien, die ein Leben zeichnet: Brüche, Falten, Lücken, Löcher."

„Du hättest den Zahn sofort machen lassen, Mama." Jolli blies den Rauch aus. „Jedenfalls ist Tobi cool. Er hat sich gefreut, mich kennenzulernen. Es war ganz einfach. Wir sind zusammen essen gegangen und er hat mir sein ganzes Leben erzählt."

„Aha."

„Vier Jahre hat er in Belfast gelebt. Dort hat er seine Frau kennengelernt: Kathie. Sie haben zwei Kinder. Sie leben am Wannsee."

„Aha."

„Sag doch nicht immer ,aha'!"

„Wieso denn nicht? Du bist aber auch empfindlich heute. Hat Tobi auch nach deinem Leben gefragt? Hat er sich für dich interessiert?"

„Mama, du bist voreingenommen! Er ist freundlich. Er hat echt was drauf."

„Von mir aus kann er seinen Ferrari in einem Townhouse neben seinem Bett parken oder im Tiergarten auf einer Zeitung schlafen. Das ist mir egal. Aber du bist mir nicht egal, Jolli."

„Du bist ja richtig wütend auf ihn. Neidisch?"

„Quatsch."

„Wenn man über jemanden sagt, dass er einem egal ist, heißt das immer, dass er einem überhaupt nicht egal ist. – Übrigens hat Tobi gesagt, dass du ziemlich schräg drauf warst damals, so in Richtung Borderline."

„Hat er sie noch alle!?"

„Reg dich nicht auf, Mama. Leichte Borderline-Störungen verwachsen sich ab dem dreißigsten Lebensjahr. Habe ich gelesen."

„Bravo! Jetzt habt ihr mir ein Etikett verpasst und Tobi muss nicht weiter drüber nachdenken, ob ich möglicherweise ernsthafte, ehrliche Gründe hatte, damals auszuticken."

„Das ist eure Geschichte. Jeder von euch hat sie anders erlebt. Ist doch immer so, wenn zwei sich streiten."

Ich tastete in der Tasche meines Parka nach einer Zigarette, aber es war keine mehr da.

„Jedenfalls hat Tobi sich nicht getraut, bei uns anzurufen."

„Ha!" Tobi log Jolli die Taschen voll und ich durfte ihr das nicht sagen. Sie würde mir nicht glauben. Er hatte sie um den Finger gewickelt mit seiner Attraktivität, der Einladung zum Essen und seinem Haus am Wannsee.

„Ich muss jetzt Schluss machen, Mama. Bin mit Miriam verabredet. Mach's gut!"

„Pass auf dich auf, Jolli."

„Keine Sorge."

Ich ging zurück zu dem kleinen Hafen. Der Platz war menschenleer. Das Pflaster glänzte vom Regen. Ich zog den Skizzenblock hervor und zeichnete eine Zille, die am

Kai entladen wurde. Es tat gut, zu zeichnen. Regentropfen fielen auf das Papier. Ich verwischte die Linien damit. Ich zeichnete, bis meine Hände blau angelaufen waren vor Kälte. Das kleine Café am Hafen war leer. Hinter der Espressomaschine auf dem Tresen schaute ein dunkler Haarknoten hervor. Das weiße Gesicht einer jungen Frau erschien darunter. Sie war dabei, sich die Fingernägel zu maniküren. Sie brachte mir Kaffee und eine gepuderte Waffel. In der Wärme schaute ich hinaus auf den Hafen im Regen, aß die süße Waffel und dachte über Jollis Anruf nach. Ich fürchtete, dass Tobi sie enttäuschen würde. Ich fürchtete ebenso, dass sie zu Tobi und seiner Familie in das Haus am Wannsee ziehen würde.

Fred meditierte über dem KLEIN, als ich zurück in die Werkstatt kam. „Siehst du die dicken Schweißnähte? Gary Klein war der erste, der damit angefangen hat. Es war damals etwas Besonderes."

„Du hast mal gesagt, dass du die Schweißnähte an den Billigrädern schrecklich findest."

„Nicht bei Gary Klein. Seine Räder sind Kult. Er hatte eine goldene Zeit zwischen 89 und 95. Danach ist er mit der Produktion nicht mehr nachgekommen und hat die Marke verkauft. So wurde aus der Legende ein Massenprodukt. Dieses hier ist von 87, schätze ich. Edles Teil, nicht?"

Im Erdgeschoss des Hauses, in dem sich Freds Wohnung befand, war ein kleines Theater. Ich wollte es mir unbedingt ansehen, aber Fred drängelte. Vielleicht hatte Helena es gebaut. Ich sehnte mich nach ihr, nach Kolja und der Fabriketage. Fred nahm zwei Stufen auf einmal. Sein entschlossener Berliner Schritt schien das schmale Treppenhaus zu überfordern. Er warf seinen Mantel im Flur auf den Boden und verschwand in der Toilette. Ich hob den Mantel auf und betrat die Zimmer. Hohe Fenster. Auf dem Parkett standen Polstermöbel, noch eingewickelt in Folie. In dem kleineren Zimmer nebenan lagen Tatamis, darauf ein Futon, genau wie bei uns zu Hause. Auf dem Futon lag ein Teppich, zerrissen, voller Löcher, ein Fragment. Seine Farben leuchteten: Ziegelrot. Orange, das zum Rosa tendierte. Tiefblau. Warmes Schilfgrün. Ich hatte noch nie einen so wunderschönen Teppichfetzen gesehen. „Ist er nicht magisch?" Fred lehnte nackt im Türrahmen.

„Woher hast du ihn?"

„Vom Flohmarkt. Der ist uralt."

„Das sehe ich." Er trat zu mir, hielt meine Schultern und küsste mich. „Ich hab mir vorgestellt, wie wir darauf abheben."

„Wieso hast du von allem hier nichts erzählt?"

„Ich wollte dich überraschen."

Er trat zur Heizung und drehte sie auf. Wieder besetzte mich das Gefühl der Fremdheit. Wieso hatte er nicht einmal ein Foto geschickt? Plötzlich wurde mir klar, dass es die Andere gab. Ich suchte ihr Bild. Ich lief noch einmal durch die Straßen von Brüssel, versuchte mich an die Gesichter der Passanten zu erinnern. „Du wolltest doch, dass wir die Wohnung zusammen einrichten. Ich sollte sie gestalten."

„Die waren wahnsinnig günstig auf Ebay, na ja, da habe ich zugegriffen. Ich wusste, dass sie dir gefallen werden. Du bist mein Zwilling. Und der Teppich… Ein Foto macht seine Poesie nur kaputt." Nein! Er war nicht der Typ für ein Doppelleben. Wie sollte er auch eine andere Frau treffen, wenn er den ganzen Tag mit Jan in diesem Loch hockte? Er konnte es nicht erwarten, mich zu lieben. Ich war dagegen, den kostbaren Teppich durch Körpersäfte zu gefährden. Wir legten ihn auf den Fußboden, während wir an unserer Verschmelzung arbeiteten. Fred war zu hastig.

Wir brachen ab, weil ich Schmerzen hatte. Er strich mir übers Haar und sah über mich hinweg ins Nebenzimmer zu den eingepackten Polstermöbeln. „Woran denkst du, Fred?" Er schüttelte den Kopf. „An nichts."

„Das geht nicht."

„Doch, das geht." Er stand auf und lief in die Küche. Ich wickelte mich in das Laken und starrte an die Decke. Als ich die Augen aufschlug, war es dunkel. Nebenan lief der Fernseher. Fred saß auf dem eingepackten Sofa. „Du hast geschlafen. Ich wollte dich nicht wecken zum Essen."

Ich schob mich neben ihn und zog die Knie unters Kinn. Im Fernsehen schoss ein verletzter Polizist seinen Gegner nieder. „Wie spät ist es?"

„Zwei Uhr siebenundvierzig." Er schlug vor, spazieren zu gehen.

„Bei der Kälte?"

„Hier ist es nicht so kalt wie in Berlin. Ich gehe oft nachts raus, wenn ich nicht schlafen kann. Am Rathaus gibt es einen Pommes-Laden, der die ganze Nacht auf hat. Da treffe ich immer Leute. Neulich hat mich ein Mann angesprochen, als er mein *Grove* gesehen hat. Er hat mir von seinem *Fat Chance* erzählt. Er hatte Fotos dabei. Wunderschön! Sein Ein und Alles. Seine Frau hat ihn rausgeworfen, als er seinen Job verloren hat. Er denkt, Frauen sind nur scharf aufs Geld. Das ist das Fazit seiner Beziehungen. Er spricht keine Frau mehr an. Ich hab ihm gesagt, dass es nur eine schwache, dumme Ausrede ist, weil er keine Lust mehr hat, eine Frau kennenzulernen, weil er Angst hat. Er war sauer. Die Leute sind sauer, wenn sie die Wahrheit über sich hören. Am Ende hat er mich umarmt und mir seine Telefonnummer gegeben. Er hatte was kapiert. Er hat gemerkt, dass ich ihn ernst nehme und nicht nur Bla-bla mache wie die anderen."

„Mm. Hast du ihn angerufen?"

„Das ist nicht wichtig. Was zählt, ist der Moment. Ich versuche nie, was gut war, zu wiederholen." Im Fernsehen flüchtete der verletzte Polizist in ein leerstehendes Haus. „Wenn ich nachts mit meinem *Grove* durch Brüssel laufe, spreche ich oft mit meiner Mutter. Dass sie ihr Leben allein verbracht hat, das hat mich geprägt. Ich möchte nicht allein sein. Ich habe keine Kinder. Und du hast schon ein Kind und möchtest keins mehr. Du brauchst deine Zeit jetzt für dich. Am liebsten würde ich den Rest meines Lebens unterwegs verbringen, einfach hin- und herfahren und Menschen treffen, reden, eine Spur in ihren

Gedanken hinterlassen. Weiter nichts." Ich sah den Zug, in dem Fred sich von mir entfernte. Die Rücklichter wurden immer kleiner, bis sie am Horizont vom Dunkel verschluckt wurden und nur noch die Schiene vibrierte.

„Wieso kannst du nicht schlafen in Brüssel?"

„Ich kann auch in Berlin nicht schlafen."

„Du schläfst fantastisch in Berlin. Du schläfst immer vor mir ein."

„Ich wache nachts auf. Das merkst du nicht, weil du fest schläfst." Er schaltete den Fernseher aus. Wir legten uns auf den Futon und versuchten zu schlafen. Fred wandte mir den Rücken zu. Es war das erste Mal, dass er meinen Körper vor dem Einschlafen nicht an sich zog und darauf achtete, dass keine Lücke zwischen uns blieb, in die ein Feind eindringen und uns trennen könnte. Wie eine dunkle Mauer ragte er zwischen uns auf. Dahinter lag ich allein. Ich stand wieder auf, wickelte mich in die Bettdecke und lief in die Küche, machte Wasser heiß und schlürfte es in kleinen Schlucken. Ich ging zurück ins Bett. Fred schnarchte leise. Ich schloss die Augen. Auf der Innenseite meiner Lider flackerten Bilder auf: Der Mann auf dem Kunstmarkt blätterte in meinen Gespenster-Interieurs. Er schüttelte den Kopf und sagte, er habe

164

schon eine Frau. Ein Zugabteil voller Kinder. In Großaufnahme ein weinendes Mädchen mit einem Koffer. Vaters Hände höhlten eine Rübe aus. Das Mädchen lief durch den Zug. Es suchte jemanden. Sie war verlassen, abgetrennt durch die hohe, dunkle Mauer, die neben ihm aufragte, an der ein Wasserfall hinabbrauste. Das Wasser dröhnte in meinen Ohren. Der Zug ratterte. Dieses Getöse riss mich aus dem Schlaf. In der Stille der Wohnung schlich ich wieder in die Küche, setzte mich ans Fenster und wartete. Als es draußen dämmerte, zog ich mich an, nahm meine Tasche und verließ die Wohnung. Die Straßen waren noch regennass, die Luft weich. Der Himmel leuchtete türkisblau. Einige Händler bereiteten ihre Auslagen vor. In einem Bäckerladen trank ich einen Kaffee und aß ein Croissant. Der Zug nach Berlin würde in einer Stunde gehen. Auf dem Bahnsteig zeichnete ich die Gleise hinter der Bahnsteigkante, darüber Kabel und Signale, einen haltenden Zug auf der anderen Seite. Das Mädchen mit dem Koffer. „Was machst du hier?" Vor mir stand Fred, in einer weiten, hellen Hose, die ich auf den ersten Blick für eine Pyjamahose hielt. Sein Mantel war schief geknöpft. Er sah aus wie ein Clochard, unrasiert, verquollen. „Haust einfach ab, ohne ein Wort?" Seine Blicke stürzten ziellos umher wie die eines gejagten Wildtieres, das an einem Abgrund steht. „Ich sehe zu, wie ich mich organisiere, damit wir einen freien Tag zusammen haben! Ich dachte, wir machen es uns endlich mal schön, fahren ans Meer oder so." Er setzte sich mit spitzem Po neben mich auf die Bank, die Hände in den Manteltaschen.

„Wieso hast du dich von mir weggedreht in der Nacht?"

„Deswegen haust du ab?! Das ist nicht dein Ernst, Lissi?" Er stieß sich von der Bank empor. „Dann geh doch! Fahr zu deinen ..." Er machte eine wegwerfende Geste in Richtung der Gleise nach Berlin, lief auf und ab wie eine Raubkatze in ihrem Käfig und blieb vor mir stehen, sah mich durch die Gitterstäbe des Käfigs an. „Lissi, hören wir auf mit dem Quatsch! Lass uns frühstücken gehen. Danach nehmen wir einen Mietwagen und fahren ans Meer. Ich lade dich ein." Ich schüttelte den Kopf. „Ich muss nachdenken, Fred. So wie du neulich, als du dein Telefon am Wochenende ausgeschaltet hast. Vielleicht ist es besser, wenn wir uns trennen. Brüssel ist gut für dich. Du hast jetzt sogar einen neuen Zahn. Aber ich fühle mich hier mit dir fremd. Und dann drehst du mir auch noch den Rücken zu in der Nacht." Der Zug wurde angekündigt. Ich stand auf. Ich wünschte mir, im Gewühl auf dem Bahnsteig zu schrumpfen, klein zu werden wie eine Fliege, aber ich blieb auf Normalgröße. Fred legte seinen Arm um mich.

166

„Wir machen es uns ziemlich schwer, findest du nicht? Komm! Lass uns die Sonne genießen. Das Wetter wird schön."

„Ich möchte nicht, Fred. Ich kann nicht."

„Ich bin kaputt, überarbeitet, Lissi. Ich mache mir Gedanken, wie es mit uns weitergehen kann."

Ich schüttelte den Kopf, aber es fiel mir schwer.

„Ach!" Er wedelte mich mit seiner Hand weg wie eine Fliege und lief mit weiten Schritten davon. Der Zug fuhr ein. Die Ankommenden strömten an mir vorbei. Ich starrte Fred nach, verlor ihn aus den Augen, wollte ihm nachlaufen. Ich wusste, dass er noch auf dem Bahnsteig war. Jemand rempelte mich an. Ich stieg ein und drängelte durch die Wagen in die Richtung, in die er gegangen war, suchte draußen nach seinen Locken. Leute mit Koffern kamen mir im Gang entgegen. Ich wich auf einen freien Platz aus und blieb dort sitzen, die Tasche noch über der Schulter und da stand Fred draußen, direkt vor meinem Fenster. Er sah zu mir, aber er konnte mich durch die verspiegelte Scheibe nicht sehen. Das Rätselhafte unserer Verbindung. Ich klopfte an die Scheibe. In diesem Augenblick setzte sich der Zug in Bewegung und schob Fred Fenster für Fenster aus meinem Sichtfeld. Ich stand auf, drängelte aus dem Abteil. Da musste die Notbremse sein. Ich wollte aus dem Zug springen, zu ihm zurücklaufen, ihn umarmen und sagen, dass ich ihn liebte und niemals verlassen würde.

24

„Du weinst."

„Es hat wehgetan, wegzufahren. Du hast vor meinem Fenster gestanden, aber du konntest mich nicht sehen."

„Wieso bist du nicht wieder ausgestiegen, Lissi?"

„Das hätte nicht geholfen. Es war kein Abschiedsschmerz."

„Was dann?"

„Keine Ahnung. Ich weiß es nicht, Fred. Es ist wie die Pflanzen in einem See, die sich nach dem Licht strecken, aber sie schaffen es nicht. Es ist, wie wenn du dich immer wieder bemühst, etwas gut machen zu wollen, aber es wird und wird nicht gut."

„Lissi, wir schaffen das. Was auch immer geschieht, wir lassen uns nicht im Stich."

„Nein."

25

Mein neuer Job bestand darin, Küchenmöbel und -geräte auf Grundrissen zu verteilen. Ohne die Kunden zu kennen, sollte ich anhand ausgefüllter Fragebögen Design-Vorschläge machen, mit Kacheln, Tapeten, Vorhängen, Leuchten, Kabeln, Wanduhren, Pflanzen und Postern. Ich arbeitete zu Hause an dem Schreibtisch, den Fred für mich auf dem Flohmarkt gekauft hatte, die Füße auf dem Einlegeboden, die Beine eingeklemmt im Tischrahmen. Ich arbeitete nachts. Das ergab sich so, weil ich die Arbeit den ganzen Tag vor mir herschob. Ich gewöhnte mich an das Arbeiten in der Stille und Dunkelheit. Ich liebte es. Die Nacht gaukelte vor, endlos zu sein. Eine Zigarette brannte länger in der Nacht.

Ich zeichnete Koljas elegante Fußwölbung in der weichen Sandale auf das Stück Pappe, das ich als Mauspad verwendete. Seine Knöchel, vom Leinen umspielt. Er wuchs aus diesem Knöchel, an einem Tisch sitzend, genau wie im letzten Sommer in dem Café, in dem wir uns getroffen hatten. Ich scannte die Zeichnung, schnitt Kolja aus und montierte ihn an den langen, massiven Holztisch der Landhaus-Küche, die ich gerade einrichtete. Dazu einen Strauß Sommerblumen und eine Schale Obst. Seinen Strohhut legte ich neben die Obstschale, nachdem ich ihn gezeichnet und gescannt hatte. Ich sah hinaus in die Nacht, bis seine Frau zierlich und blond aus der Dunkelheit trat. Sie lehnte an der Spüle, hielt einen angebissenen Apfel in der Hand und blickte verträumt in den Garten. Ich installierte eine Sprechblase über Koljas Kopf: ,Liebling, ich muss noch mal ins Büro. Ich beeile mich, aber es könnte spät werden.' In ihre Sprechblase schrieb ich: ,Bringst du mir ein Dinkelbrot aus der Stadt mit?' Draußen wurde es bereits wieder hell, als ich mit der Collage fertig war und mit meiner eigentlichen Arbeit für das Einrichtungshaus begann. Seit ich nachts arbeitete, verschlief ich den halben Tag. Wenn ich in die Küche kroch und die Cafetiere auf den Herd setzte, lief im Radio eine Sendung für Schüler, die um diese Zeit nach Hause kamen. Der Moderator strengte sich an, jugendlich zu klingen oder was er für jugendlich hielt. Er tat mir leid. Wahrscheinlich drohte ihm ein wahnsinniger Redakteur mit Kündigung, falls er sich auch nur ein einziges Mal wie ein Erwachsener anhörte. In der nächsten Nacht richtete ich eine kleine, quadratische Küche in einem Altbau ein. Diesmal zeichnete ich Helena. Ihren Freund Philipp entwarf ich groß und schlank, mit einer eckigen Brille und sauber gestutztem Bart. Philipp kochte. Helena saß am Klapptisch vor dem Fenster und las die Zeitung. ,Hier steht etwas über die Eröffnung meines Theaters in Kaunas.'

‚Lies vor! Ach, sag Liebling, magst du den Fisch lieber mit schwarzen oder bunten Pfeffer?'

Einmal, als ich eine Retroküche im Stil der Sechzigerjahre einrichtete, zeichnete ich Freds Mutter, wie sie ihn am Telefon beschimpfte. Sie wuchs auf meiner Pappe aus schmalen Fesseln und kräftigen Waden. Ihr Telefon hatte ein geringeltes Kabel. ‚Wann machst du endlich etwas aus deinem Leben? Wann wirst du endlich jemand?' Sie hob die freie Hand, wie um nach Fred zu greifen, aber er war nicht im Raum. Er würde nie mehr mit ihr in einem Raum sein. Fred war am anderen Ende der geringelten Telefonschnur in einer Sprechblase gefangen. Er hörte ihren Anruf und pappte die Locken in die zerknüllte Stirn.

Ich fand keine passende Küche für Fred und mich. Außerdem hatte ich immer noch Schwierigkeiten, mich selbst zu zeichnen. Eines Nachts versuchte ich es mit einer Frau ohne Gesicht. Sie stützte sich mit den Händen auf dem leeren Tisch mit den gedrechselten Beinen ab. ‚Kochen wir zusammen? Wir haben schon so lange nicht mehr zusammen gekocht.'

„Es ist nichts zum Essen da, Lissi.'

Ich schlief noch länger. Die Schülersendung war jetzt vorbei, wenn ich in die Küche schlich. Um diese Zeit am

Nachmittag lief ein Kulturmagazin. Ich bekam Lust auf die Filme und Theaterstücke, die besprochen wurden. Aber jeden Abend und jede Nacht saß ich an meinem Schreibtisch. Ich hatte Termine an der Uni, für die ich mir vier Wecker stellen musste, um nicht zu verschlafen. Sonst ging ich nur zum Einkaufen nach draußen und zur Post, um Freds Pakete abzuholen.

Eines Tages, als ich nach dem ersten Kaffee am Nachmittag aus der Werkstatt in den Garten trat, um zur Post zu gehen, schien die Sonne warm. Es war, als hätte jemand das Licht draußen wieder angeknipst. Ich blinzelte wie eine Kellerratte nach dem Winter ins Freie, lehnte ich mich an die Hauswand und hielt mein graues Gesicht in die Sonne. Am Paketschalter auf der Post arbeitete eine blonde Frau mit grellblau geschminkten Augen und einem Pony, der so gestärkt war, dass er wie zementiert aussah. Ich fragte mich, wie lange sie morgens brauchte, diese Frisur zu modellieren und zu stärken. Ich sah sie im Bad vor dem Spiegelschrank. Ihre Bewegungen waren schnell und routiniert. Sie senkte den Kopf und blickte sich halb von der Seite an, schob die Lippen vor, wie zu einem Kuss. Ich fragte mich, ob sie einen Freund hatte und wie sie mit verstrubbelten Haaren aussehen würde. Ich beschloss, sie zu zeichnen und eine Küche für sie zu suchen. Ich reichte ihr den Abholschein. Sie schob mir ein gigantisches Paket vor die Füße. „Was ist das? Wie soll ich das transportieren?" Sie zuckte die Schultern und nahm den nächsten Abholschein entgegen. Ich betrachtete das Paket. Es enthielt mindestens vier Fahrradrahmen. Mir wurde schwindlig. Ich rief Fred an. „Nimm ein Taxi! Ich gebe dir das Geld zurück."

„Ich bekomme es nicht einmal raus auf die Straße. Hier sind Treppen."

„Frag jemanden, Lissi. Da sind doch Leute auf der Post."

„Es reicht mir. Das nächste Paket holst du selbst ab."

„Lissi, bleib ruhig. Bitte! Kannst du nicht jemanden anrufen? Jolanda? Oder ihren Freund?"

„Die sitzen in einer Klausur. Glaubst du, wir hängen hier alle nur in der Warteschleife, bis mal wieder ein Paket von dir kommt?"

„Es kommt gerade jemand. Ich rufe dich sofort zurück, Lissi! Wir finden eine Lösung. Es gibt immer einen Weg. Warte!" Fort war er. Inmitten der überfüllten Post, übernächtigt und hungrig, das Paketmonster unter dem Hintern, erkannte ich glasklar wie allein ich mit Fred war und wie planlos unser Leben. Dabei hatte alles so gut begonnen vor einem Jahr. Ich dachte wieder an Kolja. Ich hatte lange nichts von ihm gehört. Bei den ersten Küchen hatte er mir geholfen, hatte mir Tipps gegeben, per Mail, in knappen, konzentrierten Sätzen. Kein Wort zu viel, keine Frage nach mir, keine Antwort auf meine Frage, wie es ihm ging. Auf der Weihnachtsfeier hatten wir uns zum letzten Mal gesehen. Ich zögerte kurz, dann rief ich ihn an. Als er sich meldete, begann ich die Situation zu erklären, entschuldigte mich, entschuldigte Fred. Er unterbrach mich. „Auf welcher Post sitzt du?"

„In Mitte. Torstraße." Ich brauchte ihm keine lange Wegbeschreibung geben, wie Fred sie immer brauchte, der sich wie ein Autist durch die Stadt bewegte und keinen Straßennamen kannte. Er benötigte umständliche, detaillierte Wegbeschreibungen und fand sich dann doch nicht zurecht. Das lag an seiner Unfähigkeit, sich mit irgendeinem Ort auf dieser Welt zu verbinden. Kolja erschien in einem grünen Parka mit pelzbesetzter Kapuze und einer dunkelroten Kappe. Ich kämpfte vergeblich gegen die aufsteigende Röte. Wir hievten das Paket in seinen Wagen, der bereits draußen auf dem Bürgersteig stand. Die Sitzlehnen hatte er schon nach unten geklappt. Es war so einfach und unkompliziert, wenn jemand mitdachte. „Fred mutet dir ziemlich viel zu, findest du nicht?"

„Mm."

„Du siehst müde aus, Alice. Was ist passiert?"

„Nichts. Nichts ist passiert. Das ist es, was mich ermüdet." Ich schaute zum Seitenfenster hinaus. Kolja nahm meine Hand und drückte sie kurz, eine kleine Geste, aber sie löste meine Tränen. Erst Minuten später hatte ich mich wieder unter Kontrolle. Das Paket stand zu Hause in der Werkstatt. „Möchtest du ein Glas Wasser? Oder einen Espresso?" Er schüttelte den Kopf. „Nicht nötig." Er lehnte an der Wand neben dem Montageständer, die Hände in den Taschen des Parka, die Beine lässig überkreuzt. „Lass uns rausfahren, Alice. Ist doch herrliches Wetter. Du brauchst eine Pause." Ein blödes Kichern löste sich aus meinem Zwerchfell. „Ich stecke in meiner Abschlussarbeit. Morgen muss ich einen Küchenentwurf mit drei Design-Vorschlägen liefern."

„Vergiss die Küche!"

„Wo denkst du hin? Ich bin froh, den Job zu haben. Es gibt tausend andere, die nur darauf warten."

„Du bist besser. Die feuern dich nicht."

Ich wusste nicht, wo ich hinsehen sollte. Ich wusste nicht wohin mit meinen Händen.

„Wir gehen zwei Stunden in der Sonne spazieren. Dann wird es eh dunkel. Und danach fühlst du dich besser."

„Du hast dich monatelang nicht für mich interessiert!"

„Ich bin nicht dein Papa, Alice. Ich bin nicht für dich verantwortlich."

Ich wurde feuerrot. „Natürlich nicht! Und ich bin nicht dein Haustierchen, das gelüftet werden muss."

„Wie du willst. Schade."

Ich begleitete ihn hinaus, schloss das Hoftor hinter ihm, blieb im Dunkel der Durchfahrt stehen und starrte in den Garten. Die Vögel sangen. War schon März? Koljas Frage: ‚Was ist passiert, Alice? Möchtest du reden?' Ja, ich wollte reden. ‚Lass uns rausfahren!' Das Meer bei Ebbe. Er war gekommen. Er hatte mich angeschaut. Wie ein Freund. Aber ich hatte abgelehnt, hatte ihn weggeschickt. Ich betrachtete meine Hand, die er im Auto gedrückt hatte. Ich öffnete und schloss die Finger. Ich drückte diese Hand mit der anderen, um zu spüren, wie sie sich anfühlte.

26

Hitze belagerte die Stadt. Eine nahende Gewitterfront presste den Wind in den Staub. Im Weinbergpark setzte eine Massenflucht ein. Die Leute stopften die Picknickdecken in ihre Taschen und holten die Kinder aus den Wasserspielen. Ich war ungefähr am Heine-Denkmal, als ich Mutter in der hellen Menge auf der Terrasse des *Nola* entdeckte. Sie stand am Geländer wie auf einer Festung und blickte über den Park. Sie trug ihren schwarzen Seiden-Overall, darüber die Kette, die ich ihr zu Weihnachten geschenkt hatte. Ihre kurzen, lockigen Haare waren frisch gefärbt. Seit Weihnachten hatten wir uns nicht gesehen, ein halbes Jahr. Wir hatten telefoniert. Wie immer. Aber das Gespräch mit Vater am Weihnachtsabend war kein Thema mehr gewesen. Auch ich hatte nicht den Mut gehabt, darauf zurückzukommen. Ich fürchtete die Harmoniekapsel. Ich hob die Arme und winkte Mutter zu, aber sie sah mich nicht. Ich kletterte die Stufen empor, pirschte mich von hinten an und blies ihr in den Nacken. Sie fuhr herum. „Gott, Lieschen!" Sie hielt mich in einer Armlänge Abstand und schaute an mir herab. „Schon wieder in diesem Zirkuskleidchen?" Jolli löste sich aus einer Gruppe Schüler, kam zu uns herüber, in der Ausstattung, die Mutter für den Ball spendiert hatte: ein knöchellanger, dunkelblauer Plisseerock und eine hauchdünne Leinenbluse. Die hochhackigen Pumps trug sie in der Hand. Sie lief barfuß, mit Schmutzrändern zwischen den Zehen. Aus irgendeinem Grund war auch ihr Gesicht schmutzig. Ihre Haare hatte sie zu einem lockeren Turm aufgesteckt, der nach links wegzukippen drohte. Sie trug ein schweres, orientalisches Parfüm, das ihr die Aura eines kleinen Mädchens verlieh, das sich zum ersten Mal über die Flakons seiner Mutter hergemacht hatte. „Schon Blasen gelaufen?" Jolli schüttelte den Kopf und grinste Mutter an. „Barfuß ist einfach besser." Sie stieß einen Pfiff aus und musterte mich von oben nach unten. „Cooles Kleid! Neu?"

„Aus der Weihnachtskollektion vom letzten Jahr."

„Sieht der Hammer aus. Darf ich es mal anziehen?" Sie stellte die Pumps auf dem Boden ab. „Nur mal probieren!" Sie fixierte mich wie ein Raubtier seine Beute. Vor dem Spiegel auf der Toilette hing eine Traube Abiturientinnen, die bunte Stifte und Schminktipps tauschten. Die Luft war klebrig süß von Deodorant. Wir schlüpften in zwei Kabinen und legten unsere Sachen auf die Wand zwischen uns. „Du musst mir deinen BH geben. Für das Schwarze brauchst du keinen." Jolli warf ihren BH auf die Wand zwischen uns. „Hast du nur diesen Push-up?"

„Meinst du, ich trage eine Auswahl BHs mit mir rum, Mama?!"

„Ich mag keine gepolsterten Normbusen!"

„Versuch es ohne, nur mit dem weißen Hemd." Sie warf ihr Unterhemd auf die Wand. „Meine Brüste hängen."

„Du hast doch gar keine."

„Hast du mich mal angeschaut?"

„Blieb mir ja nicht anders übrig, so oft, wie du nackt zu Hause herumgelaufen bist."

„Der Anblick deiner nackten Mutter hat dich traumatisiert, ja?" Sie antwortete nicht. Ich hörte sie mit dem Kleid arbeiten. „Mach es bloß nicht kaputt!"

„Keine Angst, ist eh zu groß."

Ich verließ meine Kabine zuerst und drückte mich an den Mädchen vorbei zu dem Wandspiegel im Vorraum. In dem langen, dunklen Rock und der strengen Bluse sah ich aus wie eine plissierte Stehlampe aus den Fünfzigerjahren. Jolli erschien. Wahrhaftig! Eine Erscheinung. Das Kleid passte wie angegossen. Sie wandte keinen Blick von ihrem Spiegelbild, posierte, drehte nach rechts, nach links, neigte sich vor, um ihr Dekolletee zu begutachten, schürzte zufrieden die Lippen, rückte ihren Haarturm zurecht. Ihr Ausdruck wurde ernst. „Du stichst alle aus, Jolli. Das geht nicht. Du fällst eh schon auf mit deinen Haaren und deinem Blick. So ein Kleid ist nur was für Chamäleon-Frauen wie mich."

„Chamäleon-Frauen?"

„Unsichere, angepasste Frauen."

„Du glaubst doch nicht, du wärst angepasst, Mama?" Plötzlich süß lächelnd: „Darf ich es anbehalten?"

„Kommt nicht in Frage. Du bekleckerst es mit Zigarettenasche und Cocktails."

„Nur für meinen Auftritt als Tintenfass. Es ist für diese Rolle wie gemacht. Im Ernst. So etwas hatte ich eigentlich gesucht. Sofort, als ich dich in dem Kleid gesehen habe, dachte ich, dass es perfekt wäre für das Tintenfässchen. Bitte, Mama!"

„Danach gibst du es mir sofort zurück, klar? – Hier!" Ich reichte ihr die Sandalen. „Die Pumps passen nicht dazu." Die Sandalen waren ihr zu weit. Ich passte nicht in ihre

Pumps und musste barfuß gehen. Die Steine auf der Terrasse stachelten. „Was ist mit Tobi? Kommt er?"

„Er hat gestern abgesagt. Musste kurzfristig nach Hamburg." Sie krümelte Tabak auf ein Papierblättchen und rollte ihn flink ein. Ihre abgeknabberten Nägel trugen dieselben dunkelroten Farbreste wie die Zehen. „Für Selbständige gibt es eben kein Wochenende."

„Hat er das gesagt?"

„Wieso?"

„Klingt irgendwie nach Tobi, dieser Satz."

„Ich kann selbst denken, Mama. Ich plappere doch nicht nach, was er sagt." Sie war offenbar überzeugt, dass er die Wahrheit sagte. Sie vertraute ihm. Ich war sicher, dass Tobi log. Warum war ich so misstrauisch? Ebenso sicher war ich, dass Fred log. Er war gar nicht mit Jan in den USA. Ich wünschte, er wäre dort und sauste mit Jan in einem Mietwagen über einsame Highways, nichts anderes im Sinn als ihre Retro-Bikes. Aber ich wusste einfach, dass es nicht stimmte. Seine Stimme hatte ihn verraten. Er war ein schlechter Lügner. „Ich schicke dir Fotos, Lissi!" Eine Woche war er schon dort. Angeblich. Bisher war kein Foto gekommen.

Vater hatte uns einen Tisch auf der Terrasse freigehalten. Er saß dort wie in seiner Studentenbude beim Lernen, kerzengerade, die Unterarme nebeneinander auf dem weißen Tischtuch. Als hätte er sein ganzes Leben so gesessen und stoisch die Zeiten an sich vorbeidefilieren lassen, immun gegen alle Verrücktheiten und Absurditäten dieser Welt, gegen ihre Unrast, die an diesem Abend in Form von Jungen mit eng geschnürten Krawatten an ihm vorbeidrängelte und Mädchen, die unbeholfen die Stoffmassen ihrer Kleider zu bewältigen suchten. Vater zeigte der Kellnerin seine weißen Zahnreihen. Immer noch stand diese jugendliche Schüchternheit in seinem Gesicht, wenn er mit Fremden sprach. Sie musste ihn sympathisch finden. Alle fanden ihn sympathisch. Das Lächeln fiel ihm aus dem Gesicht, als er mich erblickte. „Wie geht's?" Ich umarmte ihn nicht. „Gut." Er nickte. „Sag mal, das hatte Jolli doch eben an."

„Wir haben getauscht."

„Wieso denn?"

„Das verstehst du nicht, Popsi!", sagte Jolli. Er fragte nicht weiter. Als er Mutter im Gewühl entdeckte, hob er eine Hand und lächelte mit geschlossenen Lippen und Grübchen, wie auf seinem Jugendbild. Jemand pustete

184

vorn ins Mikrofon. Der Pianist schlug die ersten Töne an. Auf der Terrasse wurde es still. Nur die Teelichte zuckten in ihren Gläschen. Ich döste Vaters pastellenes Jackett an. Mehrere Farben waren darin verwebt. Ich erkannte rosa und lindgrün, ein müdes Braun und Cremeweiß. Er hatte kein schlechtes Leben gehabt, war viel gereist. Die Firma, in der er und Mutter ihr ganzes Berufsleben verbracht hatten, hatte ihn um die halbe Welt geschickt, sogar in Länder, die nicht sozialistisch waren. Bis nach Afrika war er gekommen. Wie die Bücher hatten auch die fremden Länder und Kulturen niemals Begeisterung in ihm ausgelöst. Ob er auf einem afrikanischen Markt eine Maske als Souvenir für zu Hause kaufte oder im Keller einen Stuhl leimte, schien für ihn keinen Unterschied zu machen. Er tat, was von ihm erwartet wurde. Er tat seine Pflicht. Punkt. Sicher war Vater nie fremdgegangen. Mutter hatte sich hundertprozentig auf ihn verlassen können. Sie wäre auch völlig hilflos ohne ihn. Seltsam, dass eine erfolgreiche, emanzipierte Frau sich in ihrer Ehe gebärdete wie ein Kind. Sie überließ sämtliche Geld- und Hausangelegenheiten Vater. Die Steuererklärung sowieso. Sie hatte aufgehört, zu lesen und die Nachrichten zu verfolgen. Sie ließ sich die Welt von Vater erklären. Sie war offenbar gern von ihm abhängig. Und Vater brauchte dieses große Mädchen. Sie waren Hänsel und Gretel, die sich in ihrer Kapsel aneinanderklammerten. Mutter hatte Angst. Je älter sie wurde, desto deutlicher trat die Angst aus ihren Zügen hervor. Als sei die Angst ihr wahres Wesen. Jahrelang war sie die stärkste Frau gewesen, die ich kannte. Nicht gerade ein Vorbild. Aber ein Maßstab für Stärke. Ich sah die Fünfjährige, die vor dem herannahenden Tiefflieger um ihr Leben rennt und als erwachsene Frau bei wildfremden Leuten unter einen Tisch flüchtet, weil draußen das Brummen eines Agrarflugzeugs anschwillt. Mutter fand, dass ich überhaupt kein Problem haben konnte. Ich hatte zu essen. Und gerade war kein Krieg.

Fred waberte als Fata Morgana über die Tischdecke. Er lief am Strand von Ostende barfuß durch Salzwasser und Sand, die Hosen bis zum Knie gekrempelt, fröhlich plaudernd, die Locken im Wind. An seiner Seite die Frau von der Post. Ihr Pony war nicht zementiert. Sie trug die Stirn frei. Sie sah glücklich aus. Ich zoomte ihr Gesicht näher. Sie sah mich lachend an und zuckte die Schultern. ‚Nimm doch ein Taxi!' Als ich sie in Gedanken zu skizzieren begann, verblasste die Fata Morgana und zurück blieb Vaters pastellenes Jackett. Schluss. Vorbei. Ich würde gehen. Gleich morgen würde ich meine Sachen packen und aus der Remise verschwinden. Aber wohin?

186

Vater und Mutter bemerkten zum Glück nicht, dass ich heulte. Jolli schob mir ein Taschentuch zu. Wer hatte je eine weinende Stehlampe auf einem Abiball gesehen? Ich war erleichtert, als das Klatschen, Pfeifen und Trampeln in den letzten Ton der Ballade fiel. Vater schlug kraftvoll die Hände aneinander. Sein ganzer Rumpf wackelte. Wie der kleine Affe, der zwei Schellen gegeneinanderschlug, wenn ich ihn am Rücken aufgezogen hatte. Es ist gut, Kindern seltsame Spielsachen zu schenken. Seltsame Spielsachen bereiteten am besten auf das Leben vor, das letztlich unsinnig ist. Absurd. Jolli machte sich auf den Weg nach vorn, zu ihrem Auftritt als Tintenfass, völlig darauf konzentriert, die Blicke zu ignorieren, die an ihr klebten wie Fliegen auf Leimbändern. Diese ekelhaften Bänder, die bei Tante Heidi, Onkel Manni und Sven in jedem Zimmer von der Decke gehangen hatten, schwarz, überfüllt mit Fliegenleichen. Dörfler waren nicht so empfindlich. Vater aß die Kirschen und Äpfel aus dem Garten sogar mit den Maden. Er hatte genörgelt, wenn ich jede Kirsche zuerst auf die winzigen Madenlöcher untersucht hatte.

Jolli stand im Lichtkegel, allein im Lehrerzimmer, ein vergessenes Tintenfässchen aus einer längst vergangenen Zeit. Sie zog böse über Schüler und Lehrer her, ergötzte sich an deren Niederlagen und Qualen. Das Tintenfässchen würde die bevorstehende Sanierung der alten Schule nicht überleben. Es würde entsorgt werden von Menschen, die keine Wertschätzung mehr hatten für die scharfe Spitze einer rot geladenen Feder. Und dann träumte das Fässchen davon, einen Liebhaber zu finden, der sie retten würde. Es sei doch noch lange nicht eingetrocknet. Ein bisschen gutes Öl nur ... Pfeifen. Klatschen. Johlen. Wie eine Diva stieg sie nach einer Verbeugung von dem Holzpodest.

27

Zwei Tage später saß die andere Frau auf der Terrasse vor der Werkstatt, als ich aus dem Schwimmbad zurückkam. Ihr Haar war lang und dunkel. Es war dicht und glatt und glänzend. Als sie mich kommen sah, stand sie auf. Sie lächelte. „Guten Tag, Alice!" Ihre Stimme klang freundlich. „Du kennst mich nicht. Ich bin Eva. Die andere Frau in Freds Leben." Meine Hände begannen zu zittern. Ich hatte Mühe, die Tür aufzuschließen, taumelte schließlich in die Werkstatt, hielt mich am Treppengeländer fest und erreichte den Wasserhahn in der Küche kurz vor der Ohnmacht. Ich trank direkt aus dem Hahn. „Bekomme ich auch etwas Wasser?" Sie stand auf dem Treppenabsatz. Sie war mir gefolgt. Ich gab den laufenden Wasserhahn frei und wühlte in meiner Tasche nach Zigaretten. Es waren noch drei in der Schachtel. Die andere Frau nahm sich ein Glas aus dem Schrank, ganz selbstverständlich, als sei sie hier zu Hause (war sie es?) und setzte sich an den Tisch am Fenster, auf meinen Stammplatz, seit Fred mir nach unserer ersten Nacht einen Heiratsantrag gemacht hatte. Sie hob die randlose Brille und wischte sich die Augen. Dunkle Augen. Ein weißes, ärmelloses Rippshirt. Das Dekolleté gleichmäßig gebräunt. Winzige Brüste. Weite Jeans, die sie fast verlor. „Ich vertrage den Rauch nicht."

Auch das noch. „Bist du nicht mit Fred …? Ich dachte, ihr wärt zusammen verreist."

„Ich wäre gern mit ihm gefahren." Sie trank ruhig, setzte das Glas ab, lächelte. „Ich habe so viel von dir gehört, Alice. Ich wollte dich endlich einmal kennenlernen." In einem eigenartigen, kindlichen Singsang. Ich ließ sie nicht aus den Augen, während ich zum Rauchen auf der Leiter näher an das offene Dachfenster kletterte. „Ich habe gespürt, dass er … dass ihr … Seit wann? Ich meine, wie habt ihr euch … ?"

„Er ist mit Zahnschmerzen zu mir in die Praxis gekommen." Ihr Gesicht hatte jetzt den Ausdruck süßer Erinnerungen. In meinen Zahnwurzeln begann es zu rumoren, ein Schmerz, der blitzschnell den gesamten Kiefer besetzte und sich bis zu den Ohren ausbreitete. „Du bist die billige Zahnärztin? Du hast ihm …?" Ich zeigte auf die Stelle im Unterkiefer. In meinem Kopf sprang ein Film an: Fred, der mich in der Metro ansieht, als sei meine Anwesenheit in Brüssel ein Scherz. Das Gefühl der Fremdheit. Der neue Zahn. Das Surrogat. Die sensitiven, lebendigen Zähne ringsherum, zarter und zugleich härter.

Elfenbein. Klaviertasten. Ein Sound. Der gebrochene Zahn ergibt eine spannende Dissonanz in der Tonleiter. Der neue, der künstliche, der Als-ob-Zahn, der Zahn der anderen Frau, gab nur ein dumpfes Geräusch von sich. Er war definitiv falsch. „Ich bin deinetwegen aus Brüssel gekommen, Lissi. Ich sitze schon eine Weile hier und warte auf dich." Ich zuckte zusammen, als sie den Namen verwendete, den Fred mir gegeben hatte. Ich hatte Fred nie einen Spitznamen gegeben. Er war mein Faun, aber ich hatte ihn nie so genannt. „Weiß Fred, dass du …?"

„Nein." Sie senkte den Kopf. Eine ihrer langen, dunklen Strähnen rutschte vom Rücken ins Gesicht. Ihr Auftritt erschien mir einstudiert. Ich war neidisch auf Menschen wie sie, die so selbstbeherrscht waren und mit ihrer Wirkung spielen konnten. ‚Du musst die Kraft in dir selbst haben. Sie kommt nicht von anderen.' Das waren Mutters Worte gewesen, aber sie waren falsch. Wir waren voneinander abhängig. Wir waren ein Schwarm. Wir hielten uns gegenseitig am Leben.

Ich verschlang die vorletzte Zigarette. Vor wenigen Minuten, auf dem Weg vom Schwimmbad nach Hause, wäre ich vor Hunger beinahe umgekippt. Jetzt bestand ich nur noch aus Augen und Ohren, durch die ein lähmendes Gift in meinen Körper tropfte. Die andere Frau berichtete, wie Fred das Sprechzimmer betreten und sich ihr auf dem Behandlungsstuhl ausgeliefert hatte. „Alles an Fred ist so echt. Wie er lacht und sich für etwas begeistert! Ich kenne keinen Menschen, der so authentisch ist wie er. Er hat mir nie etwas vorgemacht. Als ich ihn gefragt habe, ob er mit mir ausgeht, hat er sofort gesagt, dass er dich nicht verlassen möchte. Er liebt dich." Sie trug weder Schminke noch Schmuck. Sie machte gar nichts mit ihrem Gesicht, brauchte sie nicht. Sie war ganz und gar aus Zucker. „Ich bin verreist, um Fred zu vergessen, weit fort, nach Australien. Sechs Monate habe ich in Australien gelebt, aber ich bekam Fred nicht aus dem Kopf. Ich wollte mich nie zwischen euch drängen, Lissi, niemals mit dir konkurrieren, aber von Anfang an war etwas zwischen Fred und mir, das ich noch nie mit einem Mann gespürt habe. In der Nacht nach unserer ersten Begegnung habe ich geträumt, dass ich nicht mehr weiß, ob ich Eva oder Fred bin. Ich war im Traum mit ihm verschmolzen. Ich war so glücklich." Sie sah zu mir auf. „Er leidet, Lissi. Ich will ihm helfen. Und ich frage mich langsam, wieso er dich nicht verlässt, wenn eure Liebe so schmerzhaft ist. Ich will herausfinden, was so stark ist zwischen euch, dass ihr euch nicht trennen könnt. Deshalb bin ich hier." Sie schaute wieder zu Boden. Mir war übel. „Wir haben uns deinetwegen immer wieder mal getrennt, aber es ging einfach nicht."

Nichts davon hatte auch nur ein Fünkchen mit Fred und mir zu tun. Sie log. Sie war wie Mutter. Eine Zerstörerin.

‚Paposchku! Mein Paposchku! Du warst so vernarrt in Vater. Du wolltest ihn heiraten. Ihr habt so viel gemeinsam, Vater und du. Es ist wirklich schade, dass ihr euch gar nicht mehr versteht. Eure Feindschaft belastet mich. - Und was ist passiert mit Paposchku und mir? - Gott Lieschen, das weißt du doch! Deine Lügen und Eskapaden. Wie du uns angeschrien und mit den Türen geknallt hast. - Ich war ein Teenager. Das ist normal. - Das war nicht normal. Ich konnte nicht schlafen deinetwegen. Ich habe mich fertiggemacht. Eine Zeitlang habe ich jede Nacht geweint. - Und Vater war sauer, weil du meinetwegen keine Lust auf Sex hattest. - Unsinn! Lieschen! Wir waren am Ufer des Weißen Sees entlanggelaufen, in der Nacht nach dem Abiball. Jolli und ihre Freunde konnten uns nicht gebrauchen. Die Lichterketten des Strandbads hatten sich auf dem Wasser gespiegelt. In der Ferne war das Gewitter niedergegangen. Es war plötzlich so kühl geworden. Mich hatte gefröstelt.

‚Ihr habt aneinandergeklebt wie ein Liebespaar. Und als du schließlich eine kleine Frau wurdest ... vielleicht war ich sogar eifersüchtig. Obwohl ich es schön fand, zu sehen, wie du dich entwickelst und Brüste bekommst und ... - Schon gut, Mutter, du musst das nicht ausführen. - Eure Nähe hat mich irritiert und dann habe ich mit Vater darüber gesprochen. - Hat er ... ich meine ... hat er mich mal komisch angefasst oder so? - Na hör mal, Lieschen! - War nur so eine Idee. Soll ja vorkommen. - Bewahre! Vater war so erschrocken, als ich mit ihm gesprochen habe, dass er sich völlig von dir zurückgezogen hat. Er hat dich von einem Tag auf den anderen nicht mehr angefasst. Was ja auch normal ist. Ab einem gewissen Alter ist der Vater nicht mehr die passende Bezugsperson für ein Mädchen.‘

Alles war mir wie ein schlechtes Theater vorgekommen. Von wem sprach Mutter? Ich hatte Null Erinnerungen an dieses Mädchen, das an seinem Vater geklebt und angeblich versucht hatte, ihn zu verführen. Ein schmaler Pfad führte hinunter zum See, zu einer Trauerweide. Ich hatte ihre Äste gegriffen, um nicht ins Wasser zu fallen. Gitarrenspiel, Stimmen und Gelächter von den Jugendlichen waren herübergeweht, als tönten sie vom Grund des Sees herauf. Plötzlich waren Bilder aufgeklappt. Das Buch über Baustile, das Vater mir in den großen Ferien geschenkt hatte, in Magdeburg, als ich ihn auf eine Dienstreise begleitet hatte. Ich hatte es noch. Ich musste es wiederfinden. Es stand bei Jolli, in unserer Wohnung. Lesend hatte ich neben Vater in der Versammlung der Ingenieure gesessen. Später hatte ich in Magdeburg Häuser in den verschiedenen Baustilen gesucht, über die ich zuvor in meinem Buch gelesen hatte, und ich hatte sie mit meinem kleinen Apparat fotografiert. Paposchku hatte mir das Denkmal von Otto von Guericke gezeigt und das Experiment mit den Halbkugeln erklärt. Von Guericke hatte die Luft aus der Kugel gepumpt und dann hatten Pferde in zwei Richtungen gezogen, um die Kugel auseinanderzureißen, aber sie war fest verschlossen geblieben. Die ganze Stadt Magdeburg hatte über dieses Wunder des Vakuums gestaunt.

„Habt ihr euch oft gesehen? - Ihr wart, warst du ... bei ihm ... also in seiner Wohnung? Habt ihr ... hast du dort ... geschlafen?" Die andere Frau nickte. Immer wieder. „Aber ich habe doch jeden Abend mit Fred telefoniert. Er war immer allein. Wir telefonieren stundenlang. Fred spült nebenher Geschirr oder arbeitet am Computer. Dann warst du selten da."

„Nicht so selten."

„Das ist unmöglich." Jetzt hatte ich sie beim Lügen ertappt. Sie schüttelte leicht den Kopf, mit diesem melodramatischen, überlegenen Ausdruck, der mich rasend machte. „Ich war fast jeden Abend bei ihm. Ich habe ihm beim Einrichten geholfen. Wir haben zusammen den antiken Teppich gekauft. Fred hat erzählt, dass er dir gefällt." Dieser Schlag knockte mich aus. In Zeitlupe fiel das letzte Puzzleteil in ein Bild, das nun völlig klar vor mir lag. Das Wochenende auf dem Kunstmarkt, an dem Fred sein Telefon ausgeschaltet hatte, seine Anspannung in Brüssel. Sie war gegenwärtig gewesen, überall. Ich hatte sie gespürt. Aber ich hatte mir selbst nicht geglaubt. Ich sah, wie sie auf ihm ritt. Ihr leichter Körper hüpfte auf und nieder. Wie von Sinnen schrie sie in einem Orgasmus. Fred hielt ihre kleinen Brüste. Sie rubbelte seinen Penis in ihren Händen. Mir wurde schwindlig. Ihre kleinen Hände auf Freds Brust, ihre langen, dichten Haare wie ein Vorhang. In meinem Kopf fand eine Verschiebung statt. Der Mann, mit dem ich fast jeden Abend telefonierte, konnte unmöglich der sein, von dem diese Frau sprach. Fred war ein anderer. Das Gefühl, als meißelte jemand die Minuten aus der Zeit. Ich bemerkte sanfte Wolken, die über das Dach segelten, spürte den Wind, der sie trug. Das ferne Rauschen der Stadt hielt mich wie eine Umarmung. Ich dachte an das Mädchen mit dem Buch über Baustile in Magdeburg, an ihren kleinen Plastikfotoapparat, mit dem sie Giebel, Fassaden und Eingangstore aufgenommen hatte und das Denkmal von Otto von Guericke. Wie alt war ich gewesen?

Ich zerquetschte die leere Zigarettenschachtel. „Ich brauche neue. Gehen wir ein bisschen spazieren?" Ich ließ sie vor mir die Wendeltreppe hinabsteigen. Wir überquerten den Platz vorm Haus und liefen in Richtung Kastanienallee. Wir kletterten auf den Turm der Zionskirche und blickten über die Dächer. Ich erzählte von der Friedensbibliothek, den Punks in der DDR und der antifaschistischen Widerstandsgruppe *Rote Kapelle*, von dem unterirdischen Gang, der von der Kirche bis zu dem Haus führte, in dem jetzt das Café *Kapelle* war. Ich tat so, als sei die andere Frau eine belgische Zahnärztin, die zu einem Kongress angereist war und bei mir eine Stadtführung gebucht hatte. Wir liefen den Weinbergweg hinab, am *Nola* vorbei. Ich erzählte von Jollis Abiball, von Jolli als Tintenfässchen und wie wir schließlich alle zum Weißen See gefahren waren, wie lustig und schön der Abend gewesen war, wie unvergesslich er uns allen bleiben würde und dass das Gewitter an uns vorbeigezogen war. Ich tat so, als sei die andere Frau eine Verwandte, die mal wieder zu Besuch gekommen war.

Ich dachte an Jolli neben mir auf der trockenen Wiese. Niemals hatte ich sie mehr geliebt, als in diesem Moment, als ich neben der anderen am Park vorbeilief und mich an den Abend des Balls erinnerte, an unser Gespräch auf der Wiese, ihre mickrige, schlecht gerollte Zigarette und den riesigen, roten Cocktail. ‚Ihr setzt mich unter Druck! Ich muss zu den Ersten und Besten gehören, sonst komme ich zu spät für die guten Jobs. Zum Kotzen! Für Momi zählt nur das. Sie ist voll darauf fixiert, dass ich Leistung bringe, jobmäßig abhebe. Von dir haben sie nichts mehr erhofft, als du die Schule abgebrochen und ein Kind bekommen hast. War keine schlechte Strategie, von ihren Erwartungen frei zu werden. - Also mir wäre es lieber gewesen, sie hätten mir mehr zugetraut. Strategie? Das ist doch Quatsch! - Unbewusst natürlich. Das passiert immer unbewusst, Mama. Ich möchte nicht so werden wie du. Ich möchte nicht allein mit einem Kind dastehen, jahrelang unterbezahlt schuften und mit dem Studium erst anfangen, wenn andere in Rente gehen. - He, he, jetzt redest du wie Pops. Das ist seine Sicht auf mich. - Ich finde absolut toll, dass du studierst, Mama. Ich möchte nur nicht so lange damit warten. - Ich habe übrigens nichts dagegen, ein abschreckendes Beispiel zu sein, solange du davon profitierst. Und lass dich nicht von Momi verrückt machen! Ich glaube, sie versteht nicht, wie das heute so läuft. - Hallo? Sie arbeitet als Coachin! - Noch nicht. - Glaubst du, die Probleme ihrer Klienten werden sie überraschen? - Sie wird gar nicht dahinterkommen, was für Probleme sie haben. - He, jetzt klingst du bitter, Mama. - Ich bin nicht bitter. Ich will nicht bitter sein. Tut mir leid. Das war ungerecht. – Also, ich mag die Welt von Momi und Pops. Sie ist so übersichtlich. Da gibt es ein klares Oben und Unten und Rechts und Links. Alles ist so stabil. Es fühlt sich gut an, Momi zuzuhören. Auf ihre Weise hat sie Recht, finde ich. Aber heute ist eben alles anders. Auf unser Leben trifft, was sie sagt, nicht mehr zu. Aber ich beneide sie um diese … Klarheit.' Mit weiten, kraftvollen Schritten war Jolli barfuß über die Wiese gelaufen, noch immer in meinem Kleid. Die Stehlampe hatte Vater um einen Tanz gebeten. 'Ich stelle mich auf deine Schuhe!' Ich war beschwipst gewesen, wir hatten ein bisschen auf der Tanzfläche herum gewackelt, peinlich darauf bedacht, uns nicht zu nahe zu kommen. 'Gab es damals bei euch auch Abibälle?', hatte ich geschrien. - 'Glaube nicht.' – ‚Du glaubst nicht? Das heißt, du kannst dich nicht erinnern?' – ‚Wir hatten in Tangermünde eine kleine Feier. Aber vielleicht gab es in Berlin Bälle. Musst du Mutter fragen.' Schon wieder reichte er mich an sie weiter. Sein junges Gesicht mit den empfindsamen Lippen in Tangermünde.

Irgendetwas war mit seiner Mutter passiert. Sie war früh gestorben. Woran, das wusste ich nicht.

Ich lief mit der anderen durch die Brunnen- und die Invalidenstraße und bemerkte erst jetzt, dass wir uns auf meiner Amokroute befanden. Als wir in die Gartenstraße einbogen, erzählte ich, dass Vater und ich hier trainiert hatten, dass er der schnellste Schwimmer des Bezirks Magdeburg gewesen war und ich eine Rettungsschwimmerin sei. Mein System schüttete massenweise Endorphine aus. Eine rauschhafte Hochstimmung ergriff mich, vermutlich eine hormonelle Reaktion auf den Schock. Ich erzählte, wie wunderbar Vater, Mutter und ich uns verstanden und dass ich es ihnen verdankte, dass ich schon früh im Leben einen Sinn für Kunst und Architektur entwickelt hatte.

In der Nacht nach dem Abiball hatte Vater den Jugendlichen erklärt, dass die Gewitter in zirka zwanzig Kilometer Entfernung runtergingen, dass sie von der heißen Luft, die aus der Stadt aufstieg, an die Peripherie gedrückt wurden. Die Jugendlichen hatten ihm interessiert zugehört. Er hatte gestrahlt und gleichzeitig ein bisschen verlegen gewirkt. Er hatte sehr jung ausgesehen.

Jeder musste die Andere und mich für Freundinnen halten, als wir in dem winzigen Café *Mörder* auf einer Bank nebeneinanderhockten. Ich begann vor Kälte zu zittern, während die Andere von den Männern in ihrem Leben sprach, die sie alle noch liebte. Von jeder Liebe sei etwas geblieben, erzählte sie. Der fortwährende Singsang neben mir auf der Bank trieb mich in den Wahnsinn. Ich hatte Lust, sie zu schlagen. „Was das jetzt ist mit Fred, weiß ich nicht. Ich weiß nicht, ob es jemals etwas war, außer, dass ich ihn liebe, dass ich ihn immer lieben werde. Ich kann ihn nicht vergessen. Wer ist Fred für dich, Lissi? Was bedeutet er dir?" Ich klapperte mit den Zähnen. „Er ist der erste Mann, mit dem ich zusammenlebe." Sie hob die Brille und wischte sich die Augen, dann blickte sie zur Uhr und rechnete, wie viel Zeit ihr noch bis zum Nachtzug nach Brüssel blieb. Ich bot ihr an, bei mir zu bleiben und den Zug am nächsten Morgen zu nehmen. War ich noch bei Trost? Nein. Ich wollte alles wissen. Ich durfte sie nicht einfach hassen. Sie war stundenlang Zug gefahren, ohne zu wissen, wer oder was sie erwartete. Es war ihr letzter Versuch, Fred zu bekommen. „Es sei denn, du musst morgen in deiner Praxis sein."

„Mein Vater vertritt mich. Er ist immer froh, wenn er mal wieder an seinem Stuhl stehen kann. Es ist nicht mehr sein Stuhl, aber er steht an derselben Stelle." Sie hatte also seine Praxis übernommen. Wie Kolja das Büro seines Vaters übernommen hatte. Eine Marshmallow!

Ich richtete ihr in der Werkstatt aus Decken und Kissen ein Bett her und zog mich an meinen Schreibtisch zurück. Ich würde ein neues Leben beginnen. An der Ostsee. Im Netz kämmte ich Job- und Wohnungsbörsen durch, fand aber nur Ferienwohnungen. Wo lebten die vielen Menschen, die an der Ostsee arbeiteten? Jetzt im Sommer wurden viele Saisonkräfte gesucht: Eis- und Brauseverkäufer und Leute, die den Strand aufräumten. Das wäre die richtige Arbeit. Am Strand entlanglaufen, in Wind und Meeresrauschen gehüllt, Papiere aufpicken und Zigarettenkippen, Bonbontüten und Stieleisstiele. Kilometer für Kilometer. Ich verschwand hinter dem Felsvorsprung einer Steilküste und entfernte mich Schritt für Schritt aus der Welt der Menschen.

„Was machst du?" Die Andere lehnte im Türrahmen. Zur Hölle! Sie hatte vor keiner Privatsphäre Respekt. Sie trat von hinten an mich heran, um zu sehen, was auf meinem Bildschirm war. Ich klickte das Fenster weg. Sie legte mir ihre Hand auf die Schulter, eine überraschend harte Hand. Erschrocken wischte ich sie weg. Sie ließ sich auf den Boden sinken und blickte zum Fenster hinaus. „Vielleicht

202

sollten wir uns alle drei für eine Zeit trennen, um uns darüber klar zu werden, was wir wirklich wollen." Ich klappte den Laptop zu. Die Sterne zogen durch das irdische Guckloch. „Du kannst Fred haben. Ich brauche ihn nicht mehr." Ein Vogel begann zu singen. Am östlichen Himmel klappte das Nachtzelt auf. Ich schleppte mich nach oben und bereitete uns einen Kaffee. Der Termin bei der Professorin in Potsdam fiel mir gerade noch rechtzeitig ein. Ich putzte die Zähne und warf mir eine Handvoll kaltes Wasser ins Gesicht. Ich tat die alltäglichen Dinge, als ginge einfach alles so weiter wie bisher. Ich zog das Kleid an. Instinktiv. The Party was over. Wir fuhren zum Bahnhof und sprachen kaum ein Wort, aber in der vollen S-Bahn registrierte ich die Blicke der Männer auf die andere Frau. Wir kauften jeder eine Flasche Wasser. Die Andere lächelte und sang eine Abschiedsfloskel. Ich lief die Stufen zur Regionalbahn hinunter. Im Zug versuchte ich mich auf das Gespräch mit der Professorin vorzubereiten. Auf Koljas Empfehlung hatte ich Licht zum Thema meiner Abschlussarbeit gewählt. Irgendwie gelang es mir, im Zimmer der Professorin aufrecht zu sitzen und hin und wieder zu nicken, obwohl ich ihre Worte nicht erfasste. Ich war aus der Zeit gerutscht. Auf der Rückfahrt nach Berlin überfiel mich ein Heulkrampf. Erst als eine Frau meine Schulter berührte und fragte, ob sie mir helfen könne, kehrte ich in das S-Bahn-Abteil zurück, realisierte, dass es voller Menschen war. Ich lächelte die Frau an und bedankte mich. Nicht der Rede wert. Am Alex stieg ich aus, trieb weiter, kam voran, erreichte unser Haus. An der Werkstatt klebte ein Paketzettel. Immer klebten sie die Zettel auf die Scheibe. Ich zerriss ihn und ließ die Schnipsel in den Garten flattern. Anschließend warf ich alle Kissen und Decken, die mit Evas Körper in Berührung gekommen waren, in den Müll. Keine Ostsee. Kein Strand. Kein Geld. Ich setzte mich auf die Terrasse und rauchte. Fred würde sie hassen, wenn er erfuhr, dass sie hier gewesen war. Was für eine unverschämte Einmischung in unser Leben. Ich konnte seine Wut nicht erwarten. Ich rief ihn an. Der Klingelton klang gedämpft, wie unter Wasser. Auf der anderen Seite des Ozeans meldete sich Fred. „Ich bin es, Lissi."

„Lissi." Seine Stimme klang leise, ein wenig schwach, als wüsste er bereits, was geschehen war. Wusste er es doch? War ihr Besuch Teil eines Plans? Erledigte sie den Job für ihn? „Wie geht's?"

„Gut. Und dir?" Er klang wie aus einer Taucherglocke.

„Ich muss dich sehen. Wann kommst du zurück?"

„Mittwoch."

204

„Wann am Mittwoch?"

„Wir landen 19:34 Uhr."

„In Berlin oder Brüssel?"

„Brüssel."

„Ich komme und warte am Großen Platz auf dich."

Ich konnte weder essen noch schlafen. In der Nacht, bevor ich nach Brüssel fuhr, machte ich zwei Collagen. Die erste zeigte Fred, der in seinen Locken herumschob und sagte: *Ich liebe dich, Lissi. Ich habe immer nur dich geliebt. Sie ist eine Lügnerin.* Ich zeichnete mich auf dem Fußboden als das Paar rosa Pumps. *Ich brauche Abstand, um das alles zu verkraften. Ich laufe morgen an die Ostsee.* Ich machte eine zweite Collage, die Fred von hinten am Fenster zeigte und mich von hinten im Schneidersitz auf dem Futon in Brüssel, auf dem Teppich. Ich sagte: *Kommst du zurück?* Fred antwortete: *Es war nicht gut, nach Brüssel zu gehen. Nichts war gut.*

Ich fand mich pünktlich am Bahnsteig ein. Ich kaufte eine Flasche Wasser. Ich stellte sie auf den schmalen Tisch am Fenster. Als der Zug Tempo aufnahm, begann das Wasser in der Plastikflasche zu zittern. Hinter dem Wasser flogen Landschaften, Dörfer und Städte vorüber. Kurz darauf fuhren wir in Brüssel Midi ein. Ich lief zum Großen Platz, ging in ein Café, wusch mir die Hände und betrachtete mein Gesicht im Spiegel. Unter meinen Augen lagen Schatten.

Ich sah Fred schon von Weitem. Ich erkannte ihn an seinem tänzelnden Schritt. Er presste die Locken in die Stirn und küsste mich. Verblüffend, wie er trotz allem so tun konnte, als sei nichts. Wir sprachen nicht. Erst bei ihm zu Hause: „Sie war bei mir."

„Wer?"

„Wer? Du fragst: Wer?"

Er schaute mich an.

„Die andere Frau." Ich war nicht fähig, ihren Namen auszusprechen. Fred wandte sich zum Fenster und sah hinaus. Wie in meiner zweiten Collage. Ich dachte an das kleine Theater im Nachbarhaus. Jetzt im Sommer standen Stühle auf dem Trottoir. Bald gab es ein Theaterfestival. Überall in der Stadt hingen die Plakate. Sie waren schön, diese Plakate, sie hatten mich getröstet, vorhin, auf dem Großen Platz. Sie hatten mich an Helena erinnert. Fred pappte nicht an seinen Locken herum. Er stand völlig reglos. Ich wartete darauf, dass er die andere Frau beschimpfte. Ich wartete darauf, dass er vor mir auf die Knie fiel und mich bat, ihm zu verzeihen. Aber er schwieg. Ich presste an dem Kloß in meinem Hals weitere Worte vorbei: „Du hättest es mir sagen müssen." In Freds Körper kam Bewegung. Er wandte sich um, ohne mich anzusehen und trabte auf der Stelle. „Eva ist es nicht."

„Wie?"

„Ich habe nachgedacht, Lissi. Wir dürfen uns nicht fertigmachen. Wir sollten einfach leben. Das Leben genießen."

„Ich gehe duschen." Ich wühlte nach meiner Zahnbürste. Sie hatte hier gestanden, vor diesem Spiegel, nach dem Sex. Es war leicht, sich ihren nackten Körper vorzustellen. Ihre Kleidung hatte nichts verborgen. Ich sah sie nackt in die Dusche steigen. Die glänzende Mähne bedeckte Schultern und Rücken bis zur Taille. Dort war sie gerade abgeschnitten wie der Schwanz eines Turnierpferdes. Niemals wieder würde ich in diese Dusche steigen. Morgen würde ich für immer aus Freds Leben verschwinden. Er erschien in der Tür zum Bad, lehnte sich in den Rahmen und schaute mir beim Zähneputzen zu. „Dieses Hemd ist schön. Ist es neu?" Seine Stimme war müde und zärtlich. Ich glaubte, ihren Singsang darin wiederzuerkennen. „Du kennst dieses Hemd nicht? Ich habe es hundertmal getragen, wenn wir zusammen waren! Es war wahnsinnig teuer. Ich habe es in einer französischen Lingerie gekauft."

„Ich sehe immer nur deinen schönen Körper, Lissi. Was du anhast, ist mir nicht wichtig." Keine Bitte um Verzeihung. Kein Wort des Bedauerns. ‚Eva ist es nicht!' Was sollte das!? Es stimmte also. Sie hatte nicht gelogen. Sie liebte ihn.

„Ich möchte noch einmal mit dir schlafen. Dann lasse ich dich in Ruhe."

„Was redest du für einen Unsinn, Lissi."

In dieser Nacht nahm ich seinen Körper deutlicher als sonst wahr: die sinnlichen Ohrläppchen, sein Adamsapfel, über dem die Haut spannte, die an dieser Stelle nie sauber rasiert war. Seine muskulösen Schultern. Die Knochen fest verpackt, kaum sichtbar, nicht einmal zu tasten. Die Schenkel, die sich aus den Leisten wölbten. Das Tier, das aus seiner Höhle kroch.

Der nächste Tag war heiß. Fred nahm meine Hand, als wir zum Bahnhof liefen. Wir waren noch nie Hand in Hand gegangen. Aber jetzt fühlte es sich so vertraut an, als wären wir seit vielen Jahren ein Paar, als hätten wir eine Wüste gemeinsam durchschritten. Die Hitze lag auf unseren Schultern wie Eisen. Fred blieb dabei, nicht zu reden. Keine Erklärung. Und ich brachte keine einzige der Fragen hervor, die in mir wühlten. Er trug meine Tasche. Er bezahlte mein Ticket. Er kaufte mir Wasser und Schokolade und ein Sandwich. Er hatte noch nie so gut für mich gesorgt wie an diesem Morgen nach unserer letzten Nacht. Er lief neben dem Zug her und winkte, bis wir uns aus den Augen verloren.

28

„Liebst du sie?" Drei Worte, die auszusprechen mir so schwerfielen, als hätte ich den Mund voller Seife. Er antwortete nicht sofort. „Ich mag an Eva, dass sie unkompliziert ist." Ihr Name fuhr wie ein stumpfes Messer in meine Brust. Wie selbstverständlich er ihn aussprach! Als gehörte sie längst zu seinem Leben und wäre nicht mehr daraus wegzudenken. Er nahm sie also in Schutz.

„Unkompliziert?"

„Ihr sind Äußerlichkeiten nicht wichtig."

„Findest du nicht, dass sie zu weit gegangen ist? Einfach so hierher zu kommen? Sich in unsere Beziehung einzumischen? Es geht sie doch nichts an, was zwischen dir und mir ist."

„Ich finde gut, dass sie das gemacht hat." Ich spürte, wie mir das Blut aus dem Kopf sackte. Keine weiteren Fragen. Ich wollte überleben. Die Nacht verbrachte ich im Keller. Ich lief den neonhellen Gang zwischen den Fahrrädern auf und ab und überlegte, an welchem Ort ich Freds Retro-Sammlung den Dieben überlassen könnte. Der Ostsee-Plan spukte wieder in meinem Kopf. Der leere Strand, an dem ich aus der Welt ging. Ich wollte sterben und auch nicht. Ich wollte leben, aber ohne diesen Schmerz. Ich trat hinaus auf die Terrasse und rauchte. Die Nacht hatte ihren Höhepunkt überschritten. Die Umrisse der Dinge wurden bereits wieder sichtbar. Die Dunkelheit enthält das Wesentliche. Das hatte Fred gesagt, am Morgen nach unserer ersten Nacht. So hatte er begründet, warum er mich heiraten wollte. Wir gehörten doch zusammen, wir Waisenkinder, die wir aus der gleichen Leere kamen. Wir hatten aneinander Halt gesucht in den schlaflosen Nächten, in unseren brüchigen Häusern und dem ständigen Gefühl, bedroht zu sein. Wie konnte Fred zulassen, dass ausgerechnet eine Marshmallow seine Lebensentscheidungen traf?

In der Morgendämmerung verließ ich die Remise, trieb ziellos durch die Straßen, lief und lief, immer weiter, immer geradeaus. Bis zur Ostsee würde ich laufen. In einem arabischen Bäckerladen im Wedding machte ich die erste Pause. Eine schwarz verhüllte Frau stellte ein Glas mit Beuteltee für mich unter eine Heißwasserdüse. Sie mochte zwanzig Jahre älter oder jünger sein als ich oder genauso alt. An einem Tisch saßen drei Männer beim Tee und starrten mich an. Ich nahm einen der Barhocker am Fenster, kehrte ihnen den Rücken zu und schaute hinaus auf die Straße. Schulkinder liefen vorbei. Die Ferien hatten noch nicht begonnen. Wenn ich gleich zu Beginn der

Ferien an der Ostsee ankäme, hätte ich vielleicht eine Chance. Ein Zelt wäre gut. Ein Schlafsack mit Daunen, etwas Warmes zum Über-den-Kopf ziehen. Unsichtbar werden. Einer der Männer sagte etwas über mich. Ich hörte es an seinem Tonfall. Die anderen lachten. Ich ließ meinen Tee stehen und verließ das Café. Mein Weg zur Ostsee führte an der alten Fabrik vorbei. Ich betrat den Hof, ging zum Lastenaufzug, zog das Scherengitter beiseite, trat ein und drückte auf die vier. Der Aufzug ruckte und federte. Schmutzige Wände flossen an dem offenen Korb vorüber. Im vierten zog ich das Scherengitter auf, betrat den Linoleumgang, lief zum Ende und blickte auf die Dachterrasse. Der Kugelascher stand neben der verlassenen Sitzgruppe. Ein Glücksgefühl durchströmte mich. Es war fast ein Jahr her, dass ich zum ersten Mal hier oben gestanden hatte. Ich öffnete die Tür, trat hinaus und lief an den Rand des Dachs, sah hinunter in den wuchernden Garten. Wo im Herbst noch die Müllmöbel gestanden hatten, war jetzt eine kleine Café-Terrasse. Kübel mit prächtigen Hortensien säumten ein hölzernes Podest, auf dem Tische standen. Kolja betrat das Dach. Als wäre keine Zeit vergangen. Er strich sich lächelnd über das unrasierte Kinn, eine fast verlegene Geste. Ich wurde nicht rot. „Du siehst erschöpft aus, Alice." Er nahm meine Hand und legte sie zwischen seine Hände. Als Kolja mich umarmte, spürte ich mein Herz wie einen kleinen Vogel im Käfig der Rippen. Es schlug mit den Flügeln, mein Vogelherz. Es war schwach, viel zu schwach für den langen Weg zur Ostsee. Mein Ziel ging verloren in Koljas Armen. In Wahrheit hatte ich doch nur hierher gewollt. Er löste die Umarmung. „Zigarette?"

„Mm."

Er holte zwei zerknitterte Exemplare aus der Hosentasche und ließ das Feuerzeug aufklicken. Deja vu. Die Flamme wedelte im Sommerwind. Es war keine Zeit vergangen. Nichts war geschehen. „Heute kommst du mit an den See. Keine Widerrede!" Dieses Glück! Ich war angekommen. Ohne Tränensäcke, aber mit dunklen Schatten unter den Augen. Ich hatte einen Freund. Wie kostbar das Leben sein konnte! Wir rauchten schweigend. Ich blieb im Büro, bis er seine Arbeit beendet hatte. Dann verließen wir die Stadt in Richtung Osten. Kolja erzählte von Helena. Es ging ihr gut in Vilnius. Sie habe eine schöne, große Wohnung mit einem Gästezimmer. Wir könnten sie besuchen. Jetzt nach Vilnius gehen. Weit genug, um Fred nicht mehr zu begegnen. „Du musst mir unbedingt ihre Adresse geben. Ich möchte ihr schreiben."

„Klar. Hast du sie nicht?"

Ich schüttelte den Kopf.

„An ihrem Schreibtisch sitzt jetzt einer, der Apotheken einrichtet. Passt zu den Kliniken. Wir sind komplett ein Büro für die Kranken!" Sein wundervolles, kratziges Lachen. Wir fuhren in den dichten, grünen Tunnel einer Allee. Die Straße floss in auf- und absteigenden Wellen. Wenn Kolja jetzt gegen einen Baum fahren würde und wir sterben müssten, wäre ich bereit. Er bog von der Allee ab. Der Wagen holperte über Kopfsteinpflaster durch einen Ort. Am Ende der Häuser lag ein See. Eine abschüssige Wiese führte hinab, daneben ein terrassenförmig angelegtes Haus. Der Bademeister saß unten auf einem Plastikstuhl. Am Eingangshäuschen oben wehte eine Eisfahne. Wenige Kinder tummelten sich am Wasser. Ich mochte den Ort auf Anhieb. Er nahm sich nicht wichtig. Mir gefiel der mit Kiefernzapfen übersäte Parkplatz für maximal sechs Autos gegenüber dem Bad. Wir liefen entlang des Maschendrahtzauns am Freibad vorbei und stiegen eine verwitterte Treppe zum seitlichen Seeufer hinunter. Kiefern und Erlen neigten sich über das goldgrüne Wasser. Freds Augen. Ohne Kolja wäre ich bei dem Anblick dieser Farbe gestorben. Wir erreichten einen schmalen Sandflecken. Kolja schaute über das Wasser, das hier schwarzblau schimmerte. Sonnenpunkte tanzten darauf. „Hier habe ich Schwimmen gelernt." Er zog sich rasch aus, warf seine Jeans und das T-Shirt auf den Steg und kämpfte sich nackt mit weiten Schritten ins Tiefe. Mit einem Schrei ließ er sich fallen, kraulte gurgelnd und juchzte. Fred war nie geschwommen, in keinem der vielen Seen, an denen wir mit den Rädern vorbeigekommen waren. Er war der Meinung, wir gehörten da nicht hin, störten die Tiere und das Gleichgewicht der Natur. Wie konnte es sein, dass einer, der besessen war von der Idee, richtig zu leben und keinem Tier zu schaden, einen anderen Menschen so verletzte? Ich tunkte die Zehen ins Wasser. Der Boden war rötlich von Kies. Kolja kehrte zurück. „Großartig! Probier es aus!"

„Mm. Später."

Er stapfte ans Ufer, streckte sich auf dem Steg in der Sonne aus und stöhnte wohlig. Seine Schultern waren breiter als die von Fred und filigraner, obwohl muskulös. Seine Oberschenkel waren dagegen weniger ausgeprägt, die Knie aber breiter. Verglichen mit Kolja war Freds Körper voller Übertreibungen: Die Schenkel, die sich rund unter den Leisten hervor wölbten und sich in den spitzen Knien verjüngten. Die kompakten, schmalen Schultern. Kräftige Arme. Der spindelförmige Penis, über den die

Vorhaut wie eine zu weit gewordene Hülle hing. „Ich zeichne dich! Bleib so!"

„Erst musst du den See probieren!"

„Lieber nicht. Ich habe Tiefenangst."

„Tiefenangst?"

„Na ja, wenn du nicht weißt, was da unten im Dunkeln ist."

„Diesen See hier kenne ich auswendig. Das ist gar nichts unten, nur ein bisschen Sand und Schlamm. Kein Kirchturm, der am Bauch kratzt."

Ich kicherte. „Es hilft nicht, das zu wissen."

„Und wenn ich bei dir bleibe?" Wie leichtfertig er das in den blauen Himmel sagte! „Das ist wirklich nett von dir."

„Na komm, wir probieren es aus."

„Es wird nicht gehen."

„Das werden wir sehen."

„Nachher bist du enttäuscht von mir."

„Wäre dann mein Problem. Wir laufen Hand in Hand, bis du keinen Grund mehr hast. Schlangen gibt es hier übrigens auch nicht. Versprochen! Du kannst doch schwimmen?"

Ich legte den Skizzenblock beiseite. „Na klar, wie eine Delphinin."

„Na komm, meine Delphinin. Du schaffst das. Du bist intelligent."

„Das hat nichts mit Intelligenz zu tun."

„Eine Strategie gegen die Angst zu finden, ist intelligent."

„Kolja ... ich ... es geht nicht."

„Weiß ich doch. Trotzdem."

„Du nervst. Du hast gesagt, du bist nicht für mich verantwortlich."

„Bin ich auch nicht. Du musst es selbst tun. Ich biete dir nur meine Hilfe an. Also?"

Er stand schon im Wasser und reichte mir die Hand. Ich streifte meine Kleidung ab. Das Wasser war weich. Koljas kühle Hand. Unsere Füße im rötlichen Sand. Sie waren gleich groß. „Nicht hinunterschauen! Schau nach vorn. Spürst du den Sand zwischen den Zehen? Nicht nach unten schauen!"

„Ja doch." Ich krallte die Zehen in den Sand.

„Denke den See als glitzernde Fläche, die bis zum Schilf reicht."

Ich blickte zu den Sonnenpunkten. „Das Problem ist, dass das Glitzern nur eine ganz dünne Schicht ist. Der größte Teil des Sees ist stockdunkel. Ich lasse mich nie von einer Oberfläche täuschen."

„Das ist ja okay. Lass es doch dunkel sein. Es ist eben dunkel. Ist doch gut, dieses Dunkel. Jeder Hecht flüchtet vor dir. Das weißt du doch."

„Weiß ich!" Es war mit Seen wie mit der Liebe. Du darfst nicht nach unten sehen, darfst nicht an das denken, was da vielleicht ist, musst einfach lieben, einfach nur das. Eva hatte es getan. Hatte nicht an mich dunkle Morast-Frau gedacht, hatte Fred einfach genommen und gewonnen. Das Wasser reichte uns jetzt bis zur Brust. Es fühlte sich an wie Seide. Wir waren noch im Schatten der Uferbäume, ungefähr auf halber Höhe des Stegs. Ich dachte zum Steg hin und hatte das Bild eines schlierigen, algenbesetzten Holzpfostens vor Augen, der sich in der schwarzen Tiefe verlor. „Pass auf, Alice! Ich lege mich jetzt aufs Wasser und du legst dich auf mich und hältst dich an meinen

Schultern fest. So schwimmen wir bis zum Ende des Stegs."

„Ich kann es auch allein … glaube ich … Du bleibst neben mir?"

„Okay." Ich ließ mich ins Wasser sinken und schwamm. Kolja lag seitlich neben mir und ließ mich nicht aus den Augen. „Sieh rüber zum Schilf!" Ich kicherte, obwohl es da nichts zu kichern gab. „Oh Gott, ich habe vergessen, wie toll es ist, in einem See zu schwimmen."

„Ganz langsam." Seine Stimme zitterte leicht, als sei er außer Atem. „Ich bin trainiert. Merkst du?" Er antwortete nicht. Die glitzernde Fläche blendete. Ich spürte eine kühle Strömung. „Ruhig, Alice." Er war dicht neben mir und hatte meine Irritation bemerkt. "Ich möchte zurück." Wir wendeten. Als ich die hoch aufgerichteten, mächtigen Bäume am Ufer sah und den grünen Schattenstreifen, den Spiegel, der ihre Höhe verdoppelte, hatte ich das Gefühl, festzustecken, im Schlamm, in einem Sumpf nach unten gezogen zu werden zu den Pflanzen, die es nicht ans Licht schafften. Meine Beine versanken im Morast. Ich krallte mich in Koljas Schultern und strampelte gegen den Sog. „Ruhig, Alice. Nur wenige Meter. Dann kannst du stehen." Seine Stimme zitterte. Ich biss mir auf die Lippen. Ich wollte nicht schreien. Kolja trug mich. Ich spürte seine Muskeln. Dann richtete er sich auf. Ich versank. Kolja zog mich aus dem Wasser. Meine Knie waren weich wie Watte. „Komm in die Sonne!" Er reichte mir die Hand. Meine Zähne schlugen aufeinander. Ich betrat den Steg, setzte einen Schritt vor den anderen. „Vertrauen, Alice! Ich halte dich." Er klang ungeduldig. Die Wärme der Sonne hüllte uns ein wie ein Tuch. Ich spürte einen leichten Schwindel und hielt Koljas Arm. Wir gingen langsam in die Hocke und streckten uns auf den Bohlen aus. Kolja drehte sich zu mir und legte eine Hand auf meinen Bauch. „Atme in meine Hand!" Ich wurde ruhiger, spürte, wie die Sonne meine Haut trocken leckte. Nur auf meinem Bauch unter Koljas Hand blieb es kühl. Der Wind strich durch die Bäume. Eine Kiefer knarrte. Vögel tschilpten. Aus dem Bad wehte Kinderlärm herüber. Als ein Fisch unter uns gluckste, wanderten meine Gedanken in die Tiefe, zu den schlierigen Algenpfosten, aber nur kurz, unscharf. Ich zwang meine Gedanken zurück in Koljas Handfläche, die mein Atem hob und senkte.

Ich erwache in Freds Wohnung in Brüssel, aber alles sieht anders aus. Fred ist in der Küche. Ich laufe zu ihm, vorbei an einem unbekannten Zimmer, in dem meine Eltern schlafen. Ich frage, was geschehen ist, aber Fred antwortet nicht. Meine Eltern wachen auf. Ich frage auch sie, was geschehen ist, aber auch sie antworten nicht. An einem Fenster im Flur lehnt ein fremder Mann im Kapuzenshirt. Es ist Demetrius aus dem Sommernachtstraum. Er sagt, das Haus meiner Eltern sei gestohlen worden mit allem, was darin war. Ich bin glücklich, dass Vater und Mutter zu uns gekommen sind. Mutter trägt den schweren Pelzmantel von Omi, der auf dem Dachboden in einer Trommel gehangen hat. Darunter ist sie nackt. Es tröstet mich, dass sie den warmen Pelzmantel hat. So wird sie über den Winter kommen. Ihr Gesicht ist ganz weich. Sie ist jetzt obdachlos. Ich finde, dass ihr das gut steht. Vaters Gesicht sehe ich nicht, nur seinen Rumpf. Ich sage, dass ich froh bin, dass ihr Haus gestohlen wurde.

Als ich aus dem Traum erwachte, war das Glücksgefühl darüber, sie gerettet zu haben, noch da. Ich wollte zurück. Ich wollte wissen, wie die Geschichte weiterging und schloss die Augen, aber da war nur ein roter Vorhang auf der Innenseite meiner Lider. Ende der Vorstellung! Ich blinzelte in die Bäume und richtete mich langsam auf. Zwei Jungs mit Fahrrädern kurvten vorn auf dem Waldweg vorbei und schauten herüber. Kolja streichelte meinen Arm. „Alles in Ordnung?"

„Alles gut."

Kann ich dich kurz allein lassen? Ich hole nur Zigaretten und Wasser aus dem Auto."

„Mm."

In meinem Traum waren Vater und Mutter wie erlöst gewesen. Ich stellte mir den Garten ohne das Haus vor. Etwas Neues könnte jetzt dort wachsen.

Kolja kam mit zwei Wasserflaschen zurück. Wir tranken. „Du wirst noch in diesem Sommer wieder im See schwimmen können. Ohne Angst. Du hast es fast geschafft. – Hunger?"

„Mm."

„Ich zeige dir das Haus, in dem ich aufgewachsen bin. Meine Mutter ist verreist, aber ich bin sicher, es liegt eine Pizza im Frost." Im Auto war es warm wie in einem Brutkasten. „Du kannst ein paar Tage bleiben und dich ausruhen. Erika ist noch bis Sonntag in Rostock."

„Danke, aber das kommt nicht in Frage. Ich fahre mit dir zurück." Am Ortsausgang bog Kolja in einen Feldweg. Wir schaukelten durch staubtrockene Löcher. Nicht lange, dann wuchsen zwei hellblaue Widderköpfe am Giebel eines Holzhäuschens aus der Wiese. Ihre Hörner waren rund und glatt wie gefönte Locken. Kolja stoppte den Wagen vor dem niedrigen Zaun. Schnitzereien an den Fensterläden, ein gedrechseltes Geländer an der Veranda – das Haus bewirkte, dass mich erneut ein Schwall Endorphine in Hochstimmung versetzte, wie vor zwei Tagen im *Café Mörder* mit der anderen Frau.

Das Gras im Vorgarten war dabei, die Gehwegplatten aus den Sechzigerjahren aufzubrechen und zu verschlingen. Am Hauseingang hielt sich ein Rosenbusch in Symbiose mit einem anrührend-morschen Spalier. Ich folgte Kolja durch den kleinen Windfang in einen Raum, der zugleich Flur und Küche war. Links führten abgetretene Teppiche über die Schwelle zum Wohnzimmer. Ein Sofa schmiegte sich unter die Eckfenster. In die Polsterlehne drückte ein überladenes Bücherbord. Rosenblüten klopften gegen die Scheibe. Rosen und Bücher umarmten diesen Platz. Ich schlüpfte aus den Sandalen, trat ein, sah mich im Zimmer um und erschrak. Auf dem Kaminsims stand mein Aquarell. Fred als Faun, über das Hörnertier gebeugt. Es war dieselbe Irritation wie bei der unverhofften Begegnung mit dem eigenen Spiegelbild. Die Zeichnung war in hellgrünes Holz gerahmt. Sie stand zwischen einem Pinienzapfen und der zierlichen Skulptur eines polynesischen Tänzers. „Dieses Bild … ist von mir." Kolja schien überhaupt nichts dabei zu finden. „Dann war das deine Mutter auf dem Kunstmarkt?" Ich deutete mit den Händen die weite Kapuze ihres Mantels ein. „Braune Augen? Volles, graues Haar?"

„Erika geht da jedes Jahr hin. Sie kauft Bilder von unbekannten Künstlern. Sie will an etwas glauben." Er lachte kratzig. „Limonade? Erika macht sie selbst, aus Waldmeister."

„Genauso sah sie aus. Wie eine Frau, die hervorragend kocht, aber über einem guten Artikel im Feuilleton das Essen anbrennen lässt." Ich nahm das Bild vom Kamin. Mein Faun. Hier war er also, der Mann, der nie existiert hatte, das Fabelwesen meiner Fantasie, meiner Projektion. Und doch hatte ich seinen Duft noch: erdig und süß. Ich hätte ihn bei seinem Namen nennen müssen, dann wäre er geblieben und seiner Bestimmung gefolgt. Mein Faun. Ich hatte Lust ihn zu entführen, sein Bild wieder mit nach Hause zu nehmen und heimlich weiter mit ihm zu leben. Ein Luftzug wehte vom offenen Fenster durchs Zimmer und spielte mit den losen Haaren an meiner Schläfe, die sich aus dem Gummi gelöst hatten. „Pizza?"

„Mm."

„Mit Meeresfrüchten?"

„Okay."

Ich stellte das Bild zurück. Es interessierte Kolja nicht, aber das war mir egal. Er führte mich durch das Haus, ließ mich in die anderen zwei Zimmer hinter der Küche schauen, erzählte von seinem Bruder, der zwei Jahre älter war, drei Töchter hatte, Windräder konstruierte und für die Grünen im Abgeordnetenhaus saß. „Ehrgeizig. Kreativ. Fruchtbar. In jeder Hinsicht das Gegenteil von mir. Er wollte Musiker werden. Hat jahrelang auf einem Violoncello rumgeschabt, im Sommer im Garten, im Winter in der Veranda. War kaum zu ertragen."

„Spielt er nicht mehr?"

„Er hat ein eigenes Orchester gegründet."

„Wow! Dann müsste er deiner Theorie nach ein hervorragender Windrad-Konstrukteur sein. Ein bisschen daneben." Auf dem Arbeitstisch in der Veranda lagen Bücher, Mappen und Stifte. „Wo ist Erika eigentlich?"

„In Rostock. Sie hat da ein Theater, zusammen mit einem Freund."

„Ein Theater? Ist sie Regisseurin?"

„Nein."

„Was macht sie?"

„Sie ist so eine Art Dramaturgin, wohl mehr eine Assistentin, Autodidaktin jedenfalls."

„Es ist ihr eigenes Theater?"

„Ja. Das heißt, sie hat sich ein bisschen zurückgezogen und die Geschäfte ihrem Partner überlassen, der auch Intendant ist." Kolja öffnete die Verandatür. Wir warfen einen Blick in den Garten. Der Boden war übersät mit Kiefernzapfen. Er schloss die Tür wieder und wir traten in die Enge des Häuschens zurück. „Gibt es ein Obergeschoss? Was ist das für eine Leiter?" Sie führte links der Veranda zu einer Luke in der Holzdecke. „Komm mit!" Ich folgte Kolja. Die Leiter führte auf den Dachgarten über der Veranda. Das gedrechselte Geländer hatte ich vom Wagen aus gesehen. Jetzt fiel es mir wieder ein. „Muss ziemlich was los gewesen sein, als ihr zu viert hier gelebt habt."

„Meist waren wir nur zu dritt. Papa kam gelegentlich vorbei. Er lebte in seinem Büro in Berlin." Kolja klopfte den

Tabak in seiner Zigarette auf dem Geländer fest. Der Wind rauschte in den Kiefern. Er trug den Geruch des Sees heran. Der Eindruck von Kindergeschrei lag in der Luft. „Ich habe nie das Gefühl gehabt, dass es hier zu eng ist. Wir haben einfach gelebt. Du siehst ja, die alten Möbel. Es gibt nicht einmal WLAN." Er strich die Zigarette glatt, zündete sie an und reichte sie mir. Ich schloss die Augen und spürte diesem Gefühl nach, das alles zu kennen, schon einmal hier gewesen zu sein, in einem Märchen, das ich als Kind gelesen hatte. Dieses Haus, das wie eine Schneckenschale in der Wiese lag, musste mir auf seinen Hühnerbeinen entgegengekommen sein. Vor einem Jahr hatten wir uns auf den Weg zueinander gemacht, oder nein, früher schon: als ich zwölf war und Rettungsschwimmerin, in dem Moment auf dem Boot, als ich nicht springen konnte, weil ich nach unten geschaut und im schwarzen Wasser die Pflanzen gesehen hatte, die sich nach dem Licht ausstreckten, es aber niemals erreichten. Jedes Menschenleben schien einen Mittelpunkt zu haben, von dem aus sich seine Geschichten wellenförmig ausbreiteten. Ich nahm Koljas Hand. Diesmal tat ich es nicht versehentlich. Er war sofort bei mir, nahm meinen Kopf in seine Hände und betrachtete mich, auf eine Weise, die ich kaum ertragen konnte: ernsthaft und unruhig. Ich suchte seinen Kuss. Er war weich, unverkrampft, ein Kuss, in dem ich bleiben und mich von seinem ernsten Blick ausruhen wollte. Er löste den Kuss. „Warte! Warte hier, ja!" Als er nach unten geklettert war, spürte ich ein fernes Glück. Es war ja immer fern, das Glück. Das war sein Wesen. Ich zog mich aus und wartete, nackt in den Kiefern, bis Kolja Decken und Kissen auf die Veranda warf. Seine Berührung war wie der sandige Boden zwischen unseren Zehen im Wasser und wie der Wind in den Kiefern. Sie erweckte ein abenteuerliches Kind in mir, das sich im hohen Sommer über die Bäume schwang, das tollkühne Mädchen, das ich gewesen war, als das Wasser den Himmel gespiegelt hatte und ich in diesen Himmel kopfüber hineingesprungen war, hundert Mal am Tag, sicher, dass er mich hält und wiegt.

Die Pizza brannte. Aus dem Haus quollen Rauchschwaden. Wir stürzten nackt die Leiter hinab. Kolja riss die Verandatür auf, zog die verkohlte Scheibe aus dem Ofen und schleuderte sie wie einen Diskus in die Wiese. Wir lachten.

Wir fuhren in den Ort. Den Laden an der Straße hätte ich übersehen, wenn nicht eine schwarze Tafel am Baum davor *Deutschen Honig vom Imker* angekündigt hätte. Ich sprang die drei Stufen hinauf in das Geschäft. Es war kühl und dunkel. Eine Gefriertruhe brummte. Kein Mensch war zu sehen. Die Lebensmittel in den Regalen waren extra breit gezogen, um über das schmale Angebot hinwegzutäuschen. Ich nahm Käse und die letzten Bananen, eine Flasche Wein und Teelichte. Ich bereitete mich auf die Nacht im Haus vor. Ein Mann schlurfte grußlos von hinten hervor und schob sich hinter die Kasse. Die kleinen Schlitze seines hellblauen Netzpullovers dehnten sich über dem Bauch zu breiten Löchern. Darunter trug er ein weißes Unterhemd. „Haben Sie Brot?"

„Morjen ab sieben wieder." Ich zahlte, raffte den Einkauf zusammen und flüchtete in Koljas Auto. Im Nachbarort gab es zwei, drei Restaurants. In der Pizzeria am Markt waren wir die einzigen Gäste. Wir setzten uns auf die Terrasse. Ein kleiner Brunnen plätscherte neben uns. Ich griff nach Koljas Hand. Er sah mich an. „Ich kann aus meinem Leben nicht aussteigen. Sie bekommt ein Baby." Ich begriff nicht sofort, wovon er sprach. „Was?"

„Ich werde Vater."

„Ach so." Ich zog meine Hand zurück und betrachtete die karierte Tischdecke. „Das ist doch schön." Ich räusperte mich. „Ist schon okay. Ich bin glücklich, dass du mir geholfen hast, wieder zu schwimmen. Das werde ich dir nie vergessen."

„Du bleibst hier, bis du allein über den ganzen See schwimmen kannst."

„Wie viel Zeit habe ich?"

„Vier Tage."

„Warst du schon einmal in Erikas Theater?"

Kolja begann zu erzählen, aber ich hörte nicht zu, weil ich völlig darauf konzentriert war, nicht loszuheulen. Seine kindliche, blonde Frau in der Landhausküche in meiner Collage: ‚Bringst du mir ein Dinkelbrot aus der Stadt mit?' Vielleicht war sie jünger als ich. Wahrscheinlich. Sie würde doch nicht erst mit vierzig ein Baby bekommen. Was wollte Kolja? Langweilte er sich? Nie war er wütend. Fand er die Welt okay, so wie sie war? Interessierte ihn die Welt überhaupt? Sie musste ihn interessieren. Wer in so einem Haus mit einer Mutter wie Erika aufgewachsen war, den musste die Welt interessieren. Was bewegte ihn? Warum fragte ich nicht? Er lebte natürlich in einer anderen Wirklichkeit als Fred, der ein Waisenkind war wie ich, dessen Sorgen existentiell waren, weil er schon immer allein gewesen war mit der kleinen, energischen Frau, die in sich eine schreckliche Geschichte trug, die sie streng geheim hielt, während sie Schokolade mampfte und ihren Sohn beschimpfte, der das alles nicht verstehen konnte, weil es ein Tabu war. Schon in seiner Fruchtblase hatte Fred auf einem Massengrab gelegen. Ich hatte ihm nicht helfen können. Das war das Schlimmste. Auch die Andere würde ihn nicht retten. Da war ich sicher. Meine Tränen salzten die Pizza nach. Kolja drückte meine Hand, wie damals im Auto. „Es ist der Wahnsinn, wie du meine Hand drückst. Spontan! Es ist, als würdest du meine Gedanken sehen!"

„Natürlich sehe ich deine Gedanken, Alice. Das ist doch normal. Ich bin nicht blind."

Er brachte mich zurück in das Märchenhaus. Ich stand davor und sah ihm nach, wie er im Auto über den Feldweg zur Straße schaukelte und eine glitzernde Staubwolke hinterließ.

Die Teelichte flackerten im Wind auf der Terrasse, nur kurz, dann erloschen sie wieder. Ich lehnte mit dem Rücken an der warmen Holzwand und trank ein Glas Wein. Die Sonne ging zwischen den Kiefern unter. Kühle kroch mich an. Ich fürchtete mich vor der Nacht allein in diesem Haus. Als es dunkel wurde, kletterte ich hinunter, schloss die Türen und verkroch mich im Wohnzimmer. Studierte die Buchrücken. Am Kamin stand ein Sideboard mit Kunstbänden, so voll, dass es schwierig war, ein Buch herauszuziehen. Der Band mit Bildern und Texten von Henry Miller lag oben quer. Ich verkroch mich mit dem Buch in der geschützten Sofaecke zwischen den beiden Fenstern. Auf der ersten Seite war Henry Miller in einem blauen Bademantel an seinem Arbeitstisch zu sehen. Er hielt den Pinsel in seiner geschwollenen, altersfleckigen Hand wie einen Freund. Sein konzentriertes, zufriedenes Gesicht schien auf das Blatt zu tropfen, an dem er arbeitete. Ich hörte die Stille in seinem Haus. Es war dieselbe lebendige Stille wie hier, kein Vakuum, sondern ein Atem, in dem die große Bewegung der Zeit spürbar wurde. Ich hörte den Pinsel über das Papier schaben und die zitternde Stimme des alten Mannes, als er erzählte, dass ihm das Malen in schwierigen Zeiten das Überleben gesichert hatte. Er sagte, dass er im Alter das Malen dem Schreiben vorgezogen hatte. Seine Zeichnungen waren heiter und farbig. Ich mochte die Frauen: unschuldig, kräftig, androgyn oder sinnlich, in jedem Fall aber kindhaft. Wie das Mädchen, das ich heute mit Kolja gewesen war, über den Wipfeln. Mir gefielen seine einfachen, starken Formen, die Paare, das Chaos und wie er die leuchtenden Farben nebeneinandersetzte. Ich blätterte, schaute und las. Rings um die Lichtinsel der Stehlampe war es stockdunkel geworden. Ich tappte in Erikas Schlafzimmer und öffnete den alten Kleiderschrank. Die Tür quietschte. Ich tastete und zog einen Pullover heraus. Er war mehr eine Jacke, ein Mantel fast. Er verströmte einen kräftigen, frischen Duft. Ich wickelte mich hinein, schloss die Haustür noch einmal auf und trat zwischen den Rosen hinaus in den Garten, schaute in den klaren Himmel. Das Gefühl, in die Sternenhaufen zu stürzen. Im Wald schrie ein Käuzchen.

Am Morgen wässerte ich die Rosen und lief zur Rückseite des Hauses, zu dem Schuppen mit Gartengeräten. Zwei staubige Fahrräder mit platten Reifen standen dort, völlig ineinander verkeilt. Ich schlug mir das Schienbein an einer Pedale auf, als ich sie auseinanderzerrte, humpelte ins Haus, nahm ein Küchentuch und presste es auf die blutende Stelle. Was für eine Schnapsidee, mutterseelenallein in diesem Haus zu bleiben, fernab von Gott und der Welt! Wie hielt Erika das aus? Was, wenn ich keins der Fahrräder flottbekam? Zum Glück klemmte eine Luftpumpe an einem der Rahmen. Ich pumpte und geriet ins Schwitzen, aber die Reifen schienen die Luft zu halten. Der Steg lag noch im Schatten, als ich ankam. Ich setzte mich ans Ufer und blickte über das Wasser. Die grünen

Wellen schaukelten. Als Kind hatte ich eine Taucherbrille besessen. Mit einem Schnorchel. Ich erinnerte mich an den Geschmack des Gummistücks. Mein Hunger meldete sich, aber ich wollte nicht in den Laden zu dem Mann im blauen Netzpullover. Doch vermutlich war das der einzige Laden weit und breit. Ich machte einen Plan: Schwimmen bis zum halben Steg. Danach Einkaufen beim Netzpullover. Essen. Ausruhen. Noch einmal schwimmen. Zeichnen bis zum Abend. Mein Magen schmerzte. Ich änderte den Plan.

Auf der Bank vor dem Laden saßen zwei Männer mit Bierflaschen. Sie glotzten. Ich nahm die Stufen mit zwei Sätzen. Der Verkäufer erhob sich ächzend aus den Getränkestiegen, in einer Hand drei Flaschen Bier. „Haben Sie Taucherbrillen?"

„Nee."

Ich ging an den Regalen entlang, nahm Äpfel, Schokolade und Brötchen. Er hatte die Bierflaschen neben der Kasse abgestellt und wartete auf mich. „Wolln se hier tauchen? Hier jibt et doch nüscht zu sehn."

„Kommt drauf an."

„Frachense ma vorn im Bad."

234

„Gute Idee!" Ich bezahlte, lief die Stufen hinunter und riss die Schokoladentafel auf, brach einen Riegel ab und verschlang ihn vor den glotzenden Männern. Das Schwimmbad hinter dem Maschendrahtzaun war menschenleer. Die weißen Begrenzungsbojen für Nichtschwimmer lagen reglos auf dem glatten Wasser. In der offenen Verkaufsluke des Kiosks war niemand zu sehen. Ein Radio dudelte. Aber auf der Seeseite des Häuschens verputzten zwei Männer die Wand. „Schwimmmeister ist bei den Booten", antwortete der jüngere von ihnen in der typischen Melodie seines polnischen Akzents. Ich lief durch das Gras. Es war feucht. Der Bademeister trug eine weiße Turnhose. Sein gedrungener, nackter Oberkörper war tiefbraun. Er blickte mich missmutig an, rang offenbar mit dem Wunsch, mich fortzuschicken und ließ dann doch die Bootskette sinken und stapfte durch die Wiese auf das Haus mit dem Kiosk zu. Ich blieb draußen stehen und beobachtete, wie er drinnen einen Spind öffnete. „Schöne Arbeit! Sind sie Rettungsschwimmer?"

„Muss ma schon ham, den Schein. – So, wie wär's mit dieser hier?" Genauso eine Taucherbrille hatte ich als Kind gehabt. Ovales Glas, in Gummi gefasst. Das feste Band teilte sich vor den Ohren. „Genial." War meine blau gewesen wie diese? Sie passte perfekt. „Ich bringe sie morgen zurück. Oder kann ich sie kaufen?"

Er winkte ab. „Nehmen'se die mit."

„Im Ernst?"

Er klapperte mit seinem Schlüsselbund.

„Mussten Sie schon mal raus, jemanden retten?"

„Is schon vorjekommen", sagte er gelangweilt und wedelte wieder mit dem Schlüsselbund, was vermutlich hieß, dass ich verschwinden sollte.

An der Badestelle probierte ich die Taucherbrille aus. Das Gesicht unter Wasser, lief ich auf den Händen über den rötlichen Grund. Als Kind hatte ich die glimmernden Steine, die wie ein Piratenschatz aussahen, oft mit nach Hause genommen, aber immer waren sie auf dem Fensterbrett matt und glanzlos geworden. Es gab Dinge, die in ihrem Element bleiben sollten.

Ich legte mich auf den Rücken und trieb ein paar Meter im Toten Mann. Einmal tastete ich mit einem Fuß nach dem Grund und als ich ihn nicht fand, gelang es mir, ruhig zu bleiben und ohne Angst zurückzuschwimmen. Der Steg lag jetzt zur Hälfte in der Sonne. Ich breitete das Handtuch auf den Bohlen aus und spürte wieder Koljas Hand, die gestern kühl auf meinem Bauch gelegen hatte. Die Innenseiten meiner Lider glühten rot. Sterne wimmelten darauf, Spiralen drehten sich. Ich wartete auf die Fortsetzung meines Traums, aber die Bilder kamen nicht, wenn ich darauf wartete. Sie erschienen einfach so, wenn ich gar nichts sehen wollte, wenn ich leer war. Diesen Zustand versuchte ich zu erreichen. Das war gar nicht einfach. Irgendwann erschien ein Strudel. Er saugte mich an. Auf seinem Grund lag ein dunkelrotes Viereck, ein Fenster. Eine weiße Gardine, die der Frühlingswind bauscht. Ein zwitschernder Vogel im Jasmin. Das Mädchen liegt an seinen Vater geschmiegt im Bett. Der Vater liest ein Buch und streichelt den Nacken und die Schultern des Mädchens. Wenn er blättert, schaben die Papierseiten aufeinander. Das Mädchen liegt still in diesem Geräusch. Sie blickt über das verlassene Bett der Mutter hinweg zum Fenster, zur Gardine, in den Jasmin. Sie genießt diesen Moment am Sonntagmorgen. In den Erlen neben mir raschelte es. Ich schlug die Augen auf und schloss sie wieder. Ich spulte zurück zu Mutters leerem Bett. Ich brauchte nicht mehr auf die Bilder warten. Ich erinnerte mich jetzt, an Mutters blauen Hausmantel, wie sie ihn überstreift und an uns vorbei aus dem Zimmer läuft. Sie schaut uns nicht an. Sie sagt nichts. Kein Kuss.

Kein Kniff in den Zeh. Später erlebte ich Familien, die sich unbeschwert neckten, sogar Mädchen, die mit ihren Vätern balgten und dabei lachten. Mutter geht in die Küche, um das Frühstück zuzubereiten. Ich liege in der zärtlichen Berührung und im Schaben und Knistern der Buchseiten. Ich mochte diese Erinnerung. Vielleicht war sie eine meiner schönsten.

Später, in Erikas Veranda, zeichnete ich mit Wasserfarben das kleine Mädchen und seinen Vater. Das Mädchen hat kein Gesicht. Es ist drei oder vier Jahre alt, vielleicht auch sieben oder acht. Das Telefon riss mich aus der Arbeit. „Hi Jolli, wie läuft's?"

„Ich war bei Tobi zu Hause." Sie klang außer Atem.

„Bei seiner Familie?"

„Er hat seiner Frau und den Kindern immer noch nichts von mir erzählt. Ich bin trotzdem hingefahren, wollte mir das Haus mal anschauen." Ich hörte ihre Absätze aufs Pflaster tocken. Normalerweise trug Jolli Turnschuhe oder lief barfuß. Hatte sie ihre Abiball-Pumps angezogen, für den Fall, dass sie Tobi vor dem Haus begegnete und seiner Familie vorgestellt wurde? Ihr atemloser Schritt machte mir Luftnot. Ich verließ die Veranda nach draußen in den Garten. „Sie wohnen in einem potthässlichen

Mietshaus. Ein Neubau. Wirklich das Schlimmste, das ich je gesehen habe!"

„Am Wannsee?"

„An der S-Bahn-Station."

„Bist du sicher, dass es die richtige Adresse war? Vielleicht hat Tobi dich absichtlich an den falschen Ort geschickt und wird jetzt so tun …"

„Die Adresse, die in seinem Ausweis steht."

„Er hat dir seinen Ausweis gezeigt?" Das Tocken brach ab. Ich hörte ihr Feuerzeug klicken und kurz darauf, wie sie den Rauch ausblies. „Natürlich nicht, Mama! Es gab eine gute Gelegenheit letzte Woche. Er hat mich zum Essen eingeladen, weil er nicht auf den Ball kommen konnte. Als er auf der Toilette war, habe ich sein Jackett inspiziert."

„Jolli! Das ist nicht souverän!"

„Wissen macht souverän! Wissen ist das einzige, das Souveränität verschafft."

„Du weißt doch jetzt gar nichts!"

„Ich weiß immerhin, dass er gelogen hat."

„Vielleicht ist diese Wohnung im Mietshaus sein zweiter Wohnsitz. Vielleicht gehört das Haus seiner Frau. Vielleicht gehört ihm das Mietshaus. Vielleicht gibt es da drin ein atemberaubendes Loft, in dem sie alle leben …"

„Nein! Nein! Mama! Ich war in dem Haus. Da gibt es kein ‚atemberaubendes Loft'! Ich frage mich, was für ein Mensch er ist. Warum lässt er seine Kinder an so einem Ort aufwachsen? Okay, ich könnte das verstehen, wenn sie erst jetzt nach Berlin gezogen wären und keine andere Wohnung gefunden hätten, aber Tobi lebt hier seit vielen Jahren. Er hätte in eine Altbauwohnung in einer netten Gegend ziehen können. So wohnt man doch nicht. – Warte kurz!" Sie betrat einen Ort, an dem Kassen piepten, so laut, dass ich das Telefon vom Ohr rücken musste. Ich wartete. Minutenlang. Ich trat auf die Kiefernzapfen und versuchte, einen mit den bloßen Füßen anzuheben, bis ich Jolli lächelnd einen „Schönen Tag noch!" rufen hörte und das Tocken ihrer Schuhe. „Es muss einen Grund geben, Jolli. Vielleicht hat er ein Segelboot und will schnell am Wasser sein. Vielleicht wohnen Freunde in der Nähe. Orte sind so eine Sache. Du kannst einen hässlichen Ort lieben, weil eine gute Erinnerung damit verbunden ist. Frag Tobi, wieso er dort lebt!" Sie schlürfte den Milchschaum von ihrem Kaffee. „Er hat kein Segelboot.

Vielleicht hat er auch keine Frau und keine Kinder. Ich habe ein komisches Gefühl." Niemand hatte das Recht, Jolli traurig zu machen, erst Recht nicht Tobi. „Ich werde es herausfinden, Mama. Ich brauche Klarheit." Sie betrat einen Bahnhof. Eine undeutliche Ansage hallte. „Soll ich kommen, Jolli?"

„Ich bin okay. Fahre gerade zur Arbeit ins Schlaflabor." Ich erzählte ihr, wo ich war und hörte, wie die S-Bahn einfuhr und die Türen sich öffneten. „Was macht Jakob?"

„Wir sehen uns morgen zum Frühstück."

„Gut. Gut."

„Ich muss dich kurz wegdrücken, Mama. Jakob ruft gerade an. Ich habe auf seinen Anruf gewartet." Weg war sie. Ich trat in die Veranda, schloss die Tür und betrachtete meine Skizzen. Jolli rief nicht noch einmal an. Am Abend kroch ich mit einem beklommenen Gefühl in die Sofaecke, blätterte in den Bildern von Henry Miller, trank ein Glas Wein und lag dann lange schlaflos und lauschte in die Nacht.

Eine Wagentür klappte. Sofort war ich wach. Es war heller Tag. Durch das Rosenfenster sah ich Kolja durch den Garten laufen. Er trug seinen Strohhut und den hellen

Leinenanzug, wie in dem Café vor einem Jahr. Wie in meiner Collage. Ich wickelte die Decke um mich und stand auf. „Hey!" Er nahm den Hut ab. Sein Kuss. Nichts störte diesen Kuss. Er hatte kein Ziel außer, ein Kuss zu sein. „Kaffee zum Frühstück?" Er sah müde aus. Ich lief ins Bad und betrachtete meine Lippen nach dem Kuss, bevor ich mir zwei Handvoll kaltes Wasser ins Gesicht warf. Kolja stand am Küchenfenster und döste hinaus auf die Wiese. Der Kaffee lief blubbernd in die Kanne.

„Was gibt's Neues in Berlin?"

„Berlin." Er dehnte den Namen in diesem verächtlichen Ton, den viele hatten, wenn sie über die launische Stadt sprachen, die sie aus irgendeinem Grund nicht verlassen konnten. Er wandte sich zu mir: „Viel spannender ist doch: Was gibt es Neues vom See?"

„Ich musste mich davon überzeugen, dass wirklich keine Stadt darin versunken ist und bin getaucht." Er strich sich mit der Hand über den Schädel. „Und?"

„Ich habe noch nicht alles erforscht."

„Nehmen wir den Kaffee mit runter zum Steg?"

Der See lag glatt und spiegelte den unbewegten, grauen Himmel. Es war kühl. Ich fror. Kolja trat auf den Steg und starrte ins Wasser. „Ich werde in Vätercafés sitzen."

„Wann kommt das Baby?"

„Im Januar."

Er seufzte. „Solange keine Kinder da sind, ist alles möglich." Ich ließ mich auf den Bohlen nieder und schaute hinüber zum Schilf. „Ich habe auch ein Kind. Eine Tochter. Jolanda."

„Wie ging das denn so schnell?" Er grinste schmal.

„Sie hat gerade ihr Abitur gemacht."

„Das Patenkind?"

„Mm."

Er zog eine Zigarette aus der Hosentasche und nickte langsam. „Das ist doch schön. Warum diese Geheimniskrämerei?"

„Falsche Frage. Die richtige wäre: Warum diese Offenheit? Ich kann dir die Antwort geben. Als ich Jolanda auf der Bühne als Hermia gesehen habe, das war an dem Tag, nachdem wir im Büro zusammen … als du meine

243

Bilder angeschaut hast und diese Stimmung zwischen uns war, das Geräusch des Papiers, der Wein und was du von deinem Vater erzählt hast und wie du mich berührt hast ... Am nächsten Tag war dann die Theateraufführung in der Schule und ich habe dagesessen und geweint und mir geschworen, Jolanda nie mehr zu verleugnen, in keinem Lebenslauf, bei keinem Vorstellungsgespräch, und dir wollte ich bei der nächsten Gelegenheit die Wahrheit sagen ... und jetzt ist diese Gelegenheit. Wir sind doch Freunde?"

„Aber klar." Er rauchte langsam. „Wie alt bist du, Alice?"

„Vierzig."

Er riss sich aus seinen Gedanken. „Na los, jetzt zeig mir, wie weit du schwimmst."

„Zuerst einen heißen Kaffee, dann zeige ich dir den Toten Mann." Wir tranken den Kaffee. Danach bibberte ich immer noch, aber ich zog mich aus und ging hinein, legte mich rücklings auf das Wasser, spannte alle Muskeln an und hielt mich durch kleine, schnelle Schläge mit den Händen, steif wie ein Brett. „Der Tote Mann."

„Ich möchte auch den Toten Mann machen", rief er. Kurz darauf hörte ich ihn brüllend ins Wasser stürzen. An meiner Seite tauchte er auf. Ich drehte mich auf den Bauch. Das Wasser war jetzt rau aufgebürstet vom Wind, der Uferstreifen dunkel. Ich strampelte im Schlamm, sah Koljas erschrockenes Gesicht. Er riss mich vorwärts. Ich japste nach Luft, ruderte mit den Beinen und traf auf den Kies. Wir hockten nebeneinander im Sand. Kolja lief zum Steg, holte seine Sachen und legte mir sein Jackett um die Schultern. „Komm! Du musst dich aufwärmen."

„Und der Tote Mann?"

„Ich bin doch kein Toter Mann." Wir fuhren in den Nachbarort und gingen zum Bäckerladen am Markt. Die Hitze der vergangenen Tage hing noch in dem schmalen, dunklen Raum. Die Bäckerin bewegte sich langsam. Kolja legte den Strohhut auf den kleinen Bistrotisch zwischen uns und ich zog meine Kaffeetasse näher zum Rand, um Platz für den Hut zu machen. „Jolanda ist erwachsen und du bist noch jung. Ein komplett anderer Lebensentwurf. Nicht schlecht."

„Es gab keinen Entwurf."

„Du hast Recht, Alice. Das Leben sollte geschehen, von Zeit zu Zeit jedenfalls." Er strich sich mit der flachen Hand über den Schädel und blickte auf seinen Hut. Die Bäckerin nahm ihn entschlossen vom Tisch, um ein Stück

Mohntorte zwischen uns zu stellen. Wir begannen von zwei Seiten zu essen. „Ich sehne mich danach, wieder einmal verliebt zu sein. So richtig mit Haut und Haaren. Dieses irre Gefühl. Du weißt schon, Alice! - Nicht einfach ein Seitensprung oder eine Affäre. Schon dieses Wort: Affäre! Es wertet ab, was zwischen zwei Menschen geschehen kann. Ich möchte besessen sein, wahnsinnig, mir den Kopf zermartern, wie ich mit ihr durchbrennen kann. Emotionales Bungeejumping!" Ich fragte mich, was für eine Frau das sein müsste, mit der sich Kolja am Gummiseil über dem Abgrund verknoten wollte. Die Bilder schöner, selbstbewusster Frauen traten in meinem Kopf auf und wieder ab. War Kolja ebenso unbegabt für das Glück wie Fred? Irgendwann würde er seine Familie verlassen. „Lecker. Diese Mohntorte ist die beste der Welt. Findest du nicht?"

„Doch!" Aber ich schob ihm den Teller hin und zerdrückte mit der Zunge die Mohnkörner am Gaumen.

„Nicht eine Frau, die einfach nur toll aussieht, sondern eine potentielle Gefährtin, eine Gleichgesinnte."

„Ist Helena dein Typ?"

„Helena?"

„Ich habe gerade an sie gedacht. Bei Bungee-Jumping. Sie wäre der Typ dafür."

„Ich kenne Helena, seit wir Kinder waren. Unsere Eltern waren befreundet. Wir sind zusammen in den Urlaub gefahren. Helena ist das nette Mädchen von nebenan, eine gute Freundin."

„Suchst du das böse Mädchen von nebenan?"

„Quatsch! Böse! Das sind doch alles Klischees." Er war aufgebracht. „Nein. Eine feminine Frau, ein bisschen schräg."

„Was ist feminin?"

„Na hör mal, wer kann das besser wissen als du!" Ich spürte, wie mir die Röte ins Gesicht schoss. „Woher soll ich wissen, was Männer feminin finden?"

„Männer! Ich bin nicht Männer! Ich bin Kolja! Wir sind Individuen! Wir haben feminine und maskuline Anteile. Jeder von uns. Aber sie sind absolut zweitrangig. Die Gründe, warum wir voneinander angezogen werden, sind andere: Interessen. Lebensart. Was gefällt dir an einem Mann, Alice?"

„Gute Frage. Übrigens hat Fred mir zuerst gar nicht besonders gefallen. Ich war nicht verliebt. Da war etwas Anderes. Eine Provokation. Neugierde. Und sehr schnell das Gefühl, verwandt zu sein, schon einmal ein Leben miteinander verbracht zu haben."

„Wenn das so ist, dann rauft ihr euch sicher wieder zusammen für das nächste Leben. Immerhin bist du auch fremdgegangen."

„Das lässt sich nicht vergleichen. Ich meine, was zwischen dir und mir gelaufen ist, war eher … situationsbedingt."

„So fängt es immer an. Es gibt eine Situation …" Kolja strich sich über den Schädel. „Gehen wir!" Er setzte den Hut auf und zog zwei Zigaretten aus der Hosentasche.

„Wir haben es beendet. Wir sind Freunde", sagte ich, als wir draußen waren. „Ja!" bekräftigte er. Wir gingen schweigend zum Wagen und klammerten uns an die Zigaretten. Kolja ließ mich das Haus aufschließen und trat nach mir ein. „Diese Vase dort." Er zeigte auf die braune, bauchige Bodenvase neben dem Kamin. „Siehst du die Klebespuren? Erika hat sie zertrümmert. Vor vielen Jahren war das. Ich hatte sie noch nie so wütend gesehen. Es war im Frühling. Es war noch kalt. Der Winter im Häuschen lag hinter uns. Mein Bruder hatte täglich in der Veranda

Violoncello geübt. Papa war kaum zu Hause gewesen. Erika hatte unser Familienleben samt Hausaufgaben allein gemanagt. Ich war zwölf. An diesem kalten Apriltag ist Papa gekommen und hat uns gesagt, dass es eine andere Frau gibt, mit der er zwei Kinder hat und dass er oft dort war in den letzten Jahren, in seiner zweiten Familie. Er sagte, dass es ihm leidtut. Es war dieser Satz, der mich so wütend gemacht hat, dass ich Lust hatte, ihn zu verprügeln." Koljas wasserhelle Augen, die gerade, schmale Nase und die Kerben, die von den Nasenflügeln zu den Mundwinkeln liefen. Das Gesicht des wütenden Zwölfjährigen legte sich über seinen Ausdruck. So wollte ich ihn zeichnen. „Erika hat nichts davon geahnt?"

„Es hat sie wie ein Schuss in den Rücken getroffen. Sie wurde krank. Ihre Nieren versagten. Sie lag mehrere Wochen im Krankenhaus. Ich habe Vater niemals verstanden. Bei seiner Beerdigung viele Jahre später haben wir seine zweite Frau und ihre Kinder zum ersten Mal gesehen. Heute weiß ich, dass er sich gelangweilt hat mit uns." Ich nahm Koljas Hand und hielt sie an meine Wange.

Wir schliefen in Erikas Bett. Ich musste weinen, als wir uns liebten. Ich weinte nicht, weil ich die Frau für das Bungee-Jumping nicht sein konnte. Ich weinte, weil das abenteuerlustige Mädchen, das über den Baumwipfeln gewesen war, nicht wiederkam. Er küsste meine Tränen fort. „Ist ja gut."

„Du hast viel für mich getan."

„Ich habe das gern getan."

„Ich liebe Fred. Ich brauche ihn." Ich stand auf und ging nach draußen, setzte mich auf die Schwelle und blickte in die funkelnden Sternenhaufen. „Möchtest du lieber allein sein?" Kolja stand hinter mir. „Nein." Er setzte sich neben mich auf die Schwelle. Wir waren beide nackt. Ich stellte mir meine Schamlippen vor, wie die Schwelle in sie hineindrückte. Sie waren so weich. Als ich mich zuletzt nackt im Spiegel betrachtet hatte, war mir aufgefallen, dass sie jetzt nach unten hingen und zwischen ihnen ein Spalt war. Der Faun hatte das gemocht. Ich küsste Kolja auf die Wange. „Es tut gut, mit dir zu reden. Ja. Das ist es. Ja."

„Ich mag diese Vehemenz, mit der du ‚ja' sagst. Alice. Kannst du noch einmal ‚ja' sagen?

„Ja."

29

„Ist jemand da?" Ich erkannte die dunkle Stimme von Koljas Mutter sofort. Ich wagte nicht zu atmen und drehte die Dusche ab. Wassertropfen knallten in die Wanne. „Bitte entschuldigen Sie!" Meine Stimme versagte, als ich ihr im Flur gegenübertrat. „Sie wussten nicht, dass ich hier bin? Kolja hat Ihnen nichts gesagt?" Ihr Schreck löste sich. Aber sie fixierte mich wie die Schlange das Kaninchen. Sie sah fantastisch aus in dem bunt bestickten Sommerkleid. Ihr weißes Haar fiel lockig auf die Schultern. „Ich bin Alice. Wir haben uns schon einmal auf dem Kunstmarkt gesehen. Sie haben eine Zeichnung von mir gekauft. Das Aquarell auf dem Kamin. Der Faun. Tut mir leid, dass ich Sie erschreckt habe und in diese blöde Situation bringe. Ich verschwinde sofort." Das Wasser aus meinen Haaren tropfte auf das Linoleum. Erika trug flache Sandalen aus silbernem Leder. Ihre Zehennägel waren schillernd grün lackiert. „Nun trocknen Sie sich doch erst einmal ab." Ich ging zurück ins Bad, sammelte meine Haare aus dem Abfluss und knüllte sie zu einer kleinen Kugel. Erika bereitete in der Küche einen Tee. „Der Zug nach Berlin ist gerade fort. Trinken Sie noch einen Tee mit mir und dann nehmen Sie den nächsten in einer Stunde." Sie klang freundlich, beinahe fürsorglich. Ich warf mir das Kleid über und blieb bei ihr in der Küche. Sie schüttete Kekse in eine Holzschale. „Woher kennen Sie Kolja und Marie?" Marie. Ihr Name wurde von denselben Vokalen getragen wie meiner. Aber der Klang von Marie beschrieb einen gleichmäßigen Bogen, eine harmonische Wölbung, wie eine Brücke über einen Fluss. Alice zischelte am Ende wie eine Schlange. Alice hatte gelernt schnell zu verschwinden, unsichtbar zu sein. Alice war immer auf der Flucht. Auch jetzt wieder. Ich drehte das Haarknäuel in den Fingern. „Ich arbeite mit Kolja zusammen. Manchmal."

„Dann sind Sie auch Architektin?"

„Designerin für Innenarchitektur. Ich schreibe gerade an meiner Abschlussarbeit. Bei Kolja habe ich im letzten Herbst ein Praktikum gemacht. Dann hatten wir einen Auftrag und … das war's auch schon. Seither haben wir nicht mehr zusammengearbeitet." Erika goss den Tee in eine getöpferte, bauchige Kanne und nahm zwei passende Schalen aus dem Schrank. Sie stellte alles auf ein Tablett, reichte es mir und bat mich, es nach oben auf die Terrasse zu tragen. Sie nahm die Kanne. Oben stellte sie die Kanne auf das gedrechselte Geländer, klappte einen Tisch auf und legte eine Leinendecke darauf, bunt bestickt wie ihr Kleid. Ich wollte rauchen, um mich zu entspannen, aber ich durfte unter keinen Umständen etwas tun, das ihr missfallen könnte. Ich spürte den Druck, mich zu erklären und fürchtete zugleich, diesen Moment damit zu zerstören. Sie schenkte Tee ein. Ich bedankte mich, legte die Hände in den Schoß und presste die Nägel in das Haarknäuel. „Wissen Sie, Kolja wollte mir helfen. Er hat gesehen, dass es mir nicht gut geht. Weil ich mich gerade von meinem Freund trenne. Kolja hat gesagt, dass ich ein paar Tage hierbleiben kann, um mich auszuruhen. Zuerst wollte ich nicht, aber als ich das Haus betreten habe ... und mein Bild auf dem Kamin ... da wollte ich es plötzlich doch … er hätte Ihnen Bescheid sagen sollen." Erika nippte an ihrem Tee. Sie sah erschöpft aus. „Waren Sie lange mit Ihrem Freund zusammen?"

„Ein Jahr."

Sie nickte. Ich wartete. Wieso erwiderte sie nichts, irgendetwas über die Länge oder Kürze eines Jahres, über die Zeit und die Liebe. Oder, dass auch ein Monat bedeutend sein konnte für zwei Menschen, sogar eine Woche, ein Tag … Es gab doch so viele kluge Dinge, die sie mit ihrer dunklen Stimme über die Zeit hätte sagen können. Sie hasste mich. Sie wollte allein sein mit ihrer gestickten Decke, dem getöpferten Teeservice, den feinen Butterkeksen, mit den Bäumen und dem Wind. Ihr Gesicht blieb unbewegt. „Lieben Sie ihn?" Ich schluckte gegen den

Kloß im Hals. „Er hat jetzt eine Freundin in Brüssel, wo er meistens arbeitet. Das war ein Schock für mich. Ich habe nicht gedacht, dass er mich anlügen würde. Ich habe geglaubt, dass er mich dringend braucht, dass er ohne mich ganz verloren ist. Na ja, dieses Gefühl hat er mir jedenfalls gegeben. Aber jetzt ist mir klargeworden, dass es ihm viel besser geht als mir. Er wohnt in zwei Städten, hat zwei Frauen und … Geld."

„Was an diesem Leben ist besser als an Ihrem?"

„Wie bitte? Oh … eigentlich nichts. Ich meine nur … es geht ihm doch gut mit einer Frau in Berlin und einer anderen in Brüssel. Ich hole hier seine Pakete von der Post und kümmere mich um unsere Wohnung, die andere in Brüssel saniert seine Zähne. Sie ist Zahnärztin." Erika nickte. Sie schien auf einmal unsicher, wie damals auf dem Markt, als sie sich verabschiedet hatte und ihr das Lächeln auf halben Weg gefroren war. Ich musste den Blick von ihr abwenden, weil diese Unsicherheit mich verlegen machte. Als sie das nächste Mal ihre Teetasse an die Lippen hob, tat ich es auch. Ich hatte mal gelesen, dass es Verbindung schafft, die Geste des Gegenübers zu wiederholen. Von den Keksen wagte ich nicht zu nehmen. Ich musste reden, um einen Halt zu finden. Vielleicht überforderte ich sie mit meiner Geschichte. Wir kannten uns ja noch gar nicht und schon zog ich sie in meine Beziehungsprobleme. Ich erzählte vom Studium, der Abschlussarbeit und dem Praktikum bei Kolja. Ich redete und redete und kicherte. Ich war völlig ratlos. Am liebsten hätte ich losgeheult. „Was möchten Sie nach dem Studium machen?" Endlich. Mit dieser warmen Traurigkeit in der Stimme. „Kolja hat mich auf die Idee gebracht, Lichtlösungen zu entwickeln." Sie schien darüber nachzudenken. „Sie malen ja auch. Sie haben ein Gespür für Farbe. Vielleicht Licht- und Farbkonzepte."

„Ja. Ja. Das gefällt mir." Oh Gott, ich schnappte völlig über, nur, weil sie einen Satz gesagt hatte. Sie lächelte. Es war das erste Mal, dass sie lächelte.

„Es ist schön hier, besonders der See."

„Finden Sie?" Sie freute sich plötzlich wie ein Kind. „Haben Sie den See gezeichnet?"

„Noch nicht." Ich bereute augenblicklich, den See nicht gezeichnet zu haben. Eine echte Künstlerin hätte es getan. „Die Bilder unten in der Veranda sind von Ihnen?"

„Ja."

„Mir gefällt die Zeichnung von dem Liebespaar."

„Das ist nur eine Skizze."

„Wo haben Sie studiert?"

„Ich habe nicht studiert."

Ich schluckte das verhasste, alberne Kichern, das noch oben kullern wollte, gerade noch rechtzeitig wieder hinunter. „Sie sollten etwas tun, um weiterzukommen. Die Hochschulen bieten manchmal Abendkurse an. Ich glaube, sie beginnen im Herbst. Wahrscheinlich läuft gerade die Anmeldung." Sie trank etwas Tee, legte den Kopf in den Nacken und schloss die Augen. In Gedanken skizzierte ich die starken Wangenknochen, die breite Nase und den gleichmäßigen, sinnlichen Mund. Als sie blinzelte, wich ich in die Kiefern aus. Ich fragte nach ihrem Theater in Rostock. „Wir inszenieren gerade ‚Republik Vineta' von Moritz Rinke. Kennen Sie das Stück?" Ich schüttelte den Kopf. „Gestern hatten wir eine heftige Auseinandersetzung, der Intendant und ich. Deshalb bin ich eher abgereist." Erika erzählte das ohne Bitterkeit oder Groll, als sei der Streit Teil des Arbeitsprozesses, ganz normal. „Gehen Sie ins Theater, Alice?"

„In letzter Zeit kaum. Ich habe zu viele Stücke gesehen, die mich nicht berührt haben. Manchmal lese oder höre ich eine Rezension und denke, dass ich mir das Stück ansehen möchte, aber dann kommt etwas dazwischen, ein Job oder eine Hausarbeit. Ich arbeite gerade sehr viel. Ist auch eine Frage des Geldes." Die Küchen fielen mir ein, die ich längst hätte liefern müssen. Ich hatte sie völlig verdrängt. „Darüber reden wir oft im Theater. Manchmal mögen die Zuschauer ein Stück und andere Theatermacher lachen uns dafür aus. Ich will aber keine Stücke machen, die nur ein kleiner Kreis Eingeweihter versteht." Ich dachte an die zertrümmerte Vase und versuchte, sie mir wütend vorzustellen. Ich sah, wie sie die Vase emporstemmte und warf. Ihr schlanker Körper war kraftvoll. Wenn ich sie zeichnen würde, dann als die Große Nackte von Picasso. Wieder entstand ein Schweigen zwischen uns. „Sie sind im See getaucht, Alice?"

„Wie bitte? Ach so. Ja." Sie hatte die Taucherbrille entdeckt. Erika schob die Keksschale in meine Richtung. „Essen Sie!"

„Ich würde lieber eine Zigarette rauchen, falls Sie nichts dagegen haben."

„Nein. Bitte. Rauchen Sie."

„Danke." Meine Hände zitterten, als ich die Zigarette anzündete. „Also, diese zweite Frau ist einfach bei mir aufgetaucht und hat mir alles erzählt. Mein Freund hat immer alles abgeleugnet, wenn ich ihn gefragt habe. Diese Frau kommt und erzählt mir alles mit einem Lächeln. Sagt, dass sie schon so viel von mir gehört hat und mich endlich kennenlernen will. Sie ist verrückt. So etwas tut doch keine Frau, die ein bisschen nachdenkt, oder? Sie ist völlig verrückt."

„Oder verzweifelt." Erika sprach leise in Richtung der Bäume, als denke sie laut nach. „Ich denke, eine Frau tut so etwas, wenn sie verunsichert ist." In ihren Augen war etwas von Koljas Porzellanpuppenblick, obwohl Kolja nicht ihre Augen hatte. Er musste diese hellblauen Augen von seinem Vater haben. Aber der zärtliche, besorgte Ausdruck war von Erika. Kein Mitleid, sondern Vorsicht und fürsorgliche Distinktion. Das Meer bei Ebbe in seiner weiblichen Form. „Wahrscheinlich wollte Fred keine von Ihnen verletzen. Nun hat er sie beide verletzt."

„So habe ich die Geschichte noch gar nicht gesehen."

„Sie wollen ihn wirklich verlassen deswegen? Brauchen Sie ihn nicht?"

„Ob ich ihn brauche? – Das ist doch keine Liebe."

„Sind Sie sicher? Liebe ist so viel." Die warme Melancholie in ihrer Stimme. „Was soll ich denn tun? Er lässt mir keine Wahl. Er ist in Brüssel, ich bin hier."

„Kann er die Arbeit in Brüssel nicht beenden und zu Ihnen zurückkehren? Wenn er dazu bereit wäre, wäre das ein Zeichen …" Ich nahm einen tiefen Zug und dachte darüber nach. „Ja. Das könnte er. Aber ich bin nicht sicher, ob ich das überhaupt noch möchte." Ich drückte die Zigarette aus und behielt die Kippe in der Hand mit dem Haarknäuel. Erika schob mir die Keksdose zu. „Essen Sie, Alice!"

Ich nahm einen Keks.

„Wo ist Fred jetzt gerade?"

„In Brüssel."

„Sie sind allein, wenn Sie nach Hause kommen?"

„Könnte sein, dass er am Wochenende kommt. Er kann jederzeit auftauchen. Ich möchte ihn nicht treffen, aber er wird meinen Wunsch nicht respektieren." Ich nahm noch einen Keks. „Ähm … ich will den Zug nicht verpassen." Sie sah auf ihre kleine, goldene Armbanduhr. „Der ist weg. Wir haben uns verplaudert."

„Oh." Ich war froh. Sehr froh. Erleichtert. Ich nahm noch einen Keks. Erika stellte den Wecker in ihrem Telefon, damit ich den nächsten Zug nicht wieder verpasste. „Dann suchen Sie eine neue Wohnung." Ich nickte. Die Kekse schmolzen sandig auf der Zunge. „Sie haben Hunger, Alice. Möchten Sie ein Käse- oder Salamibrot?"

„Nein, danke, auf gar keinen Fall. Ich höre jetzt auf. Die sind wunderbar."

„Essen Sie!" Ich griff nach dem letzten Keks. „Ich finde nicht heraus, was zwischen Fred und der anderen ist. Ich traue mich nicht zu fragen, weil ich Angst vor den Antworten habe. Ich weiß schon zu viel."

„Sie brauchen jemanden zum Reden."

„Ja."

„Können Sie denn arbeiten?"

„In unserer Wohnung geht gar nichts mehr."

„Sie könnten bei Kolja arbeiten." Ich hatte Lust, meine Wange in ihr volles Haar zu drücken. Ein kühler Wind kam auf. Wir räumten den Tisch ab. Ich trug das Tablett nach unten und suchte meine Sachen zusammen. „Soll ich Ihnen eine Mappe für die Skizzen geben, Alice?"

„Das wäre wunderbar." Als sie an mir vorbei in die Veranda ging, erkannte ich den frischen, kräftigen Duft aus ihrer Jacke, die ich getragen hatte. „Sind das Fred und Sie?"

„Eigentlich ist das ein Mädchen mit ihrem Vater."

„Haben Sie Kinder?"

„Eine Tochter. Sie hat gerade das Abi gemacht."

„So eine große Tochter!" Erika hatte zwei Pappen gefunden und klebte sie mit Papierband zusammen.

„Bin eine echte Spätzünderin!"

„Wieso?"

„Ich habe mit dem Studium begonnen, als Jolanda mit dem Abitur angefangen hat."

„Das gefällt mir."

Ich legte die Skizzen zwischen die Pappen. Auf der Dachterrasse klingelte der Wecker. Erika brachte mich an die Gartenpforte und zeigte mir den Weg zum Bahnhof. Ich lief den staubigen Feldweg entlang. Ein kalter Wind blies mir entgegen. Es würde bald regnen. Am Bahnhof suchte ich eine windschattige Stelle. Das alte Gebäude war verschlossen, die Türen mit Brettern vernagelt. Der Zug erschien und hielt. Ich wollte nicht weg. Ich durfte nicht zurück in die Remise. Hier, an diesem Ort war ich richtig. Nichts und niemand stand mir im Weg. Der Zug hielt. Niemand stieg aus oder ein. Der Zug wartete. Ich kam mir blöd vor, reglos an der Hauswand zu bleiben. Wahrscheinlich beobachtete mich der Lokführer in seinem Spiegel. Wahrscheinlich starrten alle Leute im Zug zu mir. Ich war unfähig, einen Schritt zu tun, weder vor noch zurück. Als klebten meine Füße im Sand. Mein Herz schlug. Der Zug setzte sich in Bewegung. Ich atmete auf, sah ihm nach, dann rannte ich den Weg zurück. Ich klingelte an der Gartenpforte. Es dauerte einen Moment, bis Erika öffnete. „Darf ich reinkommen?"

„Bitte." Ich lief ihr über die zerbrochenen Wegplatten entgegen. „Darf ich heute Nacht hierbleiben?" Ich stieß diesen Satz schnell hervor. Er war wie ein Schleusentor. Tränen fluteten ihm nach. „Kommen Sie erst einmal rein! Sie sind ja ganz kalt." Mit einer Stimme wie die Sanitäterinnen im Ferienlager. Sie schob mich sanft zum Sofa. Sie brachte Taschentücher. Ich hörte sie Holzscheite in den Kamin werfen, dann ein Streichholz und Papier, das knisternd Feuer fing. „Weinen Sie!" Ich schluchzte und heulte wie an jenem Tag in der S-Bahn nach dem Besuch der anderen Frau. Ich blickte auf. Das Feuer brannte im Kamin. Erika war verschwunden. Ich trat vor den Kamin und hielt meine Handflächen gegen die wabernde Hitze. Ein Schauer durchlief mich. Die Scheite knisternden und glühten. Erika brachte ein Paar Socken. „Danke! Vielen Dank!" Die Socken waren glatt und stabil und sauber, ganz anders als meine, die immer ein bisschen schmutzig und an den Fersen durchgerieben waren. Erika kauerte sich neben mich. Wir blickten beide in die Flammen. Ich wischte mir die Nase mit dem Handrücken ab. „Sie können gern heute Nacht hierbleiben, Alice." Der Regen schlug gegen das Fenster. „Ich werde uns etwas zu essen machen. Holen Sie ein paar Kräuter aus dem Garten? An der Tür stehen Gummistiefel." Mit den frischen Kräutern in der Hand aus dem Regen in das vom Feuer trockene, warme Häuschen dieser Frau zu treten, war das reine Glück. Ich spülte und schnitt die Kräuter und streute sie über die Omeletts, die Erika buk. Zum Essen öffnete sie eine Flasche Wein. Es war köstlich. „Sie brauchen Hilfe, Alice. Sie sollten nicht zurück zu Fred gehen. Was ist mit Ihren Eltern?"

„Die können mir nicht helfen."

„Haben Sie Freunde oder Verwandte, bei denen Sie vorübergehend leben können?"

Ich trank einen großen Schluck Wein und schaute in die Flammen. „Nein."

„Sie sind ziemlich allein. Wieso?"

„Keine Ahnung. – Kolja ist ein Freund. Sie auch. Sie haben ein Bild von mir gekauft."

„Ich bin eine Spätzünderin, Alice. Das Theater haben mein Freund und ich vor fünfzehn Jahren gegründet, da war ich schon fast Rentnerin. Ich habe mein Leben in einer Bibliothek verbracht. Er kommt vom Theater, aber ich hatte einfach nur Lust drauf. Zuerst haben wir es in Berlin versucht, das ging nicht gut. Mein Freund hat inzwischen eine Rostocker Schauspielerin geheiratet. Ich pendele. Es macht Spaß, aber der Druck wird größer. Wir müssen immer neue Geldgeber finden."

„Ich möchte mir das neue Stück unbedingt ansehen, wenn es fertig ist."

„Dann kommen Sie zur Premiere im September." Ich spürte die Wirkung des Weins und hatte Lust, Erika alles zu erzählen, von Anfang an, auch die Geschichte mit Kolja, vor allem die Geschichte mit Kolja. „Auf den Skizzen, das ist mein Vater und das Mädchen bin ich. Na ja, so ungefähr. Ich weiß nicht, wie ich als Kind ausgesehen habe. – Übrigens fällt mir gerade ein, dass ich eine Tante habe, Vaters Schwester Heidi. Sie wohnt bei Tangermünde. Ich wollte sie eh besuchen. Ich habe sie eine Ewigkeit nicht gesehen. Mit ihr wollte ich über meinen Vater reden, über ihre Kindheit, über seine Familie. Darüber wurde bei uns zu Hause nie gesprochen. Es interessiert mich gerade. Irgendwie kommt es mir so vor, als hinge alles zusammen, aber ich sehe keinen Zusammenhang."

„Sicher hängt alles zusammen. Ich finde es eine gute Idee, zu Ihrer Tante zu fahren. Dort werden Sie es herausfinden."

„Glauben Sie?"

„Ja."

Wir schwiegen wieder.

„Ich werde noch ein bisschen arbeiten, Alice. Wir brauchen für das Stück mehr Ideen. Die Inszenierung ist noch zu schwach. Ich bringe Ihnen ein Bett. Sie können auf dem Sofa schlafen." Ich half ihr mit dem Bett. Sie ging zum Arbeiten in die Veranda. Ich schenkte mir noch ein Glas Wein ein und setzte mich wieder vor den Kamin, blickte in die Glut und lauschte dem Regen, der gegen die Fenster schlug.

30

Ich öffnete das Fenster über dem Schreibtisch. Das Rauschen der Stadt umhüllte den Hof. Am Himmel zeichnete ein Flugzeug summend eine Wolkenbank. Es war warm, aber nicht zu warm. Ich hätte nackt bleiben können nach der kalten Dusche, zog aber ein weißes Hemd von seinem Drahtbügel auf der Kleiderstange. Fred hatte es an unserem ersten Abend, am Tag nach dem Unfall getragen. So setzte ich mich auf den Boden und blätterte in meinen Zeichnungen.

Fred rief an. „Wo bist du? Zu Hause?"

„Nein."

„Wo bist du?"

„An einem Ort ..."

„Aha."

„Ich kann dir die Adresse nennen."

„Brauche ich nicht."

„Gut."

„Dann sehen wir uns also nicht. Ich komme deinetwegen, Lissi."

„Nicht nötig."

„Wir müssen reden."

Ich biss mir in den Finger. Reden.

„Also wann können wir reden?"

„Das kann ich gerade nicht sagen. Gib mir Zeit, ja!"

„Ich bin in einer Stunde in Berlin. Dann rufe ich dich wieder an."

Ich riss mit den Zähnen an einem Stück Nagelhaut. Das hier war nie mein Zuhause gewesen. Ich würde nichts von diesem Ort mitnehmen außer meinen Stiften und Kreiden, der Kohle und dem Skizzenblock. Die rosa Pumps blieben hier.

Es tröstete mich, die Zeichnungen anzuschauen. Sie waren nicht schlecht. Sie waren das Beste, was von der Zeit mit Fred geblieben war. Sie hatten zu Kolja und zu Erika geführt. Ich war nicht mehr allein. Ich würde nie mehr allein sein, solange ich zeichnete und andere meine Zeichnungen betrachteten. Ich blätterte weiter. Ich musste mich beeilen. Sie waren nicht schlecht, aber auch nicht wirklich gut. Es spielte ja auch keine Rolle, ob ich im Abendkurs angenommen würde. Oder doch? Wenn eine Ablehnung käme, würde sie wehtun. Sie wäre mir nicht egal. Aber ich würde damit klarkommen. Ich würde mich wieder bewerben. Ich konnte nicht aufgeben. Verflixt! Das also war die Zukunft. An dieser Front kämpfte ich jetzt für ein Zuhause, denn es würde dort sein, wo ich zeichnen konnte. Also auch hier? Ja! Auch hier, verdammt!

Ich spürte plötzlich meinen Hunger und beschloss, etwas für Fred und mich zu kochen. Ich kaufte Kartoffeln, Zwiebeln, frischen Ingwer und rote Linsen. Ich nahm Joghurt, eine Gurke und Dill.

Zum letzten Mal kochte ich in dieser Küche. Ich musste mir den Ort einprägen. Er gehörte zu meiner Geschichte. Schließlich hatte ich hier gesessen und gezeichnet, in so vielen Nächten. Ich schälte die Kartoffeln, briet die Zwiebeln an, schüttete die Kartoffelstückchen zu den Zwiebeln in die Pfanne, goss Wasser an und gab frische Ingwer- und Kurkumastückchen hinein, Koriander, Zimt und Chili.

Der Rollkoffer holperte über den Gartenweg und kurz darauf über die Schwelle der Werkstatt. Fred kam die

Treppe herauf. „Du bist doch hier? Ich habe das gewusst. Du hast gekocht?"

„Ist noch nicht fertig." Er sah gut aus. Er war schon wieder tiefbraun. Seine Haare waren frisch gewaschen. Sie glänzten. Er füllte ein Glas mit Wasser und trank gierig. Ich zündete eine Zigarette an und sog den Rauch tief ein. Er verlor kein Wort darüber, dass ich rauchte. Wir deckten den Tisch. Das hatten wir noch nie zusammen gemacht. Als wären wir jetzt erst ein Paar. Das Essen brannte im Rachen. „Das ist höllisch." Er verzog das Gesicht. „Nimm von der Joghurt-Soße mit Gurke. Das hilft." Er schob seinen Teller weg. „Ich habe mich von Eva getrennt. Wir werden uns nicht mehr sehen. Ich komme zurück nach Berlin. Muss nur noch einige Dinge mit Jan klären." Seine Knie wippten nervös. Es machte mich wahnsinnig. „Die Wohnung in Brüssel habe ich gekündigt. Im Oktober bin ich wieder hier." Ich stand so heftig auf, dass der Stuhl hinter mir umkippte. Ich trommelte gegen seine Brust, schleuderte ihm die ekelhaftesten Beleidigungen, die ich fand, entgegen, anschließend der anderen Frau. Dann rannte ich nach unten, schnappte meine Mappe und ging. Ich lief schnell, hielt mich aber auf Normalgröße.

Ich ging in Jolandas Wohnung. Für diese eine Nacht, bevor ich zu Tante Heidi fuhr. Tante Heidi hatte sich über meinen Anruf gefreut. Eine wilde Lust auf ein anderes, neues Leben trug mich durch die Straßen.

In Jolandas Wohnung stand die Sonne genau wie vor einem Jahr auf dem Balkon, als Fred gekocht und wir hier zusammen gegessen hatten. Derselbe Lärm aus den Restaurants in der Straße. In dieser Wohnung hatte unsere Geschichte begonnen. Das Jahr mit Fred, könnte die Geschichte heißen. Ein Mann war mit einer unsichtbaren Frau zusammengeknallt. Er hatte sie berührt und ihren Körper begehrt. Gesehen hatte er sie nicht. Als sie begann, sichtbar zu werden, hatte er sie schnell gegen eine andere eingetauscht. Die Geschichte endete mit Beleidigungen und einer Mappe Zeichnungen für eine Bewerbung an der Kunsthochschule, zurückgelassenen rosa Pumps und einem geretteten Kleid, dessen hexenviolettes Mieder ich jetzt an einen Bügel klippte und zu den anderen Sachen in meinen alten Kleiderschrank hängte, zu den Jahren, in denen mein Leben gestockt hatte wie saure Milch.

31

Die Regionalbahn war gerappelt voll, aber es waren keine Ausflügler, die an diesem Tag mitten in der Woche durchs Land fuhren, abgesehen von fünf älteren Kurgästen, hell gekleidet und steif frisiert. Sie hockten wie Vögel auf der Stange auf den kleinen Sitzen im Fahrradabteil. Als hätten sie sich verabredet, fixierten sie alle fünf eine Frau mit drahtigen schwarzen Haaren und khakifarbener Haut, die mit ihren Kindern auf großen, weichen, karierten Folienkoffern saß. Ihr stämmiger Begleiter lehnte an der Tür, telefonierte laut und bohrte sich in der Nase. An der nächsten Station bugsierte ein untersetzter Mann einen Auto-Anhänger in den Zug. Das Gefährt auf zwei Rädern nahm komplett die Türbreite ein und füllte die Plattform. Zwei Mädchen waren dem Mann voraus gesprungen, schlaksig und laut, eine schmale asiatische Frau folgte ihm. Die Mädchen setzten sich auf die kleine Treppe, die in den oberen Teil des Zuges führte und packten Bücher aus. Die Frau glitt an dem Anhänger vorbei und blieb dann an der Tür auf der anderen Seite der Plattform stehen, aufrecht wie ein Schilfrohr. Ihr glattes, schwarzes Haar schmiegte sich an die Linie ihrer Wangen. Auf ihrer Sommerbluse lag ein Amulett aus Federn und Muscheln. Sie war etwas zwischen einer Squaw und einer Madonna.

Ich musste sie anschauen, mir ihr Gesicht einprägen, um es später zu zeichnen. Der Mann schob sich die Haare aus der geröteten Stirn. Als der Schaffner sich zu uns durchdrängelte, erklärte er ihm, dass der Anhänger ein Gepäckstück mit dem Umzugsgut der Familie sei. Er habe das am Fahrkartenschalter geklärt. Die Kurgäste begannen zu tuscheln. Der Schaffner war jung, sein Jackett zu weit. Die Schaffnertasche zerrte es von der Schulter. Der Mann mit dem Anhänger fixierte ihn kampfbereit. Ich hielt die Luft an, aber der junge Schaffner stempelte ohne ein Wort die Tickets und ging weiter. Ich kämpfte dagegen an, loszuheulen, so sehr erinnerte mich der Mann an Fred. Sein Trotz. Diese Kampfeslust. Sperrig wie sein Gepäck. Schnell wand ich den Blick aus dem Fenster, über das flache, weite Land, die Felder und Furchen, die sich wie ein Fächer zum Horizont hin ausbreiteten. Ich sah Fred und mich auf Fahrrädern dem Wind entgegentreten, an abgeernteten Sommerfeldern vorbei, begleitet von Vögeln, die gegen den Wind flatterten. Ich kämpfte gegen die Lust, Fred anzurufen und ihm von dieser Familie zu erzählen. Sie würde ihm gefallen. Ich könnte mich für die Schläge entschuldigen. Nein. Das nicht. Einfach nur reden. Die Vereinbarung treffen, nie mehr zu streiten. Den anderen SEIN lassen. Wieso war das so schwierig? Oder in den Autoanhänger klettern, unter die Plane kriechen, als Begleiter des Kriegers, der Squaw und ihrer Mädchen durchs Land ziehen, von See zu See. Der Mann hatte sich zu den Mädchen auf die Treppe gesetzt. Sie spielten Name Stadt Land. „Göttingen!" rief eines der Mädchen plötzlich. „Wo ihr studiert habt, Mama!" Die Squaw antwortete ihrer Tochter mit einem langsamen Lidschlag. War eine Liebe zu Ende, wenn wir sie noch beweinten? Warum ließ sich der Schmerz nicht ausschalten wie ein Filmprojektor? Warum konnten wir unsere Geschichten nicht wie ein Buch vor dem Einschlafen zuklappen? In der Nacht in Jollis Wohnung hatte ich wieder kein Auge zugetan.

32

Tante Heidi war eine stattliche Frau, auf dem Bahnsteig nicht zu übersehen. Ich lief zögernd auf sie zu. Sie würde mich nicht erkennen. Es war zu lange her. Ich hatte mich völlig verändert. So viel war passiert. Doch Heidi kam mir schnell entgegen, nahm mir ohne ein Begrüßungszeremoniell den Blumenstrauß aus den Armen und griff nach meinem Rucksack. „Schnell, ich stehe im Halteverbot!" Ich hatte Mühe, mit ihr Schritt zu halten. Sie warf meinen Rucksack und den halb ausgewickelten Strauß in den Kofferraum des Geländewagens und schob mich auf den Beifahrersitz. Es war glühend heiß. Tante Heidi wuchtete sich hinters Steuer, warf den Motor an, pustete die Haare aus der nassen Stirn und zerrte das T-Shirt aus ihren Bauchfalten. Sie fluchte auf die Hitze, das Halteverbot und den Verkehr. Erst an der nächsten roten Ampel wandte sie sich mir zu und umfing mich mit ihrem feuchtwarmen Körper. „Das ist schön, dass wir uns mal wiedersehen."

„Wie geht's dir, Tante Heidi?"

„Frag lieber nicht." Sie lachte bitter und drückte die Scheibenwischanlage. Ein Wasserstrahl prallte vor uns gegen die Frontscheibe und wischte Insektenleiber und

Staub an die Ränder. Die Ampel schaltete auf Grün. Sie gab kräftig Gas. „Das wird nichts mehr mit mir."

„Wieso sagst du das?" Ich wollte meine Hand auf ihren nackten Arm legen. Er war blassrosa mit graubraunen Leberflecken. Sie war mir sofort wieder vertraut. „Bin ein Wrack." Sie lachte wieder. „So siehst du nicht gerade aus." Tante Heidi hatte seit ihrer Jugend mit schwerem Rheuma zu kämpfen und die verschiedensten Medikamente und Methoden ausprobiert. Einmal hatte sie von einer Behandlung in eiskalten Kammern berichtet. Ich war noch ein Kind gewesen und hatte mich gefragt, wie stark Schmerzen sein müssen, damit jemand sich nackt minutenlang in eine eiskalte Kammer begab. Aber auch die Kältekammern hatten nicht geholfen.

„Reden wir von erfreulichen Dingen." Sie blickte mich kurz an. Tante Heidis Haare waren komplett ergraut, aber noch immer voll und lockig. In ihrem Ausdruck war etwas Kindliches, das zwischen Schrecken und Staunen oszillierte. Ich kannte diesen Blick von früher. Wenn sie mich so ansah, war es, als schob sie mich mit Blicken von sich weg, nicht in einer aggressiven Weise, eher als empfinde sie eine Trennung zwischen uns, eine Grenze. Vielleicht ging sie in eine Art Fluchtmodus. Etwas an ihr war verwirrend echt. Darin glich sie Erika. Allerdings wirkte

Erika erwachsener. Heidis Blicke waren trotzig: *Hier bin ich. Kommt mit mir klar oder lasst es bleiben.*

„Wie geht es Sven?"

„Er weiß, dass du kommst. Aber im Sommer kriegt er keinen Urlaub. Er arbeitet grade in Holland. Vielleicht schafft er es am Wochenende mal. Aber meist arbeiten sie auch am Wochenende." Mein Cousin Sven suchte Baustellen nach Blindgängern aus dem Zweiten Weltkrieg ab. Es rührte mich, dass Tante Heidi ihm erzählt hatte, dass ich auf Besuch kam. Das letzte Mal, als ich hier gewesen war, waren wir mit dem Motorrad zum Tanzen nach Tangermünde gefahren. Ich war fünfzehn oder sechzehn Jahre alt gewesen. An den Club erinnerte ich mich nicht mehr. Wahrscheinlich fand ich ihn damals uninteressant. Schon als Kinder hatten Sven und ich uns gut verstanden. Tagsüber waren wir im Labyrinth der Wirtschaftsgebäude des Hofes umhergeschlichen, nachts hatten wir ferngesehen. Tante Heidi und Onkel Manni waren von der Arbeit auf dem Hof so erschöpft gewesen, dass sie vor dem Fernseher eingeschlafen waren, während wir einen Film nach dem anderen geschaut hatten, Filme, in denen richtig geschossen wurde und Krieg war, Filme, die Mutter mir verboten hatte. Vater hatte wach neben uns gesessen und mitgeschaut.

Wahrscheinlich hatte er keine Lust gehabt, uns ins Bett zu jagen.

Nach der Schule hatte Sven eine Ausbildung zum Tischler gemacht, aber bald keine Arbeit mehr gefunden. „Hat er eine Freundin?"

„Die ist ihm vor Weihnachten weggelaufen. Das war eine Tragödie. Ich kann dir sagen! Hat sich wochenlang bei Muttern ausgeheult. Wollte nicht mehr leben. Will sich nie wieder mit ner Frau einlassen, sagt er. Sie hat einfach mit nem Andern rumgemacht, während er in Polen war. Sag mal, haben die alle keinen Anstand mehr?" Tante Heidis Wut war tröstlich, ihre klare Definition von Anstand, ihr Weltbild, in dem Menschen sich bewusst entschieden, entweder gut oder böse zu sein, und genau definierte Regeln des „Anstands" das Maß jeder Bewertung waren. Diese Einfachheit war entlastend. Es wäre zu kurz gegriffen, sie dumm oder unaufgeklärt zu nennen. Schließlich lebten wir in einer Gesellschaft mit Regeln und Gesetzen, nur dass eine urbane Klasse, die sich für fortschrittlich hielt, diese Regeln billig und die Gesetze überholt und ungerecht fand. Unser Grundrecht lautete: Wer liebt, ist im Recht. Liebe durfte niemals verurteilt werden. Liebe war Liebe war Liebe war selbst das höchste Gesetz im Universum. Unsere Toleranz war so unbequem wie ein Nagelbett, aber das hielten wir mit zusammengepressten Zähnen aus. „War Sven lange mit ihr zusammen?"

„Fünfzehn Jahre."

„Fünfzehn Jahre!? – Dann war sie seine erste Freundin?"

„Davor hatte er schon mal eine, aber nur kurz."

„Haben sie Kinder?"

Heidi schüttelte den Kopf.

„Alle kommen mit Liebeskummer zu dir." Es sollte lustig klingen, aber meine Stimme versagte. Ich ließ die Tränen laufen. „Kinder, was macht ihr nur!" Tante Heidi nahm meine Hand und drückte sie. Genau wie Kolja es im Auto getan hatte. Es gab so wunderbare, einfache Zeichen von Nähe.

Heidis Mann, Onkel Manni, war vor einigen Jahren gestorben. Ich hatte kaum Notiz von seinem Tod genommen, ihr nicht einmal eine Karte geschickt oder angerufen. Mutter hatte mir davon erzählt. Es war besser, durch den Tod getrennt zu werden als durch eine mangelnde Begabung für das Glück. Der Tod setzte den gültigen Schlusspunkt hinter ein gemeinsames Leben. Er war eine traurige Angelegenheit, aber sein Kern war süß. Er vollendete die Liebe. Die ganze Welt nahm Rücksicht, wenn jemandes Mann oder Frau gestorben war. Es geschah aus Respekt vor einer Lebensleistung. Mir und meinem Liebeskummer stand dieser Respekt nicht zu.

Die Dorfstraße war leer, die Gärten aufgeräumt. Bei Tante Heidi hatte sich nichts verändert. In der Küche stand der große, gekachelte Tisch noch immer in der Mitte des Raumes. Die Kacheln waren so weiß wie damals, als viele Leute täglich hier ein- und ausgegangen waren und daran gegessen hatten, als es noch einen Kuhstall gegeben hatte, der ausgemistet werden musste und Hühner, die auf die Wege gekackt hatten und einen Acker, auf den Tante Heidi am Nachmittag mit Gummistiefeln gestapft war, um Erbsen, Mohrrüben und Kartoffeln zu ernten. Onkel Manni hatte an den Sonntagmorgen missmutig allein an dem sauberen Tisch vor seinen Wurstbrötchen gehockt und in das stille Interieur geschaut, einen Finger im Henkel seines Kaffeepot. Es war leicht für uns Kinder gewesen, unter den trüben, gleichgültigen Blicken der Erwachsenen hindurch zu huschen und in einer Kammer oder Scheune in eine Fantasiewelt abzutauchen.

„Setz dich. Stärke dich erstmal. Liebeskummer zehrt. Bist ja nur noch ein Strich in der Landschaft." Ich hielt den halb ausgewickelten Strauß in der Hand. „Hast du eine Vase?"

„Zirka zweihundert." Tante Heidi lachte und fand flink eine große, sehr grüne, barock verzierte Vase, in der die Sommerblumen fast verschwanden. Ich füllte sie mit Wasser und zupfte die Stängel auseinander. Das Mittagessen war schon vorbereitet. Die Schnitzel ragten über den Tellerrand. Dazu gab es Kartoffelsalat. Ich wollte keinesfalls als essgestörte Großstädterin mit Fleischphobie in Verruf geraten und aß brav. Nach dem Essen führte mich Tante Heidi ins Svens Zimmer im ersten Stock. „Du kannst bleiben, solange du möchtest, Alice. Kümmere dich nicht um mich. Nimm dir ein Rad und fahr zum See. Der Schlüssel hängt neben der Tür." Als sie gegangen war und ich allein in dem stillen Raum stand, brummte mir der Kopf. Mir fehlte schon jetzt der Lärm Berlins. Ich vermisste die elektrisierte Atmosphäre der Stadt, die angestrengten Gesichter, das Tempo und den Dreck. Ich wühlte nach einer Zigarette. Das Telefon fiel mir in die Hände. Fred hatte mehrmals angerufen und drei Nachrichten hinterlassen. Ich löschte alle, ohne sie anzuhören. Ich probierte, wie es sich verkehrtherum auf dem Bett unter der schrägen Wand lag, damit ich nicht an die Decke stieß, falls ich nachts hochschreckte. Von hier aus konnte ich aus beiden Fenstern schauen. Sie lagen über Eck. Es gibt nichts Schöneres als Räume, in denen die Fenster über Eck liegen. Wie in Erikas Wohnzimmer. Ich dachte an das Sofa unter den Büchern und an die Rosen am Fenster und an die kindlichen Frauen von Henry Miller.

Im Hof stand eine große Birke. Ihre Zweige tanzten im Wind. Tante Heidi hatte wahrscheinlich kein WLAN. Stille. Die Zeit lag wie ein Brei vor mir, wie das riesige Schnitzel auf dem Teller. Ich rannte nach unten, suchte im Kuhstall ein passendes Rad und klapperte damit über die leere Dorfstraße und weiter über die Felder zum See. Kein Mensch begegnete mir. An der Badestelle lagen zwei Paare. Ich legte das Fahrrad neben die Sandkuhle einer entwurzelten Kiefer und stapfte durch den heißen Sand zum Ufer hinab. Der See war schmal und lang, im Halbkreis gebogen. Er war vom alten Lauf der Elbe übriggeblieben. Drüben am anderen Ufer lagen Seerosen auf dem grünen, ruhigen Wasser. Als Kind war ich oft rübergeschwommen. Sven hatte sich nicht getraut.

Ich streckte die Zehen ins Wasser. Es war warm. Das Wasser in diesem Flussarm war nicht tief. Früher war ich bis zum sandigen Grund getaucht.

33

Nach dem Abendessen wischte ich den Tisch sauber. Wir füllten zusammen den Geschirrspüler. „Du musst die Abende nicht mit mir verbringen. Wenn du magst, kommst du und dann sehen wir zusammen fern und trinken ein Gläschen." Ich war froh. Tante Heidi war unkomplizierter, als ich gedacht hatte. Bäuerinnen waren eben weise. Ich ging noch einmal hinaus und lief die Dorfstraße entlang. Die Häuser lagen zurückgesetzt hinter breiten Wiesenstücken. Ich schaute über die Wiesen in die erleuchteten Zimmer. Die meisten Familien saßen vor ihren Fernsehern. Nachts war die Stille hier draußen leichter zu ertragen. Am Ende der Straße begann der Feldweg. Es war noch zu früh, um nach den Sternen zu schauen.

Am nächsten Tag packte ich meinen Laptop ein und radelte die fünfzehn Kilometer nach Tangermünde. Am Markt gab es ein Café mit WLAN. Zwei Stunden täglich für die Abschlussarbeit, das hatte ich mir für die erste Woche vorgenommen. Ab der nächsten würde ich mich langsam steigern. Mein Arbeitspensum sollte umgekehrt proportional zu meiner Trauer zunehmen. Langsamer Entzug. Das war der Plan. Auf der Terrasse stellten zwei Familien mit Kindern Tische zusammen. Ein Mann saß allein mit dem Rücken zur Hauswand. Eine dicke Zeitung klemmte unter seiner leeren Kaffeetasse. Er hielt ein Telefon dicht vor die Augen. Eine Brille trug er auf der Nase, die andere hing schief in der Stirn. Wie er über das Display wischte und darauf tippte, das hatte etwas Unbeholfenes. Eine dunkle Wildlederjacke lag auf seinen Schultern. Darunter trug er ein weißes Hemd. Die Kinder rannten über die Terrasse. Ein x-beiniges Mädchen schaute zu, wie eine dünne Frau mit schütteren, feuerroten Haarknoten die Sahnehäppchen eines Tortenstücks an ihren Hund verfütterte. Die Frau schien Freude daran zu haben, dass das Mädchen ihr zuschaute. Sie lächelte dem Kind zu. Alles in ihrem kleinen, faltigen Gesicht war groß: Augen, Nase und Mund. Normalerweise fielen die Augen bei älteren Menschen tiefer in die Höhlen, was sie kleiner erscheinen ließ, so wie die Lippen einfielen und schmaler wurden. Bei dieser Frau schien der Prozess umgekehrt verlaufen zu sein. Ihr Gesicht um Augen, Nase und Lippen musste geschrumpft sein. Sie war hübsch. Ich fand nicht in meine Arbeit und beschloss, morgen zu beginnen. Ich schrieb Kolja, dass ich dringend eine Wohnung oder ein Zimmer brauchte und Jobs natürlich. Dann schaltete ich Gesuche auf verschiedenen Wohnungs-Plattformen, packte den Laptop wieder ein, bezahlte den Kaffee und trödelte durch die Stadt, spürte wieder diese Lust auf etwas Neues, probierte Kleider an, kaufte aber nichts. In einer Buchhandlung erwarb ich ein kleines Skizzenbuch und Bleistifte. Auf der Mailbox waren fünf neue Nachrichten von Fred. Ich löschte sie ungehört.

Am nächsten Vormittag versuchte ich, in Svens Zimmer zu arbeiten. Ich rückte den Klapp-Tisch vor das Fenster zum Hof, setzte mich und döste in die schaukelnden Birkenzweige, zwischen denen das Sonnenlicht glitzerte. Sie warfen Schatten auf die Dielen. Die Sonnenpunkte blinkten wie Leuchtreklamen.

34

In einem Friseurladen in Tangermünde ließ ich mir die Haare sehr kurz schneiden. Ich erschrak, weil ich bei Weitem nicht so hübsch aussah wie die Frau in der Friseurzeitung, die diesen Haarschnitt präsentierte. Ich hatte nicht ihre vollen Lippen und nicht ihr schmales Gesicht. Jetzt war es nicht mehr zu ändern. Die Friseurin hatte meine langen Haare bereits zusammengefegt und in einen Mülleimer geworfen. In der Parfümerie am Markt trug eine Verkäuferin einen müden Fliederton auf meine Lippen auf. Sie machte mir ein Kompliment, wohl eher als verkaufsfördernde Maßnahme. Ich wischte die Farbe wieder ab. „Zu schwach." Ich suchte Hexenviolett und fand ein kleines Fläschchen, aus dem die Farbe mit einem Schwamm aufgetragen wurde. Sie verdunkelte die Schatten unter meinen Augen. Ich sah krank aus. Fred hatte Recht gehabt. Ich probierte ein Rosé. Himbeere. Die pure Lust. Die rosa Pumps. Das war stark. Ich lächelte meinem Spiegelbild zu. So trat ich auf die Straße. Der Mann mit der Wildlederjacke saß auf demselben Platz wie gestern. Die Jacke hing über der Stuhllehne. Er trug wieder ein weißes Hemd. Auf seinem Tisch lag wieder die Zeitung. Wieder war er mit seinem Telefon beschäftigt. Die zweite Brille hockte schief in der Stirn. Deja vu. Auch ich nahm in der geöffneten Fensterwand den gleichen Tisch wie gestern, bestellte Kaffee und schaute zuerst die Wohnungsangebote durch. Die meisten Wohnungen befanden sich in Straßen, die ich auf der Karte suchen musste, weil ich noch niemals in diesen Stadtvierteln gewesen war. Bilder leerer Räume mit Laminatböden. Ich meinte, die trockene, staubige Heizungsluft zu atmen. Das waren Wohnungen, in denen die Einsamkeit mit billigen Möbeln ein- und wieder auszog. Sie waren eng. Fäkalienschwangere Luft, mühsam parfümiert, zog morgens aus den fensterlosen Badzellen und mischte sich mit dem Geruch von Filterkaffee. Ich dachte an unsere Remise, an die Terrasse, auf der wir im Sommer in der Abendsonne gesessen hatten, wenn wir erschöpft von einer Radtour nach Hause gekommen waren. Ich klickte die Wohnungen weg, ging zur Toilette und tränkte meine Lippen himbeerrosa. Fred hatte meine Farben richtig erkannt. War ich doch nicht unsichtbar für ihn gewesen? Aber es ging doch gar nicht um Farben! Es ging um Bedürfnisse und Eigenheiten. Er hatte nicht gesehen, was für ein Mensch ich war. Ich sah ihn mit der Anderen in einem teuren Möbelgeschäft in Brüssel. Sie wählten die Einrichtung für ihre gemeinsame Wohnung. Mir wurde heiß. Ich musste sofort wissen, ob er mit ihr dort war.

„Wo bist du?"

„Wo bist du? Ich versuche seit gestern dich zu erreichen. Wieso gehst du nicht ran?"

„Ich bin in Tangermünde."

„Na und. Was machst du dort?"

„Arbeiten."

„Wieso Tangermünde?"

„Wieso nicht? Ich besuche meine Tante."

„Wann kommst du zurück?"

Ich hörte Werkzeug klirren. „Du bist in der Garage bei Jan?"

„Ich bin in Berlin. Ich will dich treffen."

„Ich wohne jetzt bei meiner Tante."

„Schön für dich. Ich habe keine Tante."

„Du hast eine Zahnärztin."

„Alice! Können wir reden?"

„Nein."

„Immer noch diese alberne One-Woman-Show!?"

Ich legte auf. Das Telefon klingelte. Ich stellte es lautlos. Wie gut es war, wieder allein zu sein. Frei. Die Terrasse des Cafés lag in der Sonne. Ein kleiner, frischer Wind ging darüber hin. Ich begegnete den großen Augen der dünnen, kleinen Dame mit dem struppigen Hündchen. Sie nickte mir freundlich zu, aufmunternd, so schien es mir.

35

Eines Tages glaubte ich, Fred in der Stadt zu sehen, seinen tänzelnden Gang in der Menge und sein blaues Rennrad, das er an einer Hand neben sich führte. Ich spürte, wie mir das Blut aus dem Kopf sackte. Kurz darauf begann mein Herz zu rasen. Ich lief ihm nach, vorbei an den kleinen Geschäften in der Fußgängerzone. Er ging ja nirgendwo rein, weil er sein Fahrrad niemals allein draußen stehen ließ. Ich hatte gewusst, dass er nach Tangermünde kommen und mich suchen würde. Natürlich. Ich blieb stehen. Er war verschwunden, wie vom Erdboden verschluckt. Ich ging zurück ins Café, öffnete meine Dokumente und versuchte zu arbeiten, aber alle paar Sekunden blickte ich auf und suchte den Marktplatz ab. Als Regenwolken aufzogen, fuhr ich zurück ins Dorf. Die erste Woche war vergangen, ohne dass ich an meiner Abschlussarbeit geschrieben hatte.

36

Die Grillen kehrten zurück. Ihr metallisches Schaben erfüllte die Nacht. Ich ging aufs Feld hinaus, weit fort von den Lichtern des Dorfes, um die Sterne besser zu sehen. Der Mond war noch nicht aufgegangen. Ich hatte mich immer für Sterne interessiert. Der freiwillige Astronomie-Unterricht in der Schule hatte allerdings nur aus Rechnerei bestanden. Wie viel Anstrengung Pädagogen darauf verwendeten, eines der poetischsten Themen der Welt so langweilig zu gestalten, dass sie den Schülern jede Leidenschaft austrieben! Ich hatte überhaupt nichts gegen Rechnen, aber Leuchtkraftklassen, Gravitation und Masse waren doch nicht alles, was die Sterne zu bieten hatten. Mutter fand, dass Wissenschaft rational sei, die Kunst hingegen emotional. Sie hatte Vater und mich diesen beiden für sie unvereinbaren Polen zugeordnet. Er sei eben der kühle Kopf, der rationale, praktische, ich hingegen die emotionale Chaotin. Aber Galileo war nicht nur Wissenschaftler, sondern auch Künstler gewesen. Astronomie-Unterricht bei Galileo. Das wäre ein Feuerwerk. Ich mochte das Wort *Künstler* nicht, weil es immer den Klang von etwas hatte, das irgendwie besonders, aber nicht sehr intelligent war. Künstler durften alles, ihnen wurde sogar schlechtes Benehmen nachgesehen, als gälten die Regeln für sie nicht, als seien sie eh nicht in der Lage, sie zu halten. Chaoten eben. Verrückte. Ich fand, dass es das normalste und notwendigste Ding der Welt war, dass Menschen sich literarisch und musikalisch ausdrückten, zeichneten, malten und Figuren aus Steinen schlugen. Letztendlich waren doch auch Rechnen und Messen Künste. Ja, auch Physiker und Astronomen waren Künstler. Wie Galilei. Wie von Guericke. Sie waren Kreative, Umstürzler. Sie waren nicht verrückt, sie verrückten die Welt und zwangen die Gesellschaft, neue Realitäten zu verhandeln. In einer von Vaters Astronomie-Zeitungen hatte ich gelesen, dass die Quantenphysiker die Existenz der Welt, so wie wir sie sahen und beobachteten, in Frage stellten. Die Dinge existierten nur, weil wir hinschauten. Völlig abgefahren. Aber es passte zu der Erkenntnis, dass jeder Mensch in seiner eigenen Sicht auf die Welt gefangen war. In den Verhandlungen über die Realitäten spielten Künstler eine wichtige Rolle. Deshalb gab es Leute, die sie behinderten und für verrückt erklärten, Leute, die nicht wollten, dass die Realität sich änderte, weil die Verhältnisse gerade gut für sie waren, weil sie ihnen Privilegien sicherten. Ich verstand Fred, wenn er meinte, es gäbe keine Kunst mehr, nur noch den Markt. Wir würden vielleicht erst in hundert Jahren wissen, wer die großen Künstler unserer Zeit waren. Ich schaute in den Himmel, bis mir der Nacken schmerzte. Ich glaubte, das Rotieren der Milchstraße zu spüren und fühlte einen leichten Schwindel. Bei Tante Heidi brannte noch Licht, als ich zurückkehrte. Sie saß in einem Drehsessel vor ihrem Schreibtisch, der mit Versandhauskatalogen und einem Stapel Zeitungen bedeckt war. „Na komm, lass uns ein Gläschen trinken. Ich habe einen guten Pflaumenlikör." Sie stemmte seufzend die Hände in die Seiten, als sie aufstand, um Gläser aus der Schrankwand zu holen. Sie schien Schmerzen zu haben. „Wie war es hier, als ihr Kinder wart, Tante Heidi? Hast du Fotos aus dieser Zeit?"

„Jetzt lass die Tante doch mal weg. Du bist erwachsen, Alice. – Fotos? Mehr, als mir lieb sind." Sie kippte zurück in den Drehsessel, nachdem sie Gläser und Flaschen auf den Katalogen positioniert hatte. „Man darf Fotos schließlich nicht wegwerfen. Oder? Komm, schenk uns ein." Der Schnaps floss ölig in die Gläser. Wir stießen an. „Also, ich bin Heidi. Einverstanden?"

„Wird schwierig, aber ich gebe mir Mühe." Tante Heidi, die ich ab sofort nur noch Heidi nennen sollte, drehte den Sessel zur Schrankwand und beugte sich nach unten. Sie ächzte, dann hob sie zwei Schuhkartons auf ihren Schoß.

„Bisher weiß ich so gut wie nichts über deine und Vaters Kindheit. Er erzählt einfach nichts."

Sie sah mich an, als wollte sie sagen, dass das auch besser so sei. Dann hob sie ein Foto aus dem Karton. Komisch, dass offenbar niemand außer Vater und Mutter Alben angelegt hatte. „

Die kenne ich doch." Sie reichte mir grinsend ein Foto. Es zeigte Mutter und mich vor dem grauen Trabi mit weißem Dach, unserem ersten Auto. Mutter war fabelhaft getroffen: groß und schlank, mit Plateaustiefeln, einem knielangen, schwingenden Rock und einem Hut, den sie festhielt, weil der Wind unter die Krempe fuhr. Ein Bild wie aus der *Sibylle* in den Siebzigern. Neben ihr, ans Auto gelehnt, eine Zwergin von höchstens sechs Jahren, ein Bein angewinkelt und den Fuß lässig gegen die Wagentür gestellt, die Hände in den Seitentaschen einer bunten Baumwolljacke. Wollige Strumpfhosen, breite Knie. Der Wind wirbelte das helle, kurze Haar ins Gesicht. Das Mädchen lachte dem Fotografen verwegen zu. Nach ihr hatte ich gesucht. Sie war das Mädchen mit der Taucherbrille. Sie war mit Kolja über den Kiefernwipfeln gewesen. Ich hatte sie noch nie getroffen, auf keinem der vielen Kinderbilder in den Alben zu Hause. „Darf ich es behalten?"

„Klar."

„Wer hat es aufgenommen? Onkel Manni oder du?"

„Peter vermutlich. Dein Vater hat immerzu geknipst. Manni hat nicht fotografiert." Ich erinnerte mich an den kleinen Apparat in der braunen Lederhülle, den Vater auf Ausflügen und Wanderungen immer mit sich getragen hatte. Irgendwann hatte er aufgehört zu fotografieren. Hatte er den Apparat verloren? Ich hatte ihn nie mit einem anderen gesehen. Mutter hatte vor einigen Jahren eine Digitalkamera gekauft, aber Vater interessierte sich nicht dafür. Tante Heidi schenkte ein zweites Glas ein. „Alice, was machst du mit mir? Ich sollte lieber fernsehen. Ich wühle nicht gern in der Vergangenheit."

„Geht mir genauso."

„Na, du bist mir eine! Erinnerst dich nicht gern und willst Fotos angucken."

„Ich suche nicht nach meinen Erinnerungen, sondern nach deinen und denen von Vater."

Tante Heidi reichte mir ein großes Foto aus festem Papier mit einem hübsch gezackten Rand. Auf den ersten Blick dachte ich, die schöne Frau mit den gewellten, dunklen Haaren sei Heidi. Aber die Frau auf dem Foto hatte zwei

Kinder, ein Mädchen und einen Jungen. Heidi hatte nur Sven. Ich verstand, dass Heidi das kleine, blond gelockte Mädchen auf dem Foto war. Sie trug die Haare zu einer Rolle über den Scheitel geschlagen, wie ihre Mutter. Alle drei hatten dieselbe schüchterne Lippenlinie und Grübchen in den Wangen. Ihre Augen glänzten, als hätten sie eben geweint vor Glück, so schön zu sein und so sanft. Die Aufnahme war in einem Fotostudio gemacht. Der Hintergrund war im Halbrund ausgeleuchtet. Der Name des Fotografen und das Datum standen auf der Rückseite: Erich Behmer. 23. Juli 1947. Wieder dachte ich daran, dass die Mutter von Heidi und Vater nicht alt geworden war. Ich betrachtete sie. Sie war meine Großmutter. Ich war fast vierzig Jahre alt und sah sie zum ersten Mal. Ich wusste nichts über sie. Vielleicht hätte ich sie Omi genannt, wenn sie damals noch gelebt hätte, als Vater und ich oft hier waren. Vielleicht hätte ich sie gemocht. Auf dem Foto von 1947 war Vater zehn Jahre alt. „Du siehst eurer Mutter so ähnlich! Ihr beide seht ihr ähnlich! Der Mund. Wie ihr lächelt! Wie hieß sie?"

„Else." Heidi sprach den Namen aus, als sei sie aus irgendeinem Grund sauer auf Else. Als ob sie den Namen von sich weg schob. „Sie ist früh gestorben, nicht?"

„Mit zweiundvierzig."

„Wieso?"

„Sie hatte ein krankes Herz. – Kannst du dich an Tante Hedwig erinnern?"

„Tante Hedwig? Nein."

„Sie war die Schwester meiner Mutter. Bei ihr bin ich aufgewachsen." Heidi reichte mir Fotos. Sie waren klein, die Gesichter darauf kaum zu erkennen, aber da war das Mädchen mit der blonden Rolle an der Hand einer hochgeschlossenen Dame.

„Aber eure Mutter lebte doch noch, als du klein warst?"

„Ach weißt du, sie war mitten im Krieg mit mir schwanger. Irgendwann war da noch eine Fehlgeburt gewesen. Jedenfalls hatte sie die Nase voll vom Kinderkriegen. Tante Hedwig war nicht verheiratet. Sie hatte gleich gesagt, dass sie mich adoptieren wird." Heidi lachte und holte ein Foto nach dem anderen hervor, auf dem sie mit Hedwig zu sehen war. „Das Leben hier im Dorf war ganz anders als du es aus der Stadt kennst. Das ganze Dorf war im Grunde eine Familie. Wir liefen draußen rum. Wir waren frei. Unsere Eltern haben gearbeitet. Sie konnten sich nicht um uns kümmern, so wie ihr es heute mit euren Kindern macht."

Von Vater gab es wenig Aufnahmen. „Und Peter? Hast du Fotos von ihm?"

„Immer hübsch der Reihe nach."

„Hast du dich gut mit Peter verstanden?"

„Klar."

„War er auch bei Tante Hedwig?"

„Selten."

„Warst du glücklich als Kind?"

„Sag mal, ist das ein Verhör!? - Kinder sind doch immer glücklich. Ist es nicht so, Alice? Die Kindheit ist ein Schatz. - Waren deine Eltern etwa nicht brav?" Sie lachte. „Wir hatten hier sehr viel Spaß." Ich fragte Heidi, ob ich auch das Foto von Else und ihren beiden Kindern mitnehmen dürfte.

„Nimm so viel du willst. Ich bin froh, wenn die Kiste leer wird. Interessiert doch keinen mehr, wenn ich die Radieschen von unten anschaue."

Der Likör hatte mich müde gemacht. Ich küsste Heidi auf die Wange und verzog mich nach oben. Die Fotos stellte ich auf das Fensterbrett. Am nächsten Morgen legte ich sie in den Laptop und nahm sie mit nach Tangermünde. Ich legte sie auf den Kaffeehaustisch, um sie immer wieder anzuschauen.

Liebe Erika, ich denke oft an Sie. Sie haben mir sehr geholfen. Sie haben mir Mut gemacht. Ich bin jetzt bei meiner Tante Heidi. Gestern Abend hat sie Fotos aus ihrer Kindheit hervorgeholt. Ich musste sie dazu überreden. Sie sagt, sie erinnert sich nicht gern. Ich will sie nicht drängen. Ich glaube, sie möchte nicht sprechen, aber ich werde weiter fragen. Ich habe eine Bewerbungsmappe an die Kunsthochschule geschickt. Vielen Dank, dass Sie mich dazu ermuntert haben. Falls eine Absage kommt, ist das überhaupt nicht schlimm. Das Beste war, die Bilder für die Mappe auszuwählen. Da habe ich gespürt, was das Zeichnen mir bedeutet, wie wichtig es mir ist. Früher hätte ich mich nie getraut, eine Bewerbung an eine Kunsthochschule zu schicken. Ich wollte keine Künstlerin sein. Fred hat gesagt, dass jeder ein Künstler sein will und alle ihre Acrylscheiße klecksen oder wie wild durch die Gegend knipsen. Entschuldigen Sie diese vulgäre Sprache. So war er eben. Ob Sie es glauben oder nicht, es hätten meine Worte sein können. Ich habe zwar immer gezeichnet, aber gegen die Bezeichnung Künstlerin hatte ich Vorbehalte. Erst Sie haben mir die Gewissheit gegeben, dass künstlerische Arbeit nichts Besonderes, nichts „Anderes" ist, sondern normal, Alltag eben. Vielen Dank dafür.

Ich freue mich auf die Premiere in Rostock. Herzliche Grüße. Ihre Alice.

Der Mann im weißen Hemd saß auf seinem Stammplatz an der Hauswand, die Lederjacke über den Schultern. Er besaß offenbar nur weiße Hemden. Ich stellte mir die Ärmelreihe im Schrank vor. Es bedeutete schon einen gewissen Aufwand, jeden Tag ein weißes Hemd zu tragen. Sie mussten gewaschen und gebügelt oder in eine Wäscherei gebracht und wieder abgeholt werden. Wieso weiß? Warum nicht hellblau oder kariert? Während diese Frage in meinem Hirn von der rechten in die linke Hälfte und wieder zurückschwang, bemerkte ich, wie gut ich mich in seiner Nähe fühlte. Ich stellte mir vor, dass er außer zehn weißen Hemden zwei Pullover und vier Hosen besaß, außerdem eine Krawatte für den Notfall. Die Krawatte war alt. Siebzigerjahre. Er hatte keine Frau, die ihm Krawatten schenkte. Er lebte allein und er saß nur dort, weil ich ihn anschaute. Da ich für seine Existenz zuständig war, lag es in meiner Verantwortung, ihm eine Geschichte zu geben. Seine Tochter war Wissenschaftlerin. Slawistin. Er übrigens auch. Die

Krawatte aus den Siebzigerjahren hatte er zuletzt zu den Abschlussprüfungen an der Uni getragen, als er noch gearbeitet hatte, vor ungefähr zehn Jahren.

Der Mann im weißen Hemd nahm jetzt die Zeitung und begann zu lesen. Die Papierseiten raschelten. Ich löste mich im Klang des dünnen Zeitungspapiers auf. Als die rothaarige Dame mit dem struppigen Hündchen kam, hatte er die Zeitung ausgelesen und ich außer dem Brief an Erika nichts geschrieben. Die Dame grüßte uns freundlich. Sie und ich, wir waren uns darin einig, dass der Mann im weißen Hemd existierte, denn wir sahen ihn beide. Sie bestellte Sahnetorte für das Hündchen.

Liebe Helena, wie geht es dir? Wie ist Vilnius? Ich denke viel an dich. Ich bin zu meiner Tante aufs Land gefahren, um in Ruhe weiter an meiner Abschlussarbeit zu schreiben. Aber statt zu arbeiten verliere ich mich in Gedanken über die Sterne und wieso es mir gefällt, wenn ein älterer Mann weiße Hemden trägt. Hört sich verrückt an, aber im Grunde geht es in beiden Fällen um dasselbe Thema, nämlich wie wichtig wir uns nehmen. Wenn wir uns wie ein Fliegenschiss im Universum fühlen, tragen wir doch keine weißen Hemden, oder? Es ist aufwändig, weiße Hemden zu tragen. Wenn die Sterne aber nur da oben sind, weil wir hingucken, dann ist das wirklich ein

Knaller und wert, jeden Tag ein weißes Hemd zu bügeln. Manchmal wandern meine Gedanken zu Tante Heidi und meinem Vater. Fred schaue ich nicht mehr an, das heißt: Es gibt ihn nicht mehr. Ich bin ihm davongelaufen, als sich eines Tages seine Neue bei mir vorgestellt hat. War ein Schock! Ich hatte ihm das nicht zugetraut. Es passte nicht zu meinem Bild von ihm. Ich glaube, er nimmt sich nicht wichtig. Er hält sich für bedeutungslos. Seine Mutter hat ihm eingeredet, ein Niemand zu sein. Davon ist er überzeugt. Gelegentlich muss er sich aufblasen, um zu fühlen, dass er noch am Leben ist. Er sollte weiße Hemden tragen. Als Therapie. So, jetzt lasse ich ihn aber wirklich verschwinden. Ich bin froh, Erika kennengelernt zu haben und dich. Und Kolja natürlich. Mit Kolja und dir zusammen im Büro, das war's einfach. Der Sommer ist heiß, die Grillen sind zurück. Ich freue mich auf Post von dir und umarme und küsse dich. Alice.

37

Es war drückend heiß, sogar in der Küche, durch die immer ein kleiner Luftzug ging, weil die Tür zum Hof den ganzen Sommer lang offenstand und immer auch ein Fenster irgendwo im Haus. Ich saß an dem Kacheltisch und zeichnete Else und ihre zwei Kinder nach dem Foto, das an der Kaffeekanne vor mir lehnte. Es war Sonntag, aber das spielte keine Rolle. Das Café in Tangermünde war auch am Sonntag geöffnet. Ich hätte hinfahren und arbeiten können. Aber es gefiel mir, am Sonntag etwas anderes zu tun als an den Wochentagen. Offenbar taten wir gern, was alle anderen auch taten. Ich dachte an das Erlebnis im überfüllten Schwimmbad, dieses Gefühl, inmitten vieler Menschen geborgen zu sein. Heidi schleppte ein Bügelbrett herbei. Sie trug ein Hemdchen über dem BH und eine Bikinihose. Ihre Beine waren kräftig, was ihrem Körper etwas Stimmiges gab. Viele Frauen in ihrem Alter hatten mächtige Körper auf abgemagerten Beinen. Heidi war ihrer Fülle zum Trotz immer in Bewegung, treppauf, treppab. Sie fuhr Fahrrad und ging schwimmen. Auf ihren Oberschenkeln ringelten sich einige ergraute Schamhaare. Sie rührten mich. Ich riss meinen Blick davon los, als sie das Bügeleisen auf den Rost stellte. „Ich heize uns ein bisschen ein, ja!" Sie kicherte. Der Bügelkorb war voll. Woher kam diese viele Wäsche? Sie lebte allein. Einmal hatte morgens ein Mann in der Küche gesessen, als ich zum Frühstücken heruntergekommen war. Er hatte auf dem Platz von Onkel Manni gesessen und genauso trübe durch mich hindurchgeschaut. Wusch und bügelte Heidi für ihn? Landfrauen war so etwas zuzutrauen. „Der Mann neulich in der Küche – war das dein Freund?"

„Wird das jetzt wieder eine Fragestunde, Alice?" Sie füllte Wasser in das Bügeleisen. Es zischte und dampfte. „Schon gut. Keine weiteren Fragen." Ich zeichnete Elses flächiges Gesicht. Die Augen standen weit genug auseinander, um fotogen zu sein. Wie bei Vater. Dieselben makellosen Zähne. Nur ihre Nase war flacher und breiter und die Wangenknochen deutlicher. Die dunklen, welligen Haare waren nicht besonders kräftig. „Hättest Künstlerin werden sollen, Alice." Heidi schob das Bügeleisen über einen Bettbezug. Auf ihrer Stirn stand Schweiß. Warum, zur Hölle, bügelte sie Bettbezüge? Ich erzählte nichts von dem Abendkurs an der Kunsthochschule, für den ich mich beworben hatte. Heidi gehörte zu den Leuten, die Künstler für aussätzig hielten. „Vater hat niemals von eurer Mutter erzählt. Irgendwie ist mir vor ein paar Tagen, als du mir das Foto gegeben hast, erst klar geworden, dass es sie gibt. – Denkst du manchmal an sie?"

„Kaum, ehrlich gesagt."

„Aber wenn du dich erinnerst, woran denkst du dann zuerst?"

„Kommt drauf an."

„Hast du sie Else genannt?"

„Das war damals nicht üblich. Solche Ideen haben nur Künstler." Sie lachte.

„Aber heute nennst du sie Else?"

„Sie ist Else. Aber sie ist nicht mehr da. Du fragst mich schon wieder Löcher in den Bauch, Alice!"

Sie schob das dampfende Monster über den Stoff.

„Tut es weh?"

„Was?" Sie sah erschrocken auf.

„Die Löcher im Bauch."

Sie lachte. „Nee, nee, frag man ruhig."

„Was hast du von ihr gelernt?"

Sie setzte das Bügeleisen auf dem Rost ab und schaute mich an, als hätte ich eine sehr dumme Frage gestellt. „Was lernt man von seiner Mutter, Alice? Kochen? Schwimmen habe ich von ihr gelernt. Sie war eine gute Schwimmerin."

„Von ihr kommt das also."

„Ja. Wir sind alle gute Schwimmer. Das kommt von ihr."

„Weißt du, dass ich früher bei den Jungen Rettungsschwimmern trainiert habe?"

„Alice! Das ganze Dorf weiß es. Dein Vater hat jedes Mal, wenn ihr hier wart, stolz verkündet, wie toll du bist. Um zu hören, dass alle sagen, dass du eben SEINE Tochter bist."

Eine heiße Welle schwemmte mich zurück in die Kindheit, zu den Tagen auf diesem Hof, in diese Küche, zu den Bauern, zu Vater, der das Dorf verlassen hatte und nun als Studierter um ihre Anerkennung kämpfen musste. „Hat er auch von meiner Tiefenangst erzählt?"

„Er hat irgendwann erzählt, dass du mit dem Training aufgehört hast. Na ja, die Pubertät eben. Da werden andere Dinge wichtiger."

Ich hatte Vater verloren, als ich das Training aufgegeben hatte. Else auch. Das Bügeleisen zischte leise. Mein Bleistift schabte über das Papier. Ich zeichnete Heidis Körper im Startsprung. Ich zeichnete ihre Oberschenkel mit den Schamhaaren neben der Bikinihose. „Wo ist Else begraben?"

„Hier im Dorf, auf dem Friedhof vorn an der Bundesstraße. Du kannst hingehen."

„Kommst du mit?"

„Ich war lange nicht dort. Ich mag den Friedhof nicht. Ich will Else nicht vergessen, aber ich suche die Erinnerung an sie nicht."

„Zu schmerzhaft?"

„Es ist besser, die Toten ruhen zu lassen."

„Entschuldige, dass ich so viele Fragen habe. Sie war schließlich meine Oma."

„Die Leute haben gesagt, sie sei wegen der Vergewaltigungen so früh gestorben." Heidi legte den Bettbezug sorgfältig zusammen.

„Vergewaltigungen?"

„Nach dem Krieg. Weißt du es nicht?"

„Ach so." Ich hatte einen Kloß im Hals.

„Hat es dir niemand erzählt? Alle wussten es. Es hatte sie schlimm erwischt. Ich kann eigentlich nichts dazu sagen. Ich war klein."

„Woher weißt du es? Von Hedwig?"

Sie schüttelte den Kopf und griff nach dem nächsten Wäschestück. Es war ein geblümter Bettbezug. Mohnblumen. Rot und rosa. „Peter weiß es auch. Sie haben uns festgehalten, damit wir hinschauen."

„Was?" Zuerst begriff ich nicht, was Heidi da gesagt hatte, aber meine Fantasie überholte meinen Verstand. Ich sah die Kinder, die Kinder von dem Foto mit den glückselig glänzenden Augen und ich sah die Beine von Else, die Heidis Beine waren. Die Schamhaare auf ihren Oberschenkeln. Das Gefühl, als drückte jemand meine Kehle zu. Das Bügeleisen glitt über die Mohnblumen.

„Das ist schrecklich, Tante Heidi. Ihr müsst … hat sich jemand … ich meine, hat sich jemand um euch … gekümmert?"

Heidi distanzierte sich mit einem trotzigen Blick.

„Es waren doch Leute im Dorf und auf dem Hof, die wussten, was euch passiert ist."

„Alle wussten es, wie gesagt."

„Ihr wart … traumatisiert."

Sie zuckte die Schultern. „Alles war schrecklich damals. Die Männer waren nicht da. Die Frauen schufteten. Vergewaltigungen geschahen überall. Aber das Leben musste weitergehen."

„Konntet ihr … ich meine … habt … hast du mit Vater darüber gesprochen?"

„Niemals." Das Bügeleisen bahnte zischend eine glatte Spur in die zerknitterten Mohnblumen. „Ich habe noch nie mit jemandem darüber gesprochen. Es hat noch niemand danach gefragt. Du bist die Erste."

„Ihr hättet einen Psychologen gebraucht."

Sie lachte kurz auf. „Einen Psychologen!"

„Möchtest du auch ein Glas Wasser?"

„Hol dir eine Limo aus dem Keller, wenn du Durst hast."

„Und du?"

„Ich auch."

Im Keller dachte ich an die Kältekammern, in die Tante Heidi mit ihren Schmerzen gegangen war. Ich hielt mir die kühle Limo-Flasche an die Schläfe. „Gibt ein Gewitter heute", sagte Heidi. Sie legte ein hellblaues Laken zusammen. Ich reichte ihr ein Glas Limo. Für mich füllte ich ein Glas mit Leitungswasser. „Du hast Recht, Alice. Es war grausam, was wir erlebt haben." Ich stürzte das Wasser hinunter. Ich fühlte mich elend. Ich hatte alte Geister gerufen, die besser in ihrer Flasche geblieben wären. „Kann ich ... etwas helfen?"

„Mach mal deine Sache, Alice."

„Soll ich dir was vorlesen, während du bügelst?"

„Ich mag die Ruhe."

Ich blätterte in der Zeitung, die auf dem Tisch lag, las aber nichts. Ich nahm meine Sachen und ging nach oben. Ich fühlte mich falsch, lief auf und ab, sehnte mich danach, jemanden anrufen. Fred? Ich lief wieder nach unten, an der Küche vorbei, in der Heidi immer noch bügelte, stand eine Weile vor dem Fahrrad, als wäre ich nicht sicher, wozu dieser Gegenstand da ist und fuhr dann davon. Ich rechnete. Vater war im Frühling 1945 acht Jahre alt gewesen. Ich würde ihn niemals fragen können, was er damals erlebt hatte. Es verbot sich von selbst. Es war schlimm genug, dass ich Heidi gefragt hatte. Sie war damals drei Jahre alt gewesen. Ich fuhr zurück, blieb im Haus, im Garten, in Heidis Nähe. An diesem Abend sah ich mit ihr fern und trank mit ihr Likör. Wir gingen früh ins Bett. Sie fühlte sich nicht wohl. „Ist der Kreislauf. Das kommt von der Hitze."

„Warum arbeitest du so viel? Du solltest dich viel mehr ausruhen, etwas lesen, schwimmen gehen und so…"

„Ach!"

In der Nacht wurde ich von ihrem Husten geweckt. Er klang metallisch und trocken, als steckte eine Armee Grillen in Heidis Hals. Sie stand in einem verwaschenen roten Bademantel in der Küche, auf den Tisch gestützt und kämpfte um Luft. „Tante Heidi! Was ist passiert?" Die Grillen in ihrem Hals rasselten und pfiffen. „Du brauchst einen Arzt! Soll ich einen Arzt rufen?" Sie schüttelte heftig den Kopf und hob abwehrend die Hände. Dann wurde sie so stark von dem Husten geschüttelt, dass sie sich beinahe übergab. Ich stützte sie, begleitete sie zum Sofa. „Das Spray …", keuchte sie. „… ist weg … weiß nicht …"

„Warte!" Ich füllte ein Glas mit Wasser. Sie trank widerwillig in kleinen Schlucken. „Ich gehe auf keinen Fall ins Krankenhaus. Nie …" Den Rest des Satzes übertönten die Grillen. „Du musst nicht ins Krankenhaus. Du brauchst dein Spray. Warte hier." Ich rannte nach oben, holte mein Telefon und rief den Notdienst, setzte mich neben sie, streichelte ihren Arm und ihren Rücken. Wie weich sie war! Hinter all den Schichten, die sie sich zugelegt hatte, tief drinnen, gut gepolstert, saß das blonde Mädchen, das zugesehen hatte, wie seine Mutter umgebracht wurde. „Leg dich ein bisschen hin. Sie sind gleich da." Heidi war unruhig. Sie tappte barfuß ins Schlafzimmer, wühlte in ihrem Nachtschrank. Medikamentenschachteln fielen zu Boden. „Soll ich mal im Bad nachschauen?" Sie antwortete nicht, saß im Schlafzimmer auf ihrem Bett und atmete schwer. Onkel Mannis Seite des Ehebetts war frisch bezogen, als erwarte sie ihn jede Nacht zurück. Sie hielt sich am Bettrahmen fest. „Sie werden dir etwas geben. Alles wird gut." Ich streichelte ihren Arm. Ich war gar nicht schlecht im Trösten. „Ich habe solchen Unsinn geträumt …" Die Grillen in ihrer Brust piepten. „Sch … nicht sprechen jetzt."

„Ich lag am Waldrand auf dem Feld. Sie hatten mich vergessen." Sie hustete, rang nach Luft. Wenn sie sterben würde, wäre ich schuld. Ich hielt sie fest im Arm. Wir hörten den Rettungswagen nicht kommen. Plötzlich stand das Erste-Hilfe-Team im Schlafzimmer, drei hellwache, gut gelaunte Männer in roten Anzügen. Der Arzt war der jüngste der drei. Er benahm sich, als sei der Asthma-Anfall nur eine kleine Störung, die sich spielend beseitigen ließ. Ich glaubte ihm sofort. „Ich gehe nicht ins Krankenhaus. Ich brauche nur mein Spray." Der Arzt erwiderte nichts. Er bat, sie untersuchen zu dürfen. Ich ging nach draußen. Die Nacht war dunkel, der Himmel verhangen. Keine Grillen. Sie steckten alle in Heidis Hals. Ich lehnte mich an die Birke im Hof und spürte die raue, aufgesprungene Borke unter den Fingern. Ich dachte an Fred und ich dachte an Jolli. Ich wollte sofort zu ihnen. Ich sehnte mich nach Erika, nach ihrer dunklen, melancholischen Stimme. Der Traum, von dem Heidi erzählt hatte, das war Elses Traum. Heidi kannte ihn. Sie wusste alles über die Angst ihrer Mutter. Sie wusste, dass sie vergessen worden war von den anderen im Dorf. Sie waren weggelaufen. Der Hof. Das Feld. Der Garten. Hatte sie geschrien oder sich stumm ergeben, um die Kinder nicht noch mehr zu erschrecken? Ein ganzer U-Bahnhof setzte sich in Bewegung, um einen Menschen zu retten, der auf einer Bank zusammengebrochen war. Eine ganze Stadt wich einem Rettungswagen aus. Hubschrauber landeten auf Dächern.

313

Aber eine vergewaltigte Frau blieb in ihrer Wohnung liegen." Der Arzt und die Sanitäter kamen aus dem Haus. „Ihre Mutter hat uns versprochen, morgen zu ihrem Hausarzt zu gehen." Ich nickte und ließ den Irrtum stehen. „Passen Sie gut auf sie auf." Er reichte mir freundschaftlich die Hand. Sie stiegen in den Krankenwagen und stießen rasant aus der Einfahrt zurück auf die Dorfstraße. Heidi saß in der Küche. „Was hat der Arzt gesagt?"

„Ach, der Arzt! Ärzte wissen nichts." Sie erhob sich mühsam. „Er hat mir eine Spritze gegeben. Morgen muss ich in Tangermünde ein Rezept besorgen. Ich frage mich, wo ich das Spray hingestellt habe. Die Flasche war noch voll. Den letzten Anfall hatte ich im Frühling. Von den Pollen." Ich begleitete sie ins Schlafzimmer. „Vielleicht wäre ich heute Nacht gestorben, wenn du nicht hier gewesen wärst, Alice. Aber es wäre gut gewesen, zu sterben."

„Was erzählst du da, Heidi? Du wirst noch gebraucht. Wo sollen wir denn hin mit unserem Liebeskummer, Sven und ich? Und dein Freund in Tangermünde. Er liebt dich." Sie sah mich an mit einem Blick, der mich meilenweit von ihr fortschob. Ich stellte ihr ein Glas Wasser auf den Nachttisch, deckte sie zu, löschte das Licht und schloss die Tür. Draußen wurde es bereits wieder hell. Die

Holztreppe knarrte unter den Schritten. Frühling. Die Knospen, die explodierten. Pollen. Ihre Allergie. Mai 1945. Das Kriegsende. Ich hatte jedes Jahr Schwierigkeiten mit dem Frühling. Die ersten warmen Tage machten mich traurig, das hoffnungsvolle, lichte Grün. Vielleicht war es wegen Vater und Else. Der Ginster vor dem Fenster. Die Gardine, die sich im Frühlingswind bläht. Seine zärtliche Hand auf meiner Schulter.

38

Am nächsten Tag regnete es. Wir fuhren mit dem Auto nach Tangermünde. Heidi bestand darauf, allein zum Arzt zu gehen. Ich setzte mich ins Café. Der Professor im weißen Hemd saß auf seinem Stammplatz unter der Markise. Heidi würde nach ihrem Arztbesuch herkommen und mich abholen. Ich würde nur Zeit für die Mails haben.

Liebe Alice, was Sie bei Ihrer Tante erleben, wird Sie voranbringen. Sie werden Zusammenhänge sehen. Unsere Inszenierung in Rostock macht Fortschritte. Mir gefällt sie jetzt gut. Ich bin gespannt auf Ihre Meinung. Bringen Sie ein bisschen Zeit für die Premierenfeier mit. Herzliche Grüße. Erika.

Ich blickte auf den verregneten Marktplatz. Ich rief Erika an. Mein Herz klopfte im Hals, als sie sich meldete. „Guten Tag. Hier ist Alice." Ihre melancholische Stimme, als tauche sie aus einer Meditation auf. Ich fragte, ob ich störe, aber sie verneinte und bat mich zu sprechen. Ich erzählte von der letzten Nacht. Ich erzählte von dem Gespräch mit Heidi in der Küche am Tag zuvor. Ich erzählte Heidis Geschichte und Elses Geschichte. Ich ließ nichts aus, weder die Hitze, noch die Bügelwäsche, noch Heidis Traum. Es tat gut zu reden. Ich spürte Erikas

Aufmerksamkeit. Obwohl ich sie nicht einmal atmen hörte, wusste ich, dass sie da war, dass unsere Verbindung nicht unterbrochen war. Aufmerksames Zuhören hatte einen Klang. Offenheit hatte einen Klang, aber anders als diese plötzliche Leere, wenn eine Funkverbindung abriss. Da war ein menschliches Organ, das Ohr, Knöchelchen, ein Puls, eine lebendige Balance, winzig und leise, aber spürbar. Erika machte mir Mut, nicht mit einem blöden Satz wie ‚Sie schaffen das schon, Alice‘, sondern indem sie mit jedem Geräusch, das sie von sich gab, mit jeder vorsichtigen Zustimmung, jedem zaghaften ‚ja‘ meine eigene Unsicherheit spiegelte. Wie jemand, der die Luft anhielt, weil eine Seiltänzerin ohne Netz in der Kuppel balancierte.

Als Heidi im Café eintraf, räumte ich schnell den Tisch, bezahlte und hakte mich bei ihr unter. So passten wir unter einen Schirm. „Heidi, weißt du …" Sie legte mir die Hand auf den Arm. „Ich weiß, was du mir sagen willst, Alice!"

„Nein! Das kannst du nicht wissen."

„Es tut dir leid, dass du mich an meine Mutter erinnert hast." Sie schüttelte den Kopf und streichelte meinen Arm. „Das war notwendig. Ich habe etwas kapiert, Alice." Nach dem Essen zog ich mich zurück. In den Lehmwänden steckte noch die Hitze der letzten Tage. Ich baute mir einen Platz aus Kissen und schleppte den großen Spiegel, der draußen über der Treppe hing, ins Zimmer. Das Telefon klingelte. „Jolli! Ich wollte dich auch anrufen. Wie läuft's?"

„Gut." Sie war in einem Café. Im Hintergrund kreischte ein Milchaufschäumer. Zwischendrin Musik. „Ich war wieder in Tobis Haus."

„Erzähl!"

„In seiner Wohnung gibt es keine Kinder. Und keine Frau. Tobi ist allein." Sie blies Rauch aus. „Ich habe mit seinem Nachbarn gesprochen. Er sagte, Tobi ist fast nie zu Hause."

„Du musst mit Tobi sprechen."

„Habe ich schon."

„Und?"

„Er will mich anzeigen."

„Ach komm! Was ist das denn jetzt?"

„Er wirft mir vor, dass ich ihn nicht unter vier Augen gesprochen habe und seine Sekretärin und sein Praktikant alles mit angehört haben."

„Was denn?"

„Ich habe gar nicht viel gesagt. Eigentlich nur einen Satz."

„Er wird dich nicht anzeigen. Mach dir keine Sorgen, Jolli." Aber der Schreck saß mir in den Knochen.

„Weiß ich doch. – Ich finde es wichtig für seine Mitarbeiter, zu erfahren, dass er ein Lügner ist."

„Er sehnt sich nach einer Familie. Er wollte dir eine heile Welt vorgaukeln. Glück. Wohlstand. Wannsee."

„Nein Mama. Er wollte mich von sich fernhalten. Das ist der Grund. Er ist ein Angeber und ein Arschloch. Er hat Null Interesse an einer Familie. Er lebt nur für sich. Er hat sich gestört gefühlt von mir. Weißt du, was ich ihm gesagt habe? - Wenn du kein Feigling wärst, würdest du mich noch einmal zum Essen einladen und mir die Wahrheit über dich erzählen. Was schief gelaufen ist bei dir."

„Das hast du alles vor der Sekretärin und dem Praktikanten gesagt?"

„Na und?" Sie blies heftig den Rauch aus. „Dann hat er mich rausgeschmissen und gesagt, dass er mich anzeigt."

„Das wird er natürlich nicht tun. Er ist stinksauer. Du hast ihn getroffen und er hat gejault. – Mach dir keine Sorgen."

„Ich mache mir keine Sorgen. Ich muss Schluss machen, Mama. Lenchen ist gerade gekommen. Wir sind verabredet. Viel Spaß noch da draußen auf dem Land."

Weg war sie. Mein Blick fiel in ein ratloses Gesicht im Spiegel. Dieses Gesicht gefiel mir. Ratlosigkeit stand darin und ein Schmerz, und noch etwas … Zärtlichkeit? Ich hatte mich so noch nie gesehen, aber in dem Moment, in dem ich ‚Stop!' rufen wollte, löste sich das Gesicht wieder auf. Ich konnte nichts für Jolli tun. Sie musste ganz allein durch diese Wut. Was ich befürchtet hatte, war eingetreten. Ich konnte nichts ordnen. Ich saß mit dem Rücken zur Wand. Aber das war nicht schlimm. Ich hatte dieses schöne Gesicht gesehen, versuchte mich zu erinnern, begann zu zeichnen, aber ich fand es nicht wieder.

39

Mutter erzählte von Wehwehchen im Rücken und den Johannisbeeren und den Kirschen, die geerntet werden mussten. Ich bekam ein schlechtes Gewissen. Aber als sie sagte, dass ich Heidi nicht so lange auf der Tasche liegen könne, sie sei schließlich nicht gesund, hatte ich kein schlechtes Gewissen. Weil ich wusste, dass ich Heidi nicht auf der Tasche lag. Sie mochte, dass ich da war. Die Nähe zwischen uns war echt. Ich bestand darauf, Vater zu sprechen. Mutter entschuldigte ihn mit den Kirschen und den Johannisbeeren und fragte, ob sie etwas ausrichten könne, aber ich blieb dabei, mit ihm selbst sprechen zu wollen. Bevor sie verschwand, wies sie mich an, Heidi mit meinen Männergeschichten zu verschonen.

Vater gab ein verlegenes Geräusch von sich.

„Hast du nicht Lust, zu Heidi zu kommen? Ich bin gerade bei ihr."

Er machte ein überraschtes Geräusch.

„Sie würde sich freuen."

Wieder antwortete er mit einem Geräusch. Diesmal klang es zweifelnd. Was war das für ein Verhalten? Wieso drückte sich ein erwachsener, intelligenter Mann, der stundenlang anspruchsvolle Bücher las, in Geräuschen aus? Er räusperte sich. „Ich muss mit Mutter drüber reden. Sie hätte dann das Auto nicht." Ich hörte Mutter im Hintergrund sagen, dass sie auch mal die S-Bahn nehmen könne. „Na gut, ich überlege es mir. Wie geht es Heidi?"

„Sie hatte einen Asthmaanfall vor zwei Tagen."

Mutter seufzte im Hintergrund, sie habe doch gewusst, dass mein Besuch Heidi überanstrenge. Sie kämpfte um den Hörer, um mir das noch einmal direkt zu sagen, aber ich beendete das Gespräch schnell.

Zwei Tage später fuhr Vater auf den Hof. Er trug ein hellblau gestreiftes Hemd, khakifarbene, knielange Hosen mit Funktionstaschen, sandfarbene Socken und Sandalen. Trotz dieses Senioren-Looks wirkte er jungenhaft. Er war überhaupt nicht dick. Zu Hause bewegte er sich wie ein Nilpferd, als schleppte er Massen durchs Haus. Hier wirkte er leicht und hibbelig. Er sah aus wie ein disziplinierter, gebildeter älterer Herr, der auf seine Gesundheit achtgab. Er zog den winzigen Kamm aus der Gesäßtasche und fuhr damit durchs Haar, diese Geste, die er wiederholte, seit er sich mit siebzehn Jahren für diesen Haarschnitt entschieden hatte. Er begrüßte mich: „Du siehst ja ganz anders aus."

„War beim Friseur." Mein halbherziger Kuss auf seine Wange. Heidi reichte er förmlich mit einer leichten, steifen Verbeugung die Hand. Kein Kuss. Keine Umarmung unter den Geschwistern. Aber er strahlte. Er setzte sich an den gekachelten Tisch in der Küche und erzählte ausführlich von seiner Fahrt. Ich hatte ihn noch nie so redselig erlebt. Er saß kerzengerade wie ein Musterschüler am Tisch, wie auf dem Foto aus dem Studentenwohnheim, wie bei Jollis Abiball. Tante Heidi kochte Kaffee und tischte einen Turm aus Kuchenstücken auf. Vater erkundigte sich nach ihrem Asthma und nach ihrem Rheuma und schon waren sie bei Laborbefunden, Omega3-Fettsäuren und Wassergymnastik. Ohne Punkt und Komma sprachen sie aneinander vorbei. Ich zog mich in Svens Zimmer zurück, setzte mich ins Fenster und blickte in die Birkenzweige, die im Wind schaukelten. Nach einer Weile schlenderte Vater über den Hof. Er aß einen Apfel und sah sich auf dem Hof um. Er schob den Kopf aus seinem steifen Nacken, dass es aussah, als ob er an allem schnüffelte. Ich lief schnell nach meinem Skizzenblock und zeichnete ihn so. Er warf den Apfelgriebs fort und ging nach hinten in den Garten.

Abends stellte Heidi die Likörflaschen auf die Katalogstapel. Vater trudelte in ihrem Drehsessel hin und her. „Na Peterchen. Weinbrand?" Heidi stellte Gläser auf die Tageszeitungen. Vater nickte. Sie schenkte ein. Likör für sie und mich, für Vater einen Weinbrand. Im Fernsehen lief eine amerikanische Krankenhaus-Soap, aber der Ton war so leise gestellt, dass außer den regelmäßigen Lachsalven kaum etwas zu verstehen war. Sie schauten nicht hin, aber ich starrte wie gebannt auf den Bildschirm. Ich sah selten fern. „Wieso kommen diese jungen Leute heute nicht miteinander klar?" hörte ich Heidi zu Vater sagen. Er knurrte. Das war nicht sein Thema. Aber Heidi erwartete auch keine Antwort von ihm. Sie redete einfach, nicht, um etwas zu sagen, sondern um einen Klang zu erzeugen, eine Stimmung. Heidi begann, von ihrer Reise nach Peru im letzten Herbst zu erzählen, holte Fotos hervor, reichte sie herum. Auf einigen war der Mann zu sehen, der neulich in ihrer Küche gesessen hatte. „Achim. Wir machen in Tangermünde zusammen Wasser-gymnastik."

„Dann wird er bald bei dir einziehen." Vater lachte, als sei das wahnsinnig amüsant.

„Auf gar keinen Fall. Mir kommt kein Mann mehr ins Haus."

„Wieso? Du wärst nicht allein auf dem Hof."

„Nein. Nein. Ich halse mir keine zusätzliche Arbeit mehr auf." Ich dachte an die Bügelwäsche. Zum Glück erzählte Heidi nichts von unserem Gespräch, stattdessen Neuigkeiten aus dem Dorf und dass sie Vaters ehemaligen Trainer in Tangermünde getroffen hatte. Vater erzählte von Mutters Kurs und Jollis Abiball und einer bevorstehenden Reise nach Dänemark, an denselben Ort, an dem sie letztes Jahr schon waren. Ich studierte das amerikanische Krankenhaus-Personal und das Personal der anschließenden Krimiserie. Einen dritten Schnaps lehnte Vater ab. Ich schlug vor, noch einmal raus aufs Feld zu gehen und Sterne zu gucken. „Du könntest mir ein paar neue Sternbilder zeigen." Vater maulte. „Na los, Peter, tu mal was für dein Mädchen!" Er schraubte sich mühsam aus dem Sessel. „Deinem Vater muss man immer in den Hintern treten." Heidi lachte herzhaft.

Wir liefen die Dorfstraße hinunter zum Feld. Es fühlte sich fremd an, neben Vater zu gehen in der Stille der Nacht. Ich brannte darauf, mit ihm über Else zu sprechen, aber ich wusste nicht, wie. Die Nacht war ungeeignet. Nächte waren Lautsprecher. Sie verstärkten Geräusche und Empfindungen. Ich brauchte den Alltag mit seinen harmlosen Verrichtungen, um an das schwierige Thema zu rühren. Vater zeigte mir die Zwillinge und den

Fuhrmann. Ich fand, dass der Fuhrmann aussah wie das Haus vom Nikolaus, das ich als Kind mit einem Strich, ohne abzusetzen, gezeichnet hatte. Den Herkules konnte ich nicht sehen. Mein Nacken schmerzte. Vater verlor die Lust. „Ist schwierig. Er ist zu groß." Wir machten uns auf den Rückweg. „Wie alt war ich, als ich das Schwimm-Training abgebrochen habe? Tante Heidi hat danach gefragt." Vater knurrte angestrengt. „Elf oder zwölf. Ich muss nachschauen."

„Nachschauen?"

„Ich habs irgendwo aufgeschrieben."

Ich sah seine kleine, saubere Schrift, die Buchstaben, die zielstrebig nach vorn flüchteten. Er schrieb stets mit Tinte. „Tagebuch?"

„Mehr eine Chronik."

„Kann ich sie lesen?"

„Ich weiß gar nicht, wo sie ist. Kann sein, ich hab' sie verfeuert."

„Verfeuert? Du kannst doch eine Chronik nicht einfach in den Ofen werfen!"

„Wen interessiert das schon?"

„Mich!"

„Ich glaube, du warst in der sechsten Klasse. Da fing das an, dass du in der Schule nicht mehr mitgekommen bist." Daran konnte ich mich erinnern. Meine Lehrerin hatte mich damals angesprochen. Sie war eigentlich nett gewesen. Sie hatte einfach nur gefragt, was los ist. Aber ich hatte vor Verlegenheit kein Wort rausgebracht. Was sollte los sein? Nichts. Ja. Doch. Ich hatte mit dem Training aufgehört. Aber das war nichts, worüber ich jemals sprach. Ich schämte mich zu sehr.

„Wann hast du aufgehört mit der Chronik?"

„Keine Ahnung. Vor zwanzig Jahren?"

„Als du aufgehört hast zu fotografieren?"

„Möglich."

„Du hast damals mit allem aufgehört. Warum?"

„Tagebuch schreiben und Fotografieren sind nicht alles."

„Also doch ein Tagebuch?"

„Ich meinte die Chronik."

„Es war ein Tagebuch, stimmt's? Gib es zu! Warum hast du aufgehört?"

„Alles ist gut für eine Zeit. Fotos, wenn das Kind klein ist. Eine Chronik, wenn man jung ist und sich vieles ändert."

„Ändert sich jetzt nichts mehr? Alles ändert sich. Alles ist in Bewegung. Schau dir die Sterne an."

Vater knurrte. Ich fragte mich, ob er und Mutter noch Sex hatten oder ob er vielleicht auch damit aufgehört hatte, damals. „Oder hing es mit deiner großen Enttäuschung zusammen? Du hast gesagt, ich sei deine größte Enttäuschung." Mein Herz schlug im Hals. War ich von Sinnen? Wieder einmal kratzte ich mir die Finger an der Harmoniekapsel blutig. „Vielleicht waren die Probleme mit dir wirklich der Grund."

„Mutter hat gesagt, wir hätten uns früher geliebt."

„Vielleicht. Früher einmal. Sicher."

„Sie sagt, sie hätte uns voneinander losreißen müssen, weil ich eine Frau wurde."

„Na ja, es kommt das Alter, in dem eine Mutter die bessere Ansprechpartnerin ist für ein Mädchen."

„Warst du vorher mein besserer Ansprechpartner?"

„Keine Ahnung. Weißt du es nicht?"

„Ich hab's vergessen."

„Ich auch."

Ich kam nicht weiter. Die Harmoniekapsel war zu glatt. Aber unser Gespräch ließ mir keine Ruhe. Ich konnte nicht einschlafen. Am nächsten Morgen nahm Vater mich im Auto mit nach Tangermünde. Er wollte seinen alten Schwimm-Trainer besuchen. Der Professor und die Dame mit dem Hündchen waren bereits im Café. Die Dame nickte mir freundlich zu. Das Hündchen schlief in ihrem Schoß.

Hallo Alice, Freunde von mir, ein Architekten-Ehepaar aus Pankow, könnten dir ein Zimmer vermieten. Ihre Tochter ist gerade nach New York gegangen. Es wäre nur für ein Jahr, aber du möchtest ja sowieso etwas Eigenes finden. Sie wohnen am Bürgerpark. Wird dir gefallen. Wenn du Interesse hast, rufe Anka und Reiner an: 223 900 46. Falls du bei ihnen einziehst, brauchst du nur aufs Fahrrad zu steigen und an der Panke lang zu fahren und schon bist du im Büro. Ich hoffe, es geht dir gut. K.

Liebste Alice, sag mal, ist Fred noch bei Trost, eine Frau wie dich zu riskieren? Ich denke an dich. Du wirst dich bald neu verlieben. Wetten? Ich sitze viel im Garten und warte auf Ella. Ich habe ein erstes Foto von ihr. Dabei bin ich noch gar nicht dick. Ich dachte immer, Schwanger- sein heißt sofort dick werden, aber eigentlich sind es nur die letzten Wochen. Ich arbeite. Es geht mir gut. Bevor das Baby kommt, werde ich noch einmal nach Berlin fliegen. Berlin fehlt mir. Wir müssen uns dann unbedingt treffen. Du kannst auch gern herkommen. Am besten, solange ich noch fit genug bin, mit dir durch die Stadt zu tigern. Wenn Ella da ist, wird meine Mutter kommen und George Clooney auch. Sie wollen am liebsten beide hierbleiben. Mal sehen, wie das geht. Also komm, wann du willst, aber so bald wie möglich. Ich bin nicht so der Typ für lange Briefe. Ich rede lieber. Aber deine Briefe sind toll. Ich lese sie gern.

Ich umarme dich. Helena

Wieder erstaunte mich, wie jung Vater wirkte, als er ins Café kam und sich neben mich an den Tisch setzte. „So." Er strich sich mit den flachen Händen über die Beine und betrachtete das Kuchenbuffet. „Wie war's bei deinem Trainer?"

„Er wird nächstes Jahr neunzig. Er hat mich zu seinem Geburtstag eingeladen." Das war typisch für Vater, dass er sich auf Fakten beschränkte und niemals darüber sprach, wie es ihm mit einer Situation oder einem Menschen ging. Ich schaltete den Laptop aus. „Wie war er so, früher? Streng? Hast du ihn gemocht?"

„Er war gut. Ja. Ich mochte ihn."

„Fahren wir zum See? Ich möchte dir zeigen, wie ich schwimme."

„Hast du keine Angst mehr?"

„Doch. Aber ich übe. Neulich bin ich richtig lange in einem See geschwommen." Wir fuhren schweigend zurück ins Dorf. Unterwegs begann es zu regnen. Wir fuhren nicht an den See. Mir war es Recht. Ich verkroch mich in meinem Zimmer und zeichnete. Ich arbeitete an den Skizzen, die ich bei Erika gemacht hatte. Das kleine Mädchen war noch ohne Gesicht. Nebelaugen, dachte ich. Ein schönes Wort. Freds Gesicht in der Bar, als er das erste Mal gelächelt hatte. Sein gebrochener Zahn. Die Nebelaugen des kleinen Mädchens traten jetzt aus dem Blatt, grau und leicht nach unten abgewinkelt. Auf dem Foto vor mir lächelte sie. Dabei bogen sich ihre Augen wie kleine Hörnchen. Die Lippen hingegen blieben schmal, glänzend, schüchtern in die Wangen verkrochen, ob sie lächelte oder nachdenklich blickte. Sie lächelte nur mit den Augen. Das war sie. Ich müsste Vaters Tagebuch finden, die Botschaft aus der Harmoniekapsel. Ich tastete nach meinen Erinnerungen. Plötzlich wurde mir etwas klar. Nicht ich hatte Vater enttäuscht, als ich das Training abgebrochen hatte. Vater hatte mich zuerst verlassen und dieser Verlust war es vielleicht, der das Unbehagen auf dem Boot und die Tiefenangst ausgelöst hatten. Ich stand auf, lief im Zimmer auf und ab und überlegte, ob ich mich nicht irrte. Doch je länger ich über alle Umstände nachdachte, desto wahrscheinlicher erschien es mir. Mein Leistungsabfall in der Schule. Das Gefühl, mit dem Ende der Kindheit verlorenzugehen, eine Frau zu sein. Ich musste raus. Laufen. Ich stapfte übers Feld. Der Regen interessierte mich nicht, auch nicht der Schlamm, der unter meinen Sohlen quietschte. Alles verschob sich. Mit Riesinnen-Kraft räumte ich die Vergangenheit um. Wie Relais klickten die Erinnerungsbilder und setzten sich zu einem neuen Bild zusammen. Jetzt passte alles zueinander. Das war meine Geschichte. Es hatte keinen Sinn, sich eine andere auszudenken. Ich konnte Vater nicht gegen den Mann mit den weißen Hemden eintauschen.

Ich war erschöpft, als ich am See ankam. Meine Jacke war durchgeweicht. Der Regen hatte aufgehört, aber ich fror. Der See dampfte. Wie Geister trieben die Nebel über den schmalen Wasserarm. Else. Sie musste hier irgendwo sein. Ich grub mich in den Sand. Er war noch warm.

40

Auf dem verregneten Marktplatz stand Fred. Er pappte die Locken in die Stirn und schaute sich um, einen Fuß auf der Pedale, den anderen auf dem Straßenpflaster. Das Blut sackte aus meinem Kopf. Ich wollte ihn rufen, aber mein Mund blieb stumm geöffnet. Der Mann im weißen Hemd sah sich zu mir um. Ich musste ein Geräusch verursacht haben. Als mein Hirn wieder durchblutet war, stand ich auf und lief nach draußen. Fred sah mich erst, als ich direkt vor ihm stand. Die Anspannung wich aus seinem Gesicht. Er wollte mich küssen, aber ich bog meinen Kopf zurück. „Können wir reden, Lissi?"

„Kommst du mit rüber ins Café?"

Er führte sein Rad mit einer Hand auf dem Sattel über den Platz. Sein tänzelnder Schritt. Wie vertraut es sich anfühlte, neben ihm zu sein. „Du bist am Arbeiten?"

„Ja."

„Kommst du voran?"

„Geht so."

„Ich möchte, dass du zurückkommst, Lissi. Ich liebe dich."

„Ich komme nicht zurück, Fred. Ich kann nicht."

Er nahm meine Hand. „Wir müssen alles anders machen. Es war nicht gut so. – Wir suchen uns einen neuen Platz zum Leben. Wir leben. Wir sollten endlich leben. Du siehst gut aus. Diese kurzen Haare stehen dir." Er schob eine Ponyfranse aus meiner Stirn. „Genau. Wir beginnen neu. Wir machen eine kleine Fahrradwerkstatt mit einem Café auf. Irgendwo auf dem Land, an einer Fernradstrecke. Wir kaufen ein kleines Haus. Wir leben einfach. Wir lassen uns von niemandem verrückt machen."

„Wo bin ich in diesem Plan?"

Er zuckte die Schultern. „Wo immer du willst. Vielleicht machst du dich selbständig und arbeitest zu Hause. Wie mit den Küchen. Manchmal muss man Dinge einfach tun. Ohne Angst. Sich ins Leben werfen. Es geht um Vertrauen. Um Liebe."

„Du sprichst von Vertrauen?"

„Lass uns Gras über die Sache wachsen, ein wenig Abstand gewinnen."

„Was ist mit ihr?"

„Ich habe mit Eva geredet. Wir haben uns ein letztes Mal getroffen." Er sah sich im Café um. Sein Blick ruhte kurz auf dem Mann im weißen Hemd, dann auf den Tortenstücken in der Vitrine. „Wann kommst du zurück nach Berlin?"

„Ich weiß noch nicht."

Er nahm meine Hand und streichelte sie. „Als du angerufen hast neulich, da habe ich gerade an einem Fahrrad für dich geschraubt. Ich habe einen Rahmen gefunden, der perfekt zu dir passt. Hier!" Er wischte zu einem Foto auf seinem Telefon. Der Rahmen war silbergrau. GERONIMO, stand in roter Schrift darauf.

„Wir haben kein einziges Mal über das gesprochen, was passiert ist, Fred. Und du kommst und meinst, wir könnten einfach weitermachen. – Aber offen gestanden, mag ich gar nicht darüber reden … Ich will nicht. Warum sollte ich?"

„Wir müssen nicht darüber reden, Lissi. Es ist vorbei."

„Fred! Ich habe ihr zugehört. Nichts ist vorbei. Ich glaube dir kein Wort."

Er ließ meine Hand los und richtete sich auf, blickte über mich hinweg. „Ohne Vertrauen geht es natürlich nicht."

„Mein Vertrauen zu dir ist total zerstört. Du glaubst doch nicht im Ernst, dass sich das in einem Anflug von Romantik wiederherstellen lässt."

„Ich bin doch kein Romantiker. Ich hasse Romantik."

„Deine ganze Vorstellung von uns ist so was von romantisch!"

„Ich stehe heute morgen um fünf Uhr auf, fahre drei Stunden mit dem Zug hierher, ohne zu wissen, ob ich dich überhaupt treffe … und du …!"

„Du denkst, alle Probleme lösen sich an einem neuen Ort auf. Aber das stimmt nicht. Wir nehmen unsere Probleme überall mit hin. Weil sie in unseren Köpfen hocken. Es ist eine Illusion, zu glauben, wir könnten vor ihnen weglaufen."

„DU erzählst MIR was von Illusionen. Du bist doch die, die ihren Träumen und Illusionen nachjagt. Du glaubst immer noch, du könntest jemals in Berlin Geld verdienen."

„Apropos Träume: Im September beginne ich vielleicht einen Abendkurs an der Kunsthochschule."

„Ich wusste es. Du klebst an der Stadt."

„Womit wir bei unserem Lieblingsthema sind! Aber mir reicht es. Bitte geh jetzt! Ich habe zu tun."

Er starrte mich an.

„Ich möchte weiterarbeiten."

„Es war ein Versuch, Lissi. Mein letzter. Ich werde weggehen."

Er stand auf, lief nach draußen, blieb bei seinem Fahrrad, trabte auf der Stelle. „Gehen wir ein Stück spazieren?"

„Okay." Ich packte meine Sachen zusammen. Wir liefen durch die Fußgängerzone. „Ich freue mich wirklich, dass du hergekommen bist meinetwegen. Soll ich dir sagen, womit ich absolut nicht klarkomme? Ich komme klar damit, dass du eine andere Frau gefickt hast. Aber womit ich überhaupt und niemals klarkommen werde, ist, dass du, der immer auf der Seite der Schwachen und Benachteiligten ist, vor mir, einem Waisenkind wie du selbst eins bist, eine Marshmallow in Schutz genommen hast, eine, die sich auf unverschämte Weise in unsere Beziehung einmischt und heuchelt, sie würde sich für mich interessieren, obwohl sie nur gekommen ist, um zu zerstören und ihre Privilegien vor mir auszuspielen. Das alles hast du nicht gespürt?!"

„Du bist kein Waisenkind, Alice."

„Ich wollte deine Rettungsschwimmerin sein, Fred. Ich habe geglaubt, ich wäre stark. Als ich gemerkt habe, dass ich zu schwach bin, dir zu helfen, war das der traurigste Moment meines Lebens. Und dann kommt diese Frau …"

„Du hast alle Sicherheiten dieser Welt, Lissi."

„Du kennst mich nicht Fred. Du siehst mich nicht. Du hast dir nie die Mühe gemacht, über mich nachzudenken."

„Du hast eine Tante. Du kannst einfach hierherfahren und bei ihr wohnen."

„Hör auf, dich als Opfer zu stilisieren. Du bist ebenso frei wie ich. Du bist intelligent. Du bist gut."

„Ach! Jetzt bin ich gut!"

„Du bist gut. Aber du hast mich nicht gut behandelt."

„Weißt du, Lissi, du hast diese Begabung, jeden in Grund und Boden zu quatschen. Wie meine Mutter. Na ja, nicht ganz. Du bist etwas netter."

„Ich denke nach. Das ist alles."

„Oh, du denkst nach! Wow! Wie geht das denn? Ich kann nicht denken."

„Deine Gedanken drehen sich im Kreis."

„Du hast dir auch noch nie die Mühe gemacht, über mich nachzudenken, Lissi!"

„Doch. Habe ich."

Er lachte wiehernd auf, blieb stehen. Seine Augen huschten über mein Gesicht, als sei es ein Labyrinth, in dem er sich verlaufen hat. „Lissi! Es muss doch einen Weg geben."

„Und wenn wir eine Therapie machen?"

„Eine Therapie! Ich bin nicht krank!"

„Es geht doch nur darum, zu erkennen, warum wir diese Schwierigkeiten haben."

„Ich habe keine Schwierigkeiten. Mit niemandem. Jeden Tag erzählen mir Leute, dass sie mich mögen. Ich kann sofort nach Brüssel gehen. Ich bekomme jeden Tag Einladungen. Ich könnte auf eine Weltreise gehen, von Freund zu Freund. Hast du Freunde auf der ganzen Welt?

Hast du überhaupt Freunde? Meine Freunde fühlen sich gut mit mir."

„Dann habe ich eine große Bitte: Geh nach Brüssel zu deinen Freunden. Pack sie alle in einen Fahrradanhänger und reise mit ihnen um die Welt zu deinen vielen anderen Freunden. Genieße das Leben! Ruf mich nicht mehr an. Schick mir keine Nachricht mehr! Okay?"

„Lissi!"

„Geh." Ich stieg auf mein Rad und fuhr los. Ich raste durch die Fußgängerpassage, fuhr und fuhr, erreichte eine Hauptstraße, bog in Nebenstraßen, überquerte plötzlich die Elbe und fand mich auf dem Radweg wieder. Er führte nach Jerichow. Am Horizont erhoben sich im Dunst die Türme des Doms. Aus dem Feld stieg Wärme. Es duftete nach Kamille. Ich stieg ab und schaute mich um. Fred war mir nicht gefolgt. Ich atmete auf, warf mich über den Lenker und heulte.

In Jerichow, in dem backsteinroten Gewölbe des Doms hatte ich das Gefühl, dass die Gedanken in meinem Hirn sich gegenseitig zerquetschten, so voll war es da oben. Als das Telefon klingelte, erschrak ich. Fred. Wahrscheinlich war er mir doch gefolgt und stand jetzt draußen. Gleich würde er es ein zweites Mal versuchen und ein drittes und ein viertes Mal. Ich nahm das Telefon aus der Tasche, um es auszuschalten und sah, dass es Kolja war, der angerufen hatte.

„Wie geht's dir, Alice? Hältst du den Kopf über Wasser?"

„Na ja…"

„Was na ja? Was heißt das?"

„Es gibt hier einen See, aber ich war noch nicht drin. Ich arbeite schrecklich viel und zeichne und … forsche."

„Du forschst?"

„Ich bin dabei, meine Familie zu entdecken und die Vergangenheit zu ordnen."

„Na schön. Bringt dich das weiter?"

„Ja. Ja. Du glaubst mir nicht!"

„Sag dreimal ja!"

„Ja! Ja! Ja!"

Was ist mit der Wohnung in Pankow?"

„Die Frau klang nett am Telefon. Ich sehe mir das Zimmer in den nächsten Tagen an. Vielen Dank für deine Hilfe, Kolja."

„Wenn du in Berlin bist, komm vorbei. Ich habe vielleicht einen Job für dich."

„Sag mal, bist du der Weihnachtsmann?"

„Wusstest du es nicht?" Ich hörte sein Grinsen. „Da sind zwei Frauen, die haben in Gerswalde eine verfallene Hütte gekauft, aus der sie ein Kulturhaus machen wollen, mit Galerie, Konzerten, na ja, das übliche Landprogramm. Hast du Lust darauf?"

„Oui, Väterchen Frost! Darf ich als dein Engelchen dort mit auftreten?"

„Exactamente. Ich mache jetzt erst einmal Urlaub, danach schaue ich mir die Ruine an und melde mich bei dir. Oder möchtest du zur Besichtigung schon mitkommen?"

„Ja! Ja!"

„Dreimal bitte."

Mit einem zwiespältigen Gefühl fuhr ich zurück. Ich hatte Grund, mich auf die Arbeit mit Kolja zu freuen, aber ich fürchtete mich vor der Rückkehr nach Berlin, dem anstehenden Umzug nach Pankow. Ich würde wie eine Studentin in einer WG leben. Dabei war ich die Mutter einer erwachsenen Tochter. Ich würde Jolli und Jakob nicht einmal zu einem Essen einladen können. Oder doch? Es war vielleicht eine Frage der Organisation. Meine Gastgeber hatten ein Häuschen in Teupitz und waren oft nicht da. Vielleicht durfte ich ihr Wohnzimmer benutzen. Alles war möglich.

41

Vater ließ sich überreden, mit zum See zu fahren. Wir breiteten unsere Decke unter der freischwebenden Kiefernwurzel aus. Er setzte sich und blickte hinunter zum Wasser. „Ist windig heute." Er hatte es niemals eilig, ins Wasser zu kommen. Er fand immer einen Grund, sich Zeit zu lassen. „Mm." Ich setzte mich neben ihn. „Ich mag das Bild von Else, Heidi und dir, als ihr Kinder wart."

„Aha."

„Endlich weiß ich, wie meine Großmutter ausgesehen hat."

Er erwiderte nichts.

„Wie alt warst du, als sie gestorben ist?"

„Zwanzig."

Ich schob meine Hände in den Sand. „Woran ist sie gestorben?"

„Herzbeutelentzündung." Er räusperte sich.

„Herzbeutel?"

„Das ist das Bindegewebe des Herzens, wird auch Perikard genannt." Manchmal verschlug mir Vaters Wissen einfach die Sprache. Er rückte so selten damit raus. Hatte er sich mit der Krankheit seiner Mutter beschäftigt? Oder kannte er diesen komplizierten Namen, weil er ein wandelndes Lexikon war?

„Perikard? Der Perikard?"

„Das Perikard."

Ich hatte nicht einmal gewusst, dass Herzen in Beuteln lagen. Das musste ein ziemlich feines Gewebe sein. Ich hatte es noch nie auf einer Darstellung der Organe gesehen. Wahrscheinlich sorgte dieser Herzbeutel dafür, dass das Herz nicht in die Hosentasche rutschte. Perikard klang besser. Ein Beutel war billig. Er wurde geknüllt, gepresst, weggeworfen und vergessen. Gebeutelt! Ein Soldat stößt seinen Penis in den Körper meiner Großmutter. Er verletzt das Perikard. Er zerfetzt es. Vater steht daneben. Er muss mit ansehen, wie die Soldaten das Herz seiner Großmutter wund stoßen. Er ist acht Jahre alt. Er weiß alles und nichts. Niemand schützt seine Mutter. Niemand schützt ihn. Alle im Dorf sind verstummt. Die Soldaten haben den Leuten im Dorf mit ihren Penissen die Münder gestopft. Penisse können das Herz einer Frau töten und ein ganzes Dorf zum Schweigen bringen. Sie sind so wirksam wie Gewehrläufe.

„Sie war eine schöne Frau."

„Mm."

Ich zog die Arme aus dem Sand. „Ich gehe rein. Kommst du mit?"

„Gleich."

Der kühle Wind trieb mir eine Gänsehaut über die Arme. Ich lief ein paar Schritte ins Wasser und blickte zum Grund. Er war sandig hell. Ich schaute zurück zum Strand. Vater war aufgestanden. Ich wartete. Er kam endlich nach, steckte die Zehen ins Wasser. „Einen Tag vor meiner Geburt ist Else bis rüber zu den Seerosen geschwommen. Traust du dich bis zu den Seerosen?"

Ich nickte. Mit einem Grunzen warf er sich ins Wasser. Es spritzte, als hätte sich ein Nilpferd in den See geworfen. Ich schwamm ihm nach. Er war schnell. Ich hatte Mühe mitzuhalten. Nach vorn. Nur nach vorn, dachte ich. Ich blickte zu den Seerosen, stellte mir Else vor, die das Baby in ihrem geschwollenen Bauch trug. Meine Gedanken wanderten an der Wölbung ihres Bauches hinab ins schwarze Wasser. „Warte!" Vater wandte sich schnaufend

347

um. Ich schaffte es bis zu ihm, hielt mich an ihm fest. „Nur eine Minute ausruhen!" Denk an etwas Schönes! Los! Etwas Gutes! Helles! Das Zimmer in Pankow! Der Park! Ich fahre mit dem Rad zu Kolja ins Büro! Am Abend kommen Jolli und Jakob. Ich habe ein Essen gemacht. Ich sehe aus dem Fenster und da steht Fred unten, mit dem neuen Fahrrad, das er für mich gebaut hat. Ich fühlte mich besser. „Schwimmen wir weiter!" Wir hatten ungefähr die Mitte des alten Flussarmes erreicht. So war Else geschwommen, mit derselben Kraft. Hochschwanger war sie auf dem Fahrrad zum See gefahren, hatte das Rad in den Sand gelegt und war schnell im Wasser verschwunden, Anfang August, als die Sonne im Zeichen des Löwen stand. Vater hatte in wenigen Tagen Geburtstag. Ich spürte Else. Sie war neben mir. Sie hielt mich. Meine Beine waren schwer, als wir auf der anderen Seite das morastige Ufer betraten. Mein Herz klopfte. „Ist das erste Mal, dass ich wieder so weit geschwommen bin."

„Geht doch."

„Wahnsinn!" Ich lachte. Wie von Sinnen. „Allein hätte ich es nicht gemacht."

Wir hockten nebeneinander im Schlick. „Warst du als Kind oft hier?"

„Klar. Immer."

„Morgen fahre ich mit dir zurück nach Berlin. Ich schaue mir ein Zimmer an, bei Leuten, Freunde von Kolja."

„Was ist mit Fred?"

„Weiß nicht."

„Das musst du doch wissen."

„Er hat mir ein Fahrrad gebaut, das genau zu mir passt. Aber er … ich weiß nicht, ob er zu mir passt. Er ist unbequem. Er ärgert mich. Das andere Ufer lag in der Sonne. Unsere Decke unter der Kiefernwurzel war nur ein kleiner Fleck. Andere Flecke waren hinzugekommen. „Wie alt warst du, als Else dir das Schwimmen beigebracht hat?"

„Klein noch. Vier oder fünf."

„Hier an diesem See?"

„Mm."

„Schwimmen wir zurück?"

„Mm."

„Aber du bleibst bei mir?"

„Keine Angst."

Wir schwammen langsam nebeneinander her. Schweigend, aber jeder in seinen eigenen Gedanken. Als ich an Else dachte, bemerkte ich, dass sie nicht mehr bei uns war. Aber meine Gedanken wanderten noch einmal an der Wölbung ihres Bauches hinab in die Tiefe, bis auf den sandigen Grund, den ich als Kind erforscht hatte. Ich erinnerte ihn glitzernd und weich und voller Muscheln.

Die Journalistin Kathrin Schrader, geboren 1967 in Dresden, lebt als freie Autorin in Berlin. Ihre Erzählungen erscheinen in Das Magazin. Sie schrieb auch für das Magazin der Berliner Zeitung und viele andere Zeitschriften und Magazine. Sie veröffentlicht Reportagen, Porträts, Interviews und Protokolle und bloggt auf: www.kathrinschrader.de